Im Strandkorb küsst sichs besser

1. Auflage, 2019
Canim Verlag, Nürnberg, www.canim-verlag.de
ISBN: 978-3942790437

Danke an alle Partner, ohne deren Unterstützung dieses Buch
nicht möglich gewesen wäre.

Idee und Text:
Michelle Schrenk | www.michelleschrenk.de
Anna Winter | https://annwinter.de

Cover-/Umschlaggestaltung:
BUCHGEWAND | www.buch-gewand.de
Verwendete Fotos:
MaddyZ – depositphotos.com
Preto_perola – depositphotos.com
herminutomo – depositphotos.com
DinaL – depositphotos.com
AnnaPavlyuk82 – depositphotos.com
Daria Ustiugova – shutterstock.com
Dinara May – shutterstock.com
Iya Balushkina – shutterstock.com
ufotopixl10 – stock.adobe.com

Die Handlungen und Figuren in diesem Roman sind meistens frei
erfunden. Ähnlichkeiten oder Namensgleichheiten mit lebenden
oder bereits verstorbenen Personen sind vielleicht rein zufällig.

Im
Strandkorb
küsst sichs besser

Ein Liebesroman von
Anna Winter
&
Michelle Schrenk

Über die Autorinnen

Anna Winter

Anna wurde 1982 geboren und war schon als junges Mädchen von Märchen und anderen Geschichten gefesselt. Zunächst illustrierte sie Erzählbände für ihre Familie und begann, mit acht Jahren auf einer alten Schreibmaschine zu schreiben. Sie hat unzählige Bücher gelesen und die Faszination für Worte nie verloren. Später schrieb sie Romane für ihre Freundinnen und veröffentlichte im August 2013 ihr erstes Buch. Es stellte sich heraus, dass nicht nur ihre Freundinnen es lesen wollten. Inzwischen schreibt sie für ein breites Publikum.

Besucht Anna im Internet auf:
https://annawinter.de
Oder trefft Anna auf Facebook & Instagram
https://www.facebook.com/anna.winter.autor

Michelle Schrenk

Hinter der Autorin Michelle Schrenk steckt eine 1983 geborene Wassermannfrau, die es liebt zu träumen und es hasst, Zwiebeln zu schneiden. Sie wohnt in der Nähe von Nürnberg und hofft, ihren Leserinnen und Lesern mit traumhaften Geschichten Glücksmomente zu bescheren. Ihr ganzes Glück besteht aus ihrem Mann, den beiden Kindern und ihrem Hund. Mit ihren bisher erschienenen Romanen sowie drei Kinderbüchern hat sie sich ihren Traum vom Schreiben erfüllt.

Besucht Michelle im Internet auf:
www.michelleschrenk.de
Oder trefft Michelle auf Facebook & Instagram
www.facebook.com/MichelleSchrenkAutorin

Über das Buch

Das Schicksal kann wie eine Krabbe am Zeh sein ...

Sonnenanbeterin Anni hat die Nase voll. Nach einer arbeitsreichen Zeit und lauter Pech in der Liebe gönnt sie sich einen Sommerurlaub auf Sylt. Völlig klar, dass sie sich diesen durch absolut nichts verderben lassen will. Schon gar nicht durch einen Mann. Eis essen, Baden im Meer und Entspannung pur stehen bei ihr auf dem Programm.
Dumm nur, dass das Schicksal es anders mit ihr meint und ihr Urlaub nicht ganz so reibungslos verläuft. Und dann ist da noch Niklas, ein geradezu verboten attraktiver, aber vorwitziger Typ, der das unglückliche Timing hat, immer dann aufzutauchen, wenn es bei Anni mal wieder schiefläuft. Lachen seine meerblauen Augen sie nur aus oder steckt etwa mehr hinter diesem Funkeln?

Charmant, fröhlich und voller Sommerlaune – der neue Roman von den beiden Erfolgsautorinnen Anna Winter und Michelle Schrenk über Träume, Schäume und zweite Blicke. Und manchmal, ganz ab und zu, braucht das Schicksal auch einen kleinen Schubs.

Widmung

Für alle Weltenbummler und Strandkörbler,
Badenixen und Wellenreiter,
wir wünschen euch ganz viel Spaß
und Sonne im Herzen.

Und für Celine Dion,
zu deren Liedern wir beide
gerne lauthals mitsingen.

1

Die Klänge von Musik dringen durch die kleine Wohnung wie ein Puls und das gedimmte Licht einer Lampe taucht den Raum in ein Meer aus Schatten. Rittlings sitze ich mit heruntergeschobenem Top auf Enzos Schoß. Wir beide auf seinem Bett – es könnte gut sein, aber ...

»Aua, das brennt, Baby«, stöhnt er.

Ich beuge mich näher heran und streiche über seine Wange. »Gleich wird's besser. Du musst es nur erst mal richtig einwirken lassen.«

Enzo keucht mit verzerrtem Gesicht. Tapfer ist er nicht gerade. Doch vielleicht ist es keine so gute Idee gewesen, die Hundeaugentropfen bei ihm anzuwenden. Wie aufs Stichwort erscheint seine sabbernde Bulldogge Rambo und schaut uns ratlos an.

Natürlich war es ein Unfall, völlig klar. Und nicht einmal eine Sportverletzung, wie man es bei einem Fußballer annehmen würde. Wer konnte denn ahnen, dass Enzo sich beim Ausziehen seines Pullis so unglücklich am Auge kratzen würde? Zu sehen ist eigentlich nichts, aber er schwört, dass es wehtut.

»Hast du vielleicht Augentropfen?«, hatte ich wissen wollen.

»Ja, da schau.« Er hatte mir die Hundemedizin gebracht, die er im Kühlschrank aufbewahrte.

Womöglich ist es nicht ganz ratsam gewesen, sie ihm zu verabreichen. Er leidet vor sich hin.

»Aua«, klagt er erneut.

Rambo ist sofort zur Stelle, ganz der Beschützer und das Alphamännchen hier im Raum. Er will halb auf das Bett, halb auf mich drauf springen. Mühsam drücke ich die Bulldogge beiseite, die wahrscheinlich so viel wiegt wie ich. Was für ein Monster! Das hat mir gerade noch gefehlt.

»Geh weg! Aus!«

Rambo schnaubt und grunzt. Sein feuchter Hundeatem schlägt mir entgegen. Fabelhaft.

»Oh, Rambo, na, lass das mal«, stöhnt Enzo ohne viel Elan. Natürlich hört der Hund kein bisschen auf diese müde Ansage, und ich muss an den *Hundeflüsterer* denken, der öfter mal im Fernsehen läuft. Wie ein Rudelführer mutet Enzo wahrlich nicht an, egal, ob er in seiner Fußballmannschaft der aufstrebende Stern am Himmel ist. Momentan fehlt ihm völlig die ruhige, aber bestimmte Energie, die sein Haustier brauchen könnte. Stattdessen jammert er und fasst sich an den Kopf.

Warum müssen solche Missgeschicke ständig mir passieren? Diese Dates sind doch echt ein Griff ins Klo.

Im Hintergrund plärrt immer noch die Musik, die Enzo vorhin aufgelegt hat. Sie hat mir schon zu Beginn nicht gefallen, aber jetzt setzt sie dem Chaos irgendwie die Krone auf und strapaziert meine Nerven. Das Gedudel mischt sich unter das Gejammer des halb nackten Mannes unter mir. Ich meine, wenn man den Ton ausblendet, mutet Enzo eigentlich ganz nett an mit seinen vom Sport trainierten Muskeln und dieser sonnenverwöhnten Bräune, die sicher auch seinen italienischen Wurzeln geschuldet ist. Aber das Gesamtpaket stimmt einfach nicht. Die Abweichung zwischen Ton und Bild ist zu groß.

Rambo hechelt erneut in meine Richtung, während ihm ein dicker Sabberfaden aus dem Maul tropft. Igitt. Nein, danke! Mir reicht's. Schnurstracks ziehe ich mein Bein weg, bevor ich noch getroffen werde. Ich will mich gerade hoch rappeln und runter von Enzos Schoß, als es ihm wohl ebenfalls zu bunt wird.

Allerdings bewegt er sich so ungelenk, dass er mich dabei fast aus seinem Bett wirft. Reichlich unelegant stolpere ich ein paar Schritte davon, bevor ich mein Gleichgewicht wiederfinde.

»Mir wird das gerade alles zu viel«, ächzt Enzo und ist derart mit seinem Auge und dem Hund beschäftigt, dass er überhaupt nicht bemerkt zu haben scheint, wie ich um Haaresbreite auf seinem Fußboden gelandet wäre. »Wir brauchen jetzt unsere Ruhe, oder Rambo?«

Wehleidig und eher grobmotorisch krault er dem Hund den Kopf, sodass dessen Ohren über dem zerknautschten Gesicht hin und her wackeln.

Mann, der hat Nerven. *Er* braucht Ruhe? Das ist doch wohl ein totaler Albtraum.

Ich nicke schnaubend. »Das trifft sich gut, denn ich wollte sowieso gerade gehen.«

Eilig schiebe ich mir die Träger meines Shirts zurück über die Schultern und zupfe den Stoff zurecht.

Irgendwie habe ich mir unser Treffen völlig anders vorgestellt. Als Enzo mich neulich auf Instagram angeschrieben hat, hat er so aufgeschlossen und witzig geklungen. Wir sind ins Plaudern geraten, haben uns ausgetauscht. Irgendwann ist der Ton ins Flirten umgeschlagen und wir haben begonnen, uns ein erstes Date auszumalen.

Er hatte reichlich enthusiastische Ideen, wie er mich verwöhnen wollte, sobald er mich nur endlich berühren könnte. Und nachdem sich meine letzten drei Verabredungen allesamt zu Katastrophen entwickelt hatten, habe ich mich darauf gefreut, am Ende doch noch einen netten Mann kennenzulernen. Vielleicht sind ja aller guten Dinge in Wahrheit vier und nicht drei und jemand hat sich bloß in der Zahl geirrt.

Also habe ich mich auf unsere Verabredung gefreut. Küsse auf den Nacken, Blumen, sexy Musik, gedämpftes Licht, nur wir beide bei ihm. Alles würde sinnlich sein ...

Aber dann ist doch wieder alles schief gelaufen. Enzos Wohnung ist die absolute Albtraumversion einer Junggesellenbude. Dreckig und unaufgeräumt. Ein gammeliger Teller Sushi thront unbeachtet auf einem Wäschehaufen, den Enzo auf seiner Küchenarbeitsplatte deponiert hat, und mich beschleicht der leise Verdacht, dass es seine getragene Wäsche ist. Die Musik ist auch nicht das, was ich unter sexy verstehe. Sie pulsiert etwas zu laut und zu peppig. Das fahle Licht ist außerdem nicht romantisch gedimmt, sondern das Resultat einer alten Lampe mit kaputtem Schirm, den Enzo mit schwarzer Folie »repariert« hat. Und dann bliebe da noch dieser geifernde, nervöse Hund, der auf keines von Enzos Kommandos hört und für ein Bett voller Hundehaare gesorgt hat.

Eigentlich hätte ich schon an der Tür wieder rückwärts aus seiner Wohnung stolpern sollen. Die Zeichen sind alle da gewesen. Doch Enzo hat so liebe Dinge zu mir gesagt, mich nach drinnen gezogen und begeistert geküsst. Überhaupt schien ihn meine Anwesenheit sehr aufgeregt zu machen. Letztlich hatte ich ein schlechtes Gewissen zu gehen, und das war vermutlich der schlechteste aller Gründe, um zu bleiben.

Trotz allem stellt nun ausgerechnet er es so dar, als wäre es ihm mit mir zu viel. Ich bin eindeutig im falschen Film.

»Es ist nicht besonders reif von dir, dass du gleich eingeschnappt bist«, findet er. »Du verhältst dich plötzlich ganz merkwürdig. So kenne ich dich gar nicht, Anni.«

Seien wir mal ehrlich: Wir kennen uns im Grunde überhaupt nicht. Und diese Bemerkung über Reife stammt ausgerechnet von jemandem, der seine Wäsche noch von Mutti waschen lässt.

Ich atme tief durch und schüttele den Kopf. »Ich wollte wirklich gerade gehen. Wenn du mich nicht im selben Moment aus dem Bett geschmissen hättest, wäre es dir auch aufgefallen. Wie es aussieht, hatten wir denselben Gedanken.« Ich deute zwischen uns hin und her. »Das passt einfach nicht.«

Enzo runzelt die Stirn. »So habe ich das doch gar nicht gesagt. Ich wollte nur eine kleine Pause.«

Ich blinzele irritiert. Was will er überhaupt? Aber was es auch ist, mein Interesse an dieser Verabredung ist komplett verflogen.

»Du solltest dich wirklich ausruhen«, seufze ich und mache eine umfassende Handbewegung. »Das mit deinem Auge und so.«

Vor allem und so.

Enzo schluckt und fasst sich wieder ans Gesicht. »Nicht, dass ich jetzt blind werde.«

»Unwahrscheinlich«, beruhige ich ihn sogleich. »Es ist nicht mal was zu sehen.«

»Ehrlich? Bist du sicher?«, wundert er sich. »Es brennt aber schon irgendwie ziemlich arg.«

»Schlaf doch am besten 'ne Runde. Das wird dir gut-tun.« Oh Gott, ich klinge wie seine Mutter, und so will ich mich wirklich nicht anhören. Es war schon schräg genug, ihm die Augentropfen zu verabreichen.

»Hm, schlafen – das wollte ich doch eigentlich mit dir machen. Vielleicht ruhe ich mich lieber erst später aus«, entsinnt er sich und klopft mit der Hand auf das Bettlaken. Ein paar Hundehaare, die darauf liegen, wirbeln in der staubigen Luft auf. »Was meinst du? Noch ein Versuch? Ich wäre ja schon bereit. Der Akku ist jedenfalls voll.«

Also wer ist jetzt hier schräg? Enzo weiß eindeutig nicht, was er will. Mal so, mal so. Geh, bleib, Ruhe-pause, voller Akku, Abstand, ran an den Speck. Sobald ich das Interesse verliere, blüht er wieder auf. Viel-leicht hat er ja ein Egoproblem oder er ist in echt wie jene Typen aus diesen Frauenromanen: Edward Cullen, Christian Grey und wie sie alle heißen. Bindungsphobiker, die sich mal spröde und mal verführerisch geben.

»Ich stehe schon ziemlich auf Rollenspiele«, bekennt er, und ich verkneife mir ein Grinsen, weil meine Christian-Grey-Analyse zu passen scheint. Rollenspiele, aha. »Du könntest meine Krankenschwester sein und mich pflegen.«

Enzo zwinkert mit seinem gesunden Auge, wohl um kokett zu wirken, doch kurzzeitig sieht er dadurch so verkniffen aus wie seine Bulldogge. »Wirklich, mich macht das total scharf.«

»Das ist eher nicht so meine Baustelle«, schlage ich sein Angebot aus. Ich habe nichts dagegen, einen Mann zu umsorgen, wenn er wirklich etwas hat. Aber Enzo wirkt nicht gerade sterbenskrank auf mich.

Außerdem ist das nicht der Plan für den heutigen Abend gewesen. Ich wollte einfach nur ein schönes Date mit ihm verbringen, bei dem ich ebenfalls auf meine Kosten käme. Vor allem wollte ich dabei ich selbst sein und nicht eine Krankenschwester oder sonst eine Rolle besetzen.

Schon in meinen letzten beiden Beziehungen habe ich mich ständig verbiegen müssen und bin daran gescheitert. Aber ich habe keine Lust mehr, das Runde durch das Eckige zu bugsieren. Erst recht nicht für einen Mann, der sich direkt zu Beginn von seiner überempfindlichen Seite präsentiert. Wohin soll sich das wohl entwickeln?

Außerdem wäre bei Enzo noch eine Menge mehr nötig als nur medizinische Fürsorge: aufräumen, putzen, kochen, Wäsche waschen, die Musikauswahl verändern, die Lampe reparieren, aus Enzo einen Rudelführer machen, den Hund abrichten ... Diesem Lebenswerk darf sich gerne eine andere widmen.

»Du willst jetzt also nicht mehr, hm?«, vergewissert er sich und rümpft die Nase. »Bist also doch beleidigt. Das habe ich ja gleich gewusst. Warum müssen Frauen eigentlich immer so schnell gereizt sein?«

Allmählich reißt mir der Geduldsfaden. »Tja, vielleicht liegt es an dir, wenn dir das ständig passiert.«

Enzo schnaubt, als würde ich nun völlig spinnen. »Sorry, aber ich bin romantisch, gut aussehend, italienisch, tierlieb, sportlich, Fußballer ...« Stolz klopft er sich auf die Brust. »Mein Marktwert liegt bei dreiundneunzigtausend Euro.«

Wahrscheinlich sind der Marktwert und der Bumswert sehr verschieden. Doch ich verkneife mir, das laut zu sagen.

»Ein toller Fang«, bemerke ich ironisch.

»Ich komme jedenfalls gut an.« Sein abschätziger Blick trifft mich. »Aber du bist wirklich schräg drauf. Klar, du bist heiß und echt hübsch. Allerdings redest du schon recht viel.«

»Wie bitte?« Wie von selbst wandern meine Hände in die Seiten und ich lehne mich vor.

Rambo stellt die Ohren auf und steht sofort stramm, als wäre Gefahr im Verzug. Doch Enzo fehlen dafür völlig die Antennen. Lapidar zuckt er mit den Schultern.

»Na, weißt du doch selbst, oder? Die ganze Zeit am Reden und Fragenstellen. Das ist echt anstrengend für einen Mann. Je mehr du fragst, umso nerviger wird es. Wahrscheinlich hörst du das nicht zum ersten Mal.«

Innerlich bin ich am Kochen, allerdings nicht am Bella-Italia-Bolognese-Topf sondern vor lauter Mordgedanken. Dummerweise würde sich Rambo dabei als Störfaktor erweisen. Ebenso der Umstand, dass mir eine Knarre fehlt. Obendrein will ich mein Gewissen nicht mit einem Verbrechen belasten oder seinetwegen hinter Gittern schmoren. Aber oh ... Im Geiste male ich mir zumindest ein paar Unfälle aus.

Enzo seufzt und legt sich die Hand aufs Herz. »Aber ich wollte dir trotzdem eine Chance geben, Anni, und nicht so oberflächlich sein.«

Hält er es etwa für großmütig, sich auf mich einzulassen? Also wirklich! Es wird eindeutig Zeit, mich aus dem Staub zu machen, bevor wir uns noch richtig in die Wolle kriegen. Darauf habe ich keine Lust. Schon jetzt ist es das schlechteste Rendezvous aller Zeiten, und das will was heißen. Ich beschließe, weitere Verabredungen für die nächste Zeit abzuschwören. So schlimm ist es nämlich überhaupt nicht, allein zu sein.

Meine beste Freundin Jule wird so lachen, wenn ich ihr die Geschichte erzähle. Schon der Gedanke an sie hellt meine Stimmung augenblicklich auf. Nichts geht über beste Freundinnen.

»Wenn du meinst. Ich bin dann mal weg. Gute Besserung und äh ... viele Tore.«

So im restlichen Leben.

Enzo guckt verdutzt. »Aber ich bin doch Verteidiger.«

An dieser Stelle kann ich mir ein spöttisches Grinsen doch nicht verkneifen. »Genau deswegen ja.«

Es dauert einen Moment, bis er den Wink versteht. »Oh, ach so. Na, vielen Dank auch.«

»Wobei manche ja auch von hinten einlochen können«, füge ich an.

Sein Blick weitet sich verblüfft, und ich klatsche mir die Hand an die Stirn, als hätte ich keine Ahnung, was ich da gerade gesagt habe. »Nee, das war beim Golfspielen, oder?«

»Ähm, also, ich könnte ja schon ...«

»Nein, schon gut.« Rückwärts stolpere ich über das Chaos in seiner Wohnung und bin erleichtert, als ich die Tür erreiche. Enzo fasst sich einmal mehr ans Auge, ganz der Mann der Stunde. Ich zeige ihm den erhobenen Daumen. »War nett. Tschüssi!«

»Ja, besser, wenn du wirklich gehst. Das wird mir echt zu viel. Rambo, jetzt sitz!«, murrt Enzo, als die Bulldogge sich für die geöffnete Tür interessiert. Sein Kommando rührt den Hund allerdings überhaupt nicht, und so mache ich schleunigst hinter mir zu, bevor Rambo mir erneut nachstellen kann. Ich spüre noch, wie der Hundekörper gegen das Türblatt klatscht, als das Schloss erlösend klickt.

Gedämpft höre ich Enzo von drinnen sagen: »Ja, wer ist ein feiner Hund? Ja, wer? Wer ist der Feinste?«

Wer? Gute Frage. Aber Rambo sicher nicht.

Kopfschüttelnd stoße ich den Atem aus. »Nie wieder diese dummen Dates. Das war es jetzt endgültig.«

Weder drei noch vier waren Glückszahlen. Ich hätte wirklich besser gleich verschwinden sollen. Nächstens würde ich auf mein Bauchgefühl hören. Hände weg von überempfindlichen Möchtegern-Macho-Regionalliga-Junggesellen ohne eigene Waschmaschine.

2

Erleichtert trete ich aus dem Wohnhaus und sauge die liebliche Sommerluft tief in meine Lungen, die nicht nach Junggesellenbude und Hund müffelt, als mein Handy sich bemerkbar macht.

Oh, bitte nicht Enzo.

Doch auf dem Display leuchtet Jules Name auf. Ich gluckse, als ich abnehme: »Na, du hast vielleicht ein Timing.«

»Wieso?«, fragt sie arglos.

»Ich hatte doch dieses Date«, sage ich, und sie räuspert sich.

»Ach, das war heute?«

Jule arbeitet freiberuflich als Grafikdesignerin von zu Hause aus. Sie ist oft tagelang in ihre Arbeit versunken und verliert manchmal jegliches Zeitgefühl.

»Ja, allerdings. Kaum zu glauben, dass ich mich darauf gefreut habe.«

Die Sonne ist noch nicht mal untergegangen, aber irgendwie kommt mir der ganze Tag trotzdem vergeudet vor.

»Oh je«, zeigt sie sich mitfühlend. »Schon wieder ein Reinfall?«

Ich nicke und trete einen kleinen Kieselstein davon, der klackend über den Gehweg springt und schließlich gegen einen Baum prallt. Wahrscheinlich pieselt Rambo dort immer hin. Ich kann mir schon vorstellen, wie Enzo ihn hier sein Geschäft verrichten lässt, während er über seinen astronomischen Marktwert in der Regionalliga nachdenkt.

»Je toller sie am Anfang scheinen, umso schlimmer sind sie am Ende«, resümiere ich. »Das muss irgendein naturwissenschaftliches Gesetz sein, aber in der Schule wird das nie behandelt. Wenn ich Lehrerin wäre, würde ich die armen Mädels besser vorbereiten.«

Jule kichert. »Oh Gott, das will ich sehen. Du könntest Kurse an der Volkshochschule geben, so wie deine Mutter. Die sind da ein bisschen näher am echten Leben dran als herkömmliche Schulen und haben doch auch Seminare für Persönlichkeitsentwicklung, oder?«

»Quatsch, ich werde keine Lehrerin.« Das hätte mir gerade noch gefehlt.

Es stimmt schon, dass meine Mutter seit Jahren allerlei Kurse anbietet wie etwa *Ikebana – Blumenstecken*, was ich als Kind ganz unterhaltsam fand. Auch *Eutonie – körperlicher und seelischer Spannungsausgleich* oder *Spiritualität durch Ernährung* gehören auf ihren esoterischen Lehrplan. Aber ich fühle mich nicht berufen, in ihre Fußstapfen zu treten.

»Bestimmt erstellst du dann ganz professionell ein hübsches Diagramm mit Warnstufen wie bei Waldbrandgefahr«, fantasiert Jule weiter. »Bei Brenner Brandschutz habt ihr das sicher auch.«

»Du Huhn!«, verwehre ich mich. »Vergiss das mit der Lehrerin. Außerdem bist *du* doch für unsere Grafikaufträge verantwortlich.«

Ernsthaft, mein freier Tag ist so blöd, dass ich mich glatt auf die Arbeit freue. Das ist doch nicht normal.

Seufzend zucke ich mit den Schultern. »Tja, jetzt bin ich wieder um eine Erfahrung reicher.«

Keine, die ich gebraucht hätte, so viel steht fest. Und ganz sicher keine, um die mich Jule mit ihrem Vorzeigefreund Lucian beneiden würde.

Ich tröste mich mit einer abwegigen Theorie. Sollte ich jemals bei Günther Jauchs Show *Wer wird Millionär* landen und bei der Millionenfrage zufällig nach der Anwendung von Hundeaugentropfen beim Menschen gefragt werden, könnte ich zielsicher eine Antwort geben.

»Nix gewesen mit Enzo Effiziano«, fasse ich es zusammen. Dabei hatte es so vielversprechend angefangen. Verdammt, er hatte richtig nett geklungen.

Trotzdem entpuppen sich diese Online-Flirts im echten Leben ständig als Kuckuckseier. Mimik, Gestik, Stimme, Gerüche und Verhalten weichen oft erheblich von der Fantasie ab.

Ich habe eindeutig Mitleid mit den armen Prinzessinnen aus früheren Zeiten, deren Entscheidung, wen von den fern lebenden Prinzen sie zum Gemahl nehmen sollten, sich auf kleine Porträtmalereien der Kandidaten stützte. Alles Mogelpackungen. Die hatten nicht mal Skype!

Meine Freundin lacht aus voller Kehle. »Enzo Effiziano! Das klingt wie die italienische Version von Max Mustermann. Warum haben Fußballer eigentlich immer so komische Namen?«

»Keine Ahnung«, gebe ich glucksend zu. »Vielleicht gehört das zu ihrer Qualifikation.«

»Sei froh, dass es nicht gepasst hat. Sonst hättest du eines Tages ...« Jule summt den Hochzeitsmarsch. »... Anni Effiziano geheißen.«

Wie kommt sie nur auf so was?

Ich zucke mit den Schultern. »Beim richtigen Mann wäre das egal. Außerdem besteht ja wohl eher die Gefahr, dass du irgendwann Jule Horner statt Engel heißt.«

Sie gluckst. »In der heutigen Zeit wäre auch Lucian Engel denkbar. Oder Engel-Horner.«

Ich kann mir ein Schmunzeln nicht verkneifen. »Denkst du da schon länger drüber nach?«, erkundige ich mich leutselig.

Sie räuspert sich. »Nö, wieso? Wir sind doch erst ein halbes Jahr zusammen. Das wäre verrückt, oder?«

»Aha«, mache ich nur.

»Ich meine«, stammelt sie, »er ist der Weihnachtsmann. Zumindest auf Weihnachtsfeiern. Da können auch verrückte Wünsche wahr werden.«

»Würde eine Hochzeit denn auf deiner Wunschliste stehen?«

»Ähm ...« Sie räuspert sich erneut. »Lass uns das Thema wechseln, weil äh ...«

»Ja?«, horche ich nach. Jetzt bin ich aber gespannt.

»Weil Wünsche sich nicht erfüllen, wenn man sie laut ausspricht.«

»Ich wusste es!«, rufe ich vergnügt und tanze ein paar Schritte auf dem Gehweg.

»Aber ich bin altmodisch. Das müsste von ihm kommen. Und das wird nicht passieren.«

Ich runzele die Stirn und halte inne. »Wieso nicht?«

»Weil er sonst viel zu perfekt wäre. So viel Glück kann doch keiner haben.«

»Du schon«, sage ich ehrlich. »Du hättest es verdient. Und nachdem du dir den Weihnachtsmann – wenn auch nur den kostümierten – geangelt hast, solltest du ganz besonders an Wunder glauben.«

»Zurück zu dir«, wechselt sie eilig das Thema. »Lass uns lieber über dein Liebesleben sprechen.«

»*Du* hast ein Liebesleben. *Ich* habe nur …« Ratlos zucke ich mit den Schultern. »Tja, ich weiß nicht, was ich habe. Aber es hat eher mit Pleiten, Pech und Pannen zu tun. Wie schaffen diese Kerle es eigentlich immer, sich vorher so gut zu verkaufen? Und dann, wenn man sie trifft, geht alles den Bach runter.«

Sie überlegt. »Vielleicht muss man sich einfach kennenlernen, wenn man überhaupt nicht damit rechnet. Und dann passt plötzlich alles. Letztlich setzt man in diese Dates doch viel zu große Erwartungen.«

»Ich nicht mehr«, erkläre ich überzeugt. »Ich gebe Dates auf.«

»Aber rein statistisch gesehen, müsste es nach vier Fehlschlägen jetzt besonders gut für dich aussehen. Ich meine, irgendwann muss es ja mal klappen.«

»Das klingt äußerst zuversichtlich, Süße«, schnaube ich. »Ehrlich, so was wie heute brauche ich nie wieder.«

»Ach, komm«, probiert sie, es herunterzuspielen.

»Du hättest uns sehen müssen! Wir waren wie die Bremer Stadtmusikanten. Enzo war unten, ich obendrauf und darüber noch Rambo, der Hund.«

Erst höre ich nichts, doch dann dringt ein heiseres Lachen an mein Ohr. Vermutlich versucht Jule, es zu unterdrücken. Allerdings mit mäßigem Erfolg.

»Jule Engel!«, ermahne ich sie streng.

»Tut mir leid, aber es ist so witzig.« Sie kichert ungeniert weiter.

»Die Bulldogge hat mich mehr bedrängt als Enzo. Er meinte nur, der Hund pubertiert.« Ich verdrehe die Augen.

»Schrecklich so ein Pubertier«, gluckst Jule zustimmend.

»Und dann musste ich ihn verarzten, weil er sich gekratzt hat. Also Enzo, nicht der Hund. Vielleicht hätte ich keinen Fußballer treffen sollen. Die rollen sich doch immer minutenlang über den Rasen, wenn sie mal ein kleines bisschen gefoult werden. Okay, das mit den Hundeaugentropfen war vielleicht auch nicht so toll«, räume ich ein. »Und vielleicht hat es wirklich gebrannt, aber ...«

Jule unterbricht mich. »Hundeaugentropfen? Bitte was?«

»Wegen seinem Kratzer. Ich dachte, das ginge auch und ... Na, egal. It's history.«

»Das hast du nicht gemacht«, japst sie. Anscheinend ist sie noch nicht bereit, das Thema so leicht unter den Tisch fallen zu lassen.

»Ja, warum nicht? Warum sollen die für Hunde denn schlechter sein als die für Menschen?«

Ich höre sie bloß gackern.

»Egal, er lebt noch. Jedenfalls war es schrecklich. Ich wollte mich gerade aus dem Staub machen, aber dann – du wirst es nicht glauben – ist er mir zuvorgekommen und meinte, er bräuchte jetzt seine heilige Ruhe. Er hat doch allen Ernstes behauptet, *ich* wäre merkwürdig und unreif und würde wie ein Wasserfall quatschen.« Empört schnappe ich nach Luft. »Dieser Heini!«

»Ist nicht dein Ernst«, erwidert Jule entgeistert.

Ich äffe ihn nach: »›*Das ist echt anstrengend für einen Mann.*‹ Hallo? Wer war denn bitte oben? Wenn ich es recht bedenke, war er für einen Sportler ziemlich faul.«

Jule prustet ins Telefon. »Kaum zu glauben.«

»Ich frage mich wirklich, wie man heutzutage überhaupt noch normale Menschen trifft. Anscheinend habe ich ein Talent für diese Sonderlinge. Was ist das eigentlich, weshalb Menschen sich finden? Wie merken sie, dass sie gegen jede Wahrscheinlichkeit zueinander passen? Angeblich gibt es doch zu jedem Topf einen Deckel. Aber das alles erscheint mir immer mehr wie reines Glücksspiel.«

»Na ja, das ist es auch«, gibt Jule zu. »Aber ich habe meinen Sechser im Lotto gezogen, obwohl dieser Fluch auf mir gelastet hat. Weißt du noch?«

»Oh ja«, seufze ich. »Und wie ich das weiß.«

»Ihr habt mir gezeigt, dass es keinen Fluch gibt. Und du bist auch nicht vom Pech verfolgt. Es wird nicht immer alles schiefgehen.« Nach einer Pause fragt sie beiläufig: »Was macht eigentlich Wollpulli-Wolfgang?«

»Du willst mich wohl veräppeln! Mit dem wollte ich dich doch verkuppeln.«

Natürlich nur zum Spaß. Die beiden passen so toll zueinander wie Rettich und Schokolade.

»Genau, und jetzt drehe ich den Spieß um. Der ist doch lieb und mäkelt sicher nicht an dir herum.«

»Vergiss es!«

Wobei … Zumindest trägt er im Sommer keine Wollpullis und er hat keinen unerzogenen Hund, aber ansonsten fehlen mir jegliche romantischen Fantasien in Bezug auf meinen Kollegen.

»Na schön, einen Versuch ist es wert gewesen«, gibt sie sich geschlagen.

Missmutig starre ich auf eine Hauswand. In dieser Straße sieht ein Gebäude aus wie das andere. »Mir reicht es jedenfalls erst mal. Ich habe keine Lust mehr. Auf niemanden. Schon gar nicht auf jemanden, der nur an mir herumnörgelt, obwohl er selbst total bescheuert ist.«

Enzo, adieu.

»Dann schwörst du jetzt der Liebe ab oder wie lautet der Plan?«

»Plan? Keine Ahnung. Und was heißt abschwören? Ich bin einfach nur erschöpft und genervt. Da tut man, pflegt sich, rasiert jedes Körperhaar weg, wachst und schminkt sich für das erste Treffen und natürlich das Danach. Man ist aufmerksam beim Kennenlernen und später auch in der Beziehung, immer nett und freundlich.« Ich rede mich in Rage. »Und dann ist alles für die Katz! Weil immer etwas stört. Weil es nie passt. Weil da immer – *immer!* – ein Haken ist. Ich meine, denke nur mal an Robert und Christian, meine Exfreunde.«

»Exe sind Echsen«, steuert Jule bei.

»Das ist ja sehr hilfreich.«

»Du weißt schon; lahme, furztrockene Kriechtiere mit markantem Spreizgang, die gerne mal ihren Schwanz verlieren durch äh ... Dings.«

Ich verdrehe die Augen. Mir ist klar, was sie meint, auch wenn der Vorgang bei Eidechsen vermutlich anders aussieht.

»Robert hat immer etwas an mir auszusetzen gehabt«, fahre ich fort und zähle die unliebsamen Verstöße auf. »Wie etwa Kleider, die mir seiner Meinung nach nicht standen. Er fand auch, ich könnte nicht singen und sollte es in seiner Gegenwart dringend unterlassen wegen seiner Ohren! Diese blöden, abstehenden Knubbelohren. Wahrscheinlich könnte er damit sogar Satellit empfangen. Gut, ich singe nicht wie eine dieser Sirenen bei Odysseus, aber auch nicht gruselig.«

»Nein, auf keinen Fall«, beeilt sich Jule zu sagen. »Bei dir ist das charmant.«

Ein vergnügter Unterton schwingt in ihrer Stimme mit, den ich geflissentlich überhöre. So wie Robert auch das eine oder andere hätte überhören können.

Immerhin habe ich das bei seinem Börsengerede doch auch geschafft. Oder habe ich mich etwa jemals über DAX, Dow Jones, Nikkei oder Hang Seng beschwert? Im Gegenteil, ich habe sogar meine Bewunderung für seinen Durchblick geäußert. Und im Grunde ist es ja auch bemerkenswert, wenn man die Konzentration aufbringt, sich in diesen öden Kram zu vertiefen. Aber die Anerkennung war leider äußerst einseitig.

»Er fand mich zu aufgedreht, hat es gehasst, wenn ich morgens ungestylt war, als ob er aufwachen würde wie Adonis.«

»Er war ein Idiot«, bringt Jule es auf den Punkt.

»Und was für einer! Und dann noch Christian – er meinte dauernd, ich würde zu ungesund essen und wäre zu anhänglich, nur weil ich einmal am Tag geschrieben habe. Irgendwann hat er Schluss gemacht und sich diese Christel aus seinem Fitnessstudio geangelt, die von Salatblättern und Pilates lebt. Die dürre Kuh!«

»Vergiss vegan nicht«, gluckst Jule.

»Dürre, vegane Kuh«, greife ich den Vorschlag auf. »Sind nicht alle Kühe vegan veranlagt?«

Na gut, vielleicht fressen sie die eine oder andere Fliege, wenn mal eine auf einem Grashalm hockt, aber sonst …

»Schau, wie gut es passt«, entgegnet Jule bloß.

Ja, Christian und Christel. Ich blase die Backen auf und stoße den Atem aus. »Wir sind zwar nicht lange zusammen gewesen, aber trotzdem. Egal, was man tut, wie sehr man sein Bestes zeigen will, immer geht es nach hinten los. Ich glaube, du hast recht gehabt.

Man kann verflucht sein. Ich ziehe diese Probleme magisch an.«

»Du bist nicht verflucht«, widerspricht sie.

»Lustig, dass wir dieses Gespräch jetzt umgekehrt führen. Aber sei es drum. Meine letzten Beziehungen sind gescheitert. Meine Dates waren Katastrophen. Es scheint, als ob mich niemand mag, wie ich bin. Immer wollen sie, dass ich mich verstelle.«

»Unsinn!«, widerspricht Jule. »Ich liebe dich von Herzen. So, wie du bist, ganz genau so.«

»Aber sonst niemand.«

»Deine Mutter.«

»Aber kein Mann.«

Und meine Mutter ist ja auch irgendwie merkwürdig. Außerdem hängen Mütter doch eigentlich immer an ihren Kindern, egal, wie sie sind.

»Vielleicht ist es tatsächlich so, dass etwas mit mir nicht stimmt«, murmele ich.

»Jetzt hör aber auf! Du bist wunderbar.«

»Klar, dass du das sagst. Du bist ja auch meine Freundin.«

Sie hustet wenig dezent.

»Okay, meine allerallerbeste Freundin«, beschreibe ich es genauer.

»Fein, so hört sich das schon treffender an. Jetzt lass dich nicht runterziehen. Enzo ist ein Knallkopf.«

»Aber nicht mal der will mich.«

Macht es das nicht irgendwie noch deprimierender?

»Na und? Du ihn doch wohl auch nicht. Hoffentlich ist er jetzt genauso betrübt. Verdient hätte er es.«

»Der doch nicht«, schnaube ich. »Sein Marktwert liegt bei dreiundneunzigtausend Euro.«

»Dann ist er erst recht ein Trottel, wenn er sich dich entgehen lässt. Denn du bist Klassen besser. Mindestens Millionen wert. Ach was, Milliarden!«

Ein Schmunzeln huscht über meine Lippen. »Danke schön.«

»Hrhr«, räuspert sie sich.

»Ja, du bist auch mindestens Milliarden wert.« Das Lächeln auf meinem Gesicht wird breiter.

»Völlig richtig. Wir sind dermaßen toll, wir bräuchten glatt Bodyguards.«

Also, wenn wir schon spinnen …

»Kann einer vielleicht aussehen wie Chris Hemsworth oder Scott Eastwood?«

»Du meinst, diese muskelbepackten, blonden, blauäugigen Halbgötter?«

»Ich weiß, das ist total utopisch.«

»Dafür sind Träume da. Und wie geht's jetzt bei dir weiter? Fährst du nach Hollywood und entführst einen der beiden?«

Für ein bisschen verrückt hält sie mich wohl schon.

»Nee, ohne mich. Ganz ehrlich? Ich habe die Nase voll davon, die beste Seite von mir zu zeigen. Ich will einfach nur ich selbst und mit mir zufrieden sein. Hey, das klingt doch nach einem tollen Plan, oder?«

»Es klingt zumindest nach einem Plan.«

Ich nicke entschlossen. »Statt wie blöd zu versuchen, jemanden zu finden, der zu mir passt, werde ich jetzt lieber die Zeit mit mir selbst genießen. So wie ich bin. Mit all meinen Macken und Fehlern, tollpatschig und unrasiert …«

»Ähm ...«, kommt es zögerlich aus der Leitung.

»Genau, wenn ich mich nicht rasieren will, mache ich es nicht.«

»Klingt wie ein Vorsatz, so mitten im Sommer. Mit Bademode«, fügt sie an.

Wir lachen beide.

»Okay, vielleicht lasse ich mir das mit dem Rasieren noch mal durch den Kopf gehen, aber ansonsten ...« Eine Vision formt sich in mir. »Hey, das mit der Bademode klingt gar nicht schlecht.«

»Ach so?«

Ich nicke angetan. »Das wird ein großartiger Sommer, den ich mir durch nichts mehr verderben lasse. Ich werde einfach tun, was ich will und wie, wann und wo ich es will«, stelle ich klar. »Das wird toll.«

»Ganz bestimmt. Go girl!«, feuert Jule mich an.

Ich habe auch schon eine Idee, wie ich mein Vorhaben umsetzen werde.

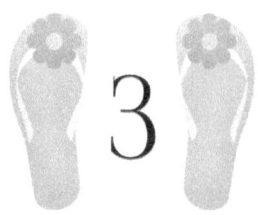

3

»So, so, also ein Luxusurlaub in Sylt«, sagt meine Mutter und zieht nachdenklich die Stirn kraus. »Oder sagt man bei Sylt?«

Während sie überlegt, tippt sie immer wieder auf den Ausdruck der Hotelanlage, den ich mir in der Firma aus dem Farbdrucker gelassen habe, nachdem ich hoch motiviert und meinem Plan folgend die Buchung fix gemacht habe.

Die Werbung zeigt ein wunderschönes Hotel im Süden Sylts umgeben von Dünen, endlosen Sandstränden und dem Meer.

»*Atmen Sie die unvergleichliche, frische, raue Nordseeluft ein*«, liest meine Mutter die Beschreibung vor. »Ganz schön viele Adjektive, oder?«

»Das ist Meckern, wo es nichts zu meckern gibt.«

In meinem Kopf male ich mir die wilde Schönheit Sylts aus, die würzige Meeresbrise, die Schreie der Möwen, das Rascheln des goldenen Grases in den Dünen, wenn es im Wind wogt. Und das alles auf äußerst gehobenem Niveau. Gepriesen sei das Urlaubsgeld von Brenner Brandschutz. Mein Chef hat meinen Fleiß mit einem besonders hohen Bonus vergolten. Pech in der Liebe, aber Glück im Job.

»Aha«, macht sie und studiert die Unterlagen weiter: »*Genießen Sie das vielfältige Angebot des Hotels, das eindrucksvolle Architektur, beispiellosen Genuss und unzählige Entspannungsmöglichkeiten bietet.*« Sie blickt zu mir auf. »Hoffentlich meditierst du auch ein wenig, Spätzchen, und fütterst nicht bloß die Möwen. Das sind nämlich die Ratten der Lüfte.« Sie gerät ins Grübeln. »Halt, nein. Das waren die Tauben.«

Ich verdrehe die Augen. »Keine Sorge, ich habe nicht vor, mein Essen mit der einheimischen Fauna zu teilen.«

Mama nickt. »Gut, Fritten sind nämlich sicher auch für Tiere kein Fitness-Food. Ich weiß doch genau, dass du nicht auf gesunde Ernährung achtest.« Sie wedelt mit dem Finger, als hätte sie mich längst durchschaut. »Lieber ein Schokoladeneis als ein anständiges Dinkelabendbrot bei dir. Hoffentlich führen sie bald mal diese Ernährungsampel ein, damit du siehst, was gut für deinen Körper ist. Grün ist prima und Rot ist schlecht. Rate mal, was süßer Kram bekommt?«

Ich stelle mich ahnungslos. »Manchmal habe ich so eine Rot-Grün-Schwäche.«

Mama stöhnt. »Papperlapapp! Na, sei es drum. Ich weiß auch nicht, wo du das hin futterst. Aber mit fünfzig hast du einen anderen Stoffwechsel. Das verspreche ich dir.« Sie macht eine wegwerfende Handbewegung.

Zum Glück weiß sie nicht, dass ich wirklich oft die normalen Mahlzeiten gegen Süßigkeiten austausche, damit ich trotzdem schlank bleibe, sonst würde sie mich vermutlich in ein meditatives Foodcamp stecken, in dem mir unter Hypnose eingebläut würde, dass ich ganz versessen auf Möhren sei. O-Ton meiner Mutter: »Die sind toll für eine biologische Bräune und gesunde Augen.«

Eine Zeit lang war sie auf einem regelrechten Karottentrip, bis sie irgendwann merkte, dass die Schwielen an ihren Händen schon gelbstichig wurden. Dann fand sie es nicht mehr ganz so großartig. Ob Donald Trump wohl auch zu viele Möhren isst? Ein bisschen orange sieht der ja schon aus.

»*Finden Sie zu sich selbst*«, liest Mama weiter. »*Erleben Sie Ruhe und Entspannung bei Vogeltouren, lernen Sie Bogenschießen, folgen Sie den Spuren der Wikinger, nehmen Sie an einem Schokoladenseminar teil oder genießen Sie den Strand.*‹«

Ich seufze zufrieden. »Herrlich, oder?«

Die Beschreibung klingt einfach zu verführerisch und ich bin dem Werbetext sofort verfallen. Dazu noch die malerischen Bilder. Vom ersten Augenblick an habe ich gewusst: Ja, das ist mein Hotel. Es passt genau in meinen Plan der Selbsterfüllung.

Argwöhnisch schaut Mama mich an. »Du willst doch nur in dieses Schokoladenseminar, oder?«

Eilig schüttele ich den Kopf. »Nein, nicht nur.«

Na ja, schon auch. Aber wer weiß? Am Ende werde ich womöglich noch eine super Bogenschützin. Oder Vogelspezialistin. Oder ich bleibe den lieben langen Tag am Strand, tanke etwas Sonne und liege abends faul und zufrieden mit meinen selbst gemachten Trüffeln im flauschweichen Bett, eingehüllt in einen hoteleigenen Bademantel, der zum Service dazugehört.

Während ich in meiner Vorfreude schwelge, stoße ich einen genüsslichen Seufzer aus. »Sylt ist einfach ein Sehnsuchtsziel. Findest du nicht?«

»Kann schon sein.« Meine Mutter runzelt die Stirn, als käme sie nicht im Traum auf den Gedanken, in den Norden zu fahren. Sie hält es eher mit dem Mittelmeer. Aber so kalt wird das Wasser schon nicht sein, und es gibt dort noch Innenpools und eine Saunalandschaft, falls es mir abends zu kühl werden sollte. Bisher ist der Wetterbericht jedoch auf meiner Seite. Wie eine Süchtige hänge ich an der Wetter-App und klicke beinahe stündlich darauf, weil ich es nicht mehr erwarten kann, meine Reise anzutreten.

Mein quietschroter Koffer leuchtet mir vom Flur aus entgegen. Ich mag strahlende Farben. Sie verbreiten Fröhlichkeit und außerdem findet man sie im Notfall auch schneller auf den Gepäckbändern der Flughäfen dieser Welt wieder.

Nachdenklich streicht sich meine Mutter durch ihr sonnenblondes Haar, das ich von ihr in die Wiege gelegt bekommen habe. Jeden Sommer wird es etwas heller. »Wie sagt man denn jetzt, Schätzchen? In Sylt oder bei Sylt?«

Sie lächelt mich ratlos an. Typisch meine Mama. Eigentlich wollte ich nur wissen, wie sie das Hotel und meinen Plan findet, während wir das Organisatorische für meine Abwesenheit klären. Aber sie sinniert über sinnlose Dinge. Wobei ich das auch an ihr liebe.

»Ist doch egal«, antworte ich grinsend, während ich auf die Pflanzen auf der Fensterbank, in der Küche und auf dem Balkon zeige. Etwas, das mich gerade weit mehr interessiert. »Hast du mir überhaupt zugehört? Für die Orchideen verwende ich diesen Becher. Er hat genau die richtige Größe. Es ist narrensicher.«

Ich deute weiter durch den Raum. »Die Zimmer-calla habe ich gerade gedüngt. Es reicht also, wenn du sie feucht hältst und einmal in der Woche besprühst. Wenn etwas verblüht, kannst du es abschneiden. Aber stelle sie bitte, bitte nicht um. Ich weiß, du machst gerne dein Yin und Yang ...«

Ihre Lippen spitzen sich amüsiert. »Du meinst sicher Feng Shui.«

»Genau. Aber wirklich, Mama, die Calla steht perfekt und ist ein bisschen eigen. Ich habe eine Weile gebraucht, um den idealen Standort zu ermitteln.«

»Was du wieder von mir denkst! Als ob ich hingehen und deine Wohnung umdekorieren würde.« Sie kichert, als hätte ich einen Witz erzählt.

Ich nicke beruhigt. »Alles klar.« Dann zeige ich nach draußen. »Also, den Efeu brauchst du nicht so doll zu gießen, okay? Er benötigt nicht besonders viel Wasser. Aber dafür die Hortensie. Die trinkt ziemlich viel, jetzt, wo sie blüht. Schaffst du das alles?«

Fragend betrachte ich meine Mutter und weiß in diesem Moment ehrlich gesagt nicht mehr, warum ich ausgerechnet sie gefragt habe, ob sie sich während meiner Abwesenheit um alles kümmert. Denn bei Blumen hat sie ein so gutes Händchen wie ich bei Männern, und ihr Daumen ist so grün wie der eines Gorillas.

Zudem ist sie dezent chaotisch, und ich muss daran denken, wie sie mir mal anstatt eines Pausenbrotes ihren Puder in die Brotdose gepackt hat.

Allerdings wollte ich nur ungern meine verrückte Nachbarin darum bitten. Ich mag Frau Siebenseher zwar bis zu einem gewissen Grad und sie hat mir bereits das eine oder andere Mal angeboten, für mich einzuspringen, wenn mal was wäre, aber sie ist leider unglaublich neugierig und fragt mich ständig über alles Mögliche aus. Sowohl über normale Dinge, die auch ganz schmeichelhaft sein können – etwa welches Shampoo ich benutze, weil sie findet, dass meine Haare so golden glänzen würden –, als auch über komische Sachen – beispielsweise warum mein Telefon so spät noch geklingelt hätte. Oder wieso ich erst so spät daheim gewesen sei. Und ob ich auch diesen oder jenen Film auf RTL angeguckt hätte oder schon das Neuste von mir völlig fremden Leuten wüsste. Und ob der Mann, der neulich Nacht bei mir gewesen sei, so laut gestöhnt hätte oder ob wir einen Porno angeschaut hätten.

Himmel, was soll man denn darauf antworten? Mal abgesehen davon, dass sie mir die besagte Geräuschkulisse fälschlicherweise zugeordnet hat. Jetzt, da im Sommer die Fenster bei fast allen offenstehen, wird die Nachbarschaft viel hellhöriger.

Wie auch immer, es gibt vielleicht Menschen, die alles frei heraus erzählen, aber zu der Sorte gehöre ich nicht. Zumindest nicht so uneingeschränkt. Meine Nachbarin scheint das Konzept des gläsernen Bürgers verinnerlicht zu haben, aber ich mache mir durchaus etwas aus meiner Privatsphäre. Dem entsprechend will ich sie nicht unbeaufsichtigt in meine Wohnung lassen. Nicht auszudenken, was sie täte, wenn sie die

Chance hätte, sich durch meine Schubladen zu wühlen. Besonders im Schlafzimmer.

Natürlich hätte ich auch meine beste Freundin Jule fragen können, klar, und ich bin mir sicher, sie hätte es gemacht, aber sie hat die Tendenz, ihre Pflanzen eingehen zu lassen. Alle. Immer. Das ist sogar noch schlimmer als bei meiner Mutter. Außerdem hat sie in ihrem Job einiges um die Ohren und ist oft so vertieft in ihre Arbeit, dass sie andere Dinge komplett vergisst. Das hat sich ja zuletzt bei meinem Date mit Enzo gezeigt. Und last but not least schwebt sie auf Wolke sieben mit ihrem Lucian. Ich will ihrem Glück nicht dazwischenfunken, erst recht nicht, wenn meine Freundin insgeheim hofft, dass sich die Dinge zwischen ihnen intensivieren könnten.

»Wie sagt man denn jetzt?«, hakt Mama nach und reißt mich aus meinen Gedanken.

»Was?«

»In oder bei Sylt?«, wiederholt sie.

»Auf Sylt, Mama. Man sagt: auf Sylt.«

Sie schüttelt den Kopf. »Bist du dir sicher? *Auf* Sylt ...« Sie kraust die Nase und starrt an die Zimmerdecke, während sie sich den Klang durch den Kopf gehen lässt. Dann gibt sie einen unzufriedenen Laut von sich. »Das hört sich aber total komisch an. Findest du nicht?«

Ich zucke mit den Schultern. »Den Syltern wird es egal sein, was du sagst. Aber Mama, hast du dir das mit den Blumen und meiner Post auch wirklich gemerkt?«

Sie schiebt die Hotelunterlagen ein Stück von sich und lächelt zuversichtlich. »Keine Sorge, ich habe alles ganz genau verstanden.« An den Fingern beginnt sie, es aufzuzählen: »Die Hortensie braucht nicht so viel Wasser, die muss ich nicht oft gießen. Aber der Efeu trinkt dafür sehr viel, der kleine Schluckspecht. Der Becher ist für die Dingsdabumsda und die Orchideen soll ich kräftig besprühen und düngen. Kein Problem. Kriege ich hin.« Sie tippt sich an die Stirn, als wäre es gründlich abgespeichert.

Oh nein.

Mama grinst mich an, und mir wird klar, dass sie wohl einen Scherz gemacht hat. »Hallo, ich habe dich großgezogen, dich nächtelang getragen, dir Brote geschmiert und an deinem Bett gewacht, wenn du Fieber hattest. Da werde ich es ja wohl schaffen, die Blumen zu gießen. Also wirklich!«

Ich kratze mich am Hals. Wie war das noch mal mit dem Brot und dem Puder? Egal, das ist so lange her.

Dankbar nicke ich und drücke ihre Hand. »Mama, ich weiß, du kriegst das hin.«

Hoffentlich. Ein bisschen graut es mir ja doch davor, sie mit meinen Pflanzen allein zu lassen.

»Du kannst auf mich zählen.«

»Was sagst du jetzt eigentlich zu dem Hotel? Es ist richtig schön, oder? Ich habe mich direkt verliebt.«

»Es sieht nicht schlecht aus«, gibt sie zu. »Und ganz ehrlich, ich schätze es sehr, dass du etwas für dich tun und zu dir finden willst. Du weißt, ich bin die Letzte, die so was nicht befürwortet.« Meine Mutter zögert. »Aber um zu seinem inneren Selbst zu finden, zu dem, was man in dieser Welt verkörpert, also ... ich meine, da gibt es doch Sinnvolleres, was man tun könnte.«

Ich runzele die Stirn. »Was sollte denn sinnvoller sein als Wellness?«

Hoffentlich erzählt sie jetzt nichts von Heiraten und Kinderkriegen. Das Thema bin ich leid. Romantik klappt einfach nicht auf Knopfdruck oder mit einem Fingerwisch über das Handy-Display.

»Wale retten, Tiere pflegen«, schlägt sie vor, »Blumenkränze stecken, Spenden sammeln, ein Patenkind in der dritten Welt adoptieren, Immigranten die deutsche Sprache lehren.« Andächtig sieht sie mich an. »Oder du könntest natürlich auch in einen meiner Kurse kommen, Anni-Bunny.«

Ich kann mir ein Stöhnen nicht verkneifen. »Oh, Mama, da bin ich doch schon hundertmal gewesen.«

Sie nickt. »Und es hat dir nicht geschadet. Du könntest mir auch helfen, Insektenhäuser aufzustellen. Das habe ich in den nächsten Wochen geplant. Bienen retten, die neue Initiative. Ich hoffe, du hast abgestimmt.«

»Ähm ...« Ups, ich denke nicht. Verdammt, ich mag Bienen. Und natürlich Honig. »Das mache ich dann nach den Ferien.« Prompt fühle ich mich oberflächlich, weil ich bloß an meinen Entspannungsurlaub gedacht habe statt daran. Meine Mutter hat diese Wirkung.

»Wenn du meinst.«

Doch ihr Blick spricht Bände.

Ich hasse es, wenn sie das sagt. *Wenn du meinst.* Das hat sie früher schon mit mir gemacht. Wann immer ich irgendwas toll fand, das nicht ökologisch sinnvoll war, erwiderte sie nur: »Wenn du meinst.«

»Na ja, mit deinem grünen Daumen könntest du auch helfen, diese eminent wichtigen Schmetterlings- und Bienennährgewächse zu pflanzen.«

»Sicher, nur eigentlich wollte ich ausspannen, die Seele baumeln lassen, meinen Horizont erweitern, ...«

Nirgends schien der Horizont weiter als am Meer zu sein.

Mamas Augen leuchten. »Dann lass uns doch zusammen diesen Kurs bei Birte über *Bionische Kosmetik* belegen. Sie würde sich bestimmt freuen, wenn wir mitmachen. Dann können wir grünen Gewissens unseren Typ unterstreichen, und danach hilfst du mir mit den Insektenhäusern. Die Bienchen und Hummeln werden auf uns fliegen«, gluckst sie.

Abgesehen davon, dass das nicht so ganz ist, was ich mir vorgestellt habe ...

»Also, wenn ich das vorher gewusst hätte, aber nun habe ich Sylt schon gebucht, und ich habe keine Reiserücktrittsversicherung.« Bedauernd breite ich die Hände aus.

»Oh, warum denn nicht?« Sie blinzelt verständnislos.

Weil keine zehn Pferde mich davon abhalten könnten, wegzufahren. Keine Grippe, keine Sturmflut und auch keine *Bionische Kosmetik*.

Doch ich antworte etwas diplomatischer: »Weil ich das Geld von der Reiserücktrittsversicherung viel sinnvoller anlegen kann. Ja, äh ...«

Sie beäugt mich gespannt.

»Genau, ich werde lauter Wildblumensamen kaufen und Sylt damit einstäuben. Nächstes Jahr sieht es dort aus wie bei Biene Maja und Willi.«

Meine Mutter nickt zufrieden. »Na gut, es wäre auch schade, wenn die Bienen irgendwann aussterben würden und du kein Honigbrot mehr essen könntest.«

Ich nicke. »Bei Honigbrot kenne ich kein Pardon.«

»Fein, fein. Warum hast du das nicht gleich gesagt? Weißt du, es gibt da diese Bienenmischungen im Fünf-Liter-Eimer. Nimm am besten ein paar davon mit.«

Ein *paar* Fünf-Liter-*Eimer*? Ich habe eher an Tütchen gedacht. Was hat sie vor? Will sie, dass ich die heimische Pflanzenwelt überrenne wie Hannibal, der über die Alpen kam?

Versonnen streicht sie sich über das Kinn und ihre Stimme nimmt plötzlich einen anderen Klang an: »Ja, nun, bei solchen Urlaubsreisen lernt man doch auch viele nette Leute kennen. Nette Männer«, fügt sie an. »Deinen Vater habe ich ebenfalls bei einem Urlaub kennengelernt, und nun hält es schon seit über dreißig Jahren.«

Besonders erstaunlich ist, dass sie ihn kürzlich dazu gebracht hat, zu lernen, wie man selbst Bier braut.

Sie zwinkert mir zu. »Ich meine, eine gesegnete, fruchtbare Ehe mit Nachwuchs«, bringt sie es auf den Ich-will-endlich-Enkel-Punkt.

Ich winke ab. »Männer stehen nicht auf meinem Plan.«

»Ach, wieso?«

»Ich will mich nur treiben lassen, den Sand zwischen den Zehen und die Sonne auf meiner Haut fühlen. Ich werde schlemmen und bloß tun, was ich will, ohne, dass sich irgendjemand daran stört und an mir herummeckert. Das hatte ich zu oft in letzter Zeit.«

Mama nickt. »Oh, ich weiß, was du meinst. Aber ich habe dir ja gleich gesagt, dass dieser Robert nicht zu dir passt. Der war einfach viel zu sehr auf sich bezogen. Ich glaube, er wollte sich nur mit dir schmücken, mein Mäuschen. Es gibt Kerle, die finden es toll, wenn andere Männer sich nach ihren Frauen umdrehen. Jedenfalls mochte er dich nicht um deiner selbst willen. Und du warst nicht du selbst in seiner Gegenwart. Ein ganz übler Typ.«

Ich nicke. »Deswegen achte ich jetzt mehr auf mich.«

»Na gut, dann tue das. Und ich halte hier die Stellung. Du wirst sehen, wenn du wieder da bist, ist es hier noch besser als vorher.«

Sie sagt es im Brustton der Überzeugung und ich hoffe, dass sie recht behält. Ich denke an meine armen Blumen und das mögliche Schicksal, das ihnen blühen könnte. Aber wie war das mit der Hoffnung? Die stirbt ja bekanntlich zuletzt.

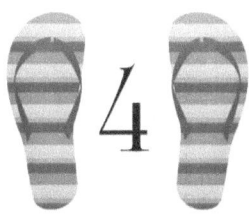

Ich kann es noch immer nicht fassen, aber ich bin endlich auf Sylt angekommen. Mit heftig schlagendem Herzen stehe ich vor dem Eingang des Hotels und bin einfach nur glücklich. Ganz bestimmt werde ich hier den unglaublichsten Urlaub meines Lebens verbringen – und zwar mit mir selbst. Ich werde mich nicht verstellen, sondern tun, was immer ich will, und es in vollen Zügen genießen. Ohne Männer, die lauter merkwürdige Macken haben oder die sich an meinen eigenen Ticks stören und gleich Reißaus nehmen, sobald ich mal eine WhatsApp-Nachricht »zu viel« schreibe. Und niemanden wird es stören, wenn meine Fingernägel angeblich nicht schön genug lackiert sind oder dergleichen. Ja, ich habe so allerhand gehört in den letzten Jahren, doch nun spüre ich, dass ein neues Kapitel in meinem Leben beginnt.

Hier bin nur ich, Anni Nagler, mit dem Meer, den Wellen und Fischen, gutem Essen und der Sonne. Was will man mehr, um mit sich und der Welt im Einklang zu sein?

Sylt, ich komme, und ich werde der Insel meine Spuren im Sand aufdrücken. Vielleicht streue ich auch ein paar Blümchen irgendwohin. Wobei ich mir ziemlich sicher bin, dass dieser noble Badeort längst hübsch dekoriert sein dürfte.

Voller Vorfreude auf meinen Urlaub sauge ich die frische Luft tief in mich ein. Zumindest so lange, bis ein Mann im Anzug auf mich zukommt und lächelt.

»Guten Tag, wir freuen uns, Sie hier bei uns begrüßen zu dürfen. Darf ich Ihnen mit dem Gepäck behilflich sein?«

Ich nicke freudig. Das ist vom Fleck weg der pure Luxus. »Ja, sehr gerne. Vielen Dank.«

Er hebt meine Koffer – irgendwie sind es drei geworden, ich weiß auch nicht, wie das passiert ist – auf den Gepäckwagen und folgt mir dann ins Innere des Hotels. Puh, drei Koffer. Ich weiß, das ist viel. Und es liegt nicht etwa daran, dass in zwei davon literweise Blumensaat gebunkert wäre, wie meine Mutter sich das vorgestellt hat. Bestimmt würde es sowieso gegen irgendeine hiesige Vorschrift verstoßen. Nein, es war mehr ein Fall von: wenn schon, denn schon. Vor lauter Urlaubsfieber habe ich schlichtweg alles einpacken wollen.

Doch dann denke ich mir, dass das bei so einem Luxushotel gang und gäbe sein dürfte. Ähnlich wie bei dem Film *Pretty Woman* gibt es hier gewiss haufenweise Frauen mit edlen Koffern und Hutschachteln und Männer mit Golfschlägern und Smokings. Dazu kommt noch das Wetter – mal warm, mal kühl, mal windig, mal sonnig. Es wäre doch noch dekadenter, wenn man zu wenig einpacken würde und sich hier dann alles neu kaufen müsste.

Na ja, letztlich hätten sie wohl auch keine Gepäckwagen, wenn die Gäste sonst nur mit kleinen Taschen
anreisen würden.

Genau, Anni, rede es dir ein. Trotzdem sind meine
drei Überseekoffer zusammengenommen so groß wie
eine Badewanne. Am besten gebe ich dem netten Pa-
gen ein Trinkgeld.

Im Inneren des Hotels vergesse ich kurz zu atmen,
weil es einfach so bezaubernd schön ist. Die Lobby ist
hell und lichtdurchflutet. Überall ist glänzend weißer
Marmor verlegt worden, edle weiße Sofas stehen um
schwere, hölzerne Tische gruppiert und laden die Gäste dazu ein, sich einen Moment auszuruhen und zu
besinnen. Die sanften Klänge von klassischer Musik
untermalen das Ambiente, ebenso wie Bilder von
blauen Himmeln, dem Meer und Sylts Stränden. Sie
hängen in Nischen, eingefasst von Pilastern, vor denen Vasen aus knorrigem Treibholz mit zarten Gräsern und Schilf stehen.

Alles wirkt so schwerelos leicht, als würde man auf
Wolken oder Schaumkronen wandeln. Der Boden zu
meinen Füßen glitzert, als ich darüber gehe. Kleine
dezente Funken, wie wenn die Sonne sich auf dem
Wasser bricht.

Sofort fühle ich mich, als wäre ich eine Art VIP,
denn wann im wahren Leben, außer in Träumen, wird
einem so etwas schon geboten?

Trotzdem fühle ich mich irgendwie auch wie zu
Hause, obwohl es hier völlig anders ist – geborgen
und gut aufgehoben. Ich bin bereit, barfuß durch den
Sandstrand zu den blauen Wellen zu laufen. Bereit,

um Sylt zu erobern, auszuspannen und einfach die Zeit, die vor mir liegt, in vollen Zügen zu genießen.

Als ich an die Rezeption trete, begrüßt mich ein älterer Herr mit grauem Bart, der ein wenig aussieht wie ein erfahrener Seebär. Ganz sicher ein Einheimischer, der lebt, wo andere Urlaub machen.

»Herzlich Willkommen, ich hoffe, Sie hatten eine angenehme Anreise.«

»Oh ja, aber Anreisen sind ja eigentlich immer schön.«

Anders als Abreisen, aber daran will ich im Augenblick noch nicht denken.

Er nickt wohlwollend. »Wen darf ich anmelden?«

»Anni Nagler.« Ich hole meinen Ausweis hervor und reiche ihn über den Tresen.

»Einen Moment, bitte.« Der Mann tippt etwas in seinen Computer ein und lächelt erneut. »Da haben wir Sie ja schon, Frau Nagler. Sie haben eine Junior Suite im ersten Stock mit Meerblick und Frühstück sowie die Abendgalas gebucht.«

Vermutlich grinse ich bis über beide Ohren wie ein Honigkuchenpferd. »So ist es.«

»Sehr schön. Wir freuen uns, dass Sie sich für unser Haus entschieden haben. Bitte füllen Sie noch dieses Formular aus, und dann gebe ich Ihnen auch schon Ihren Zimmerschlüssel.«

Eifrig trage ich meine Daten ein und bestätige alles mit einer Unterschrift. Als ich fertig bin, reicht er mir im Tausch den Schlüssel mit der Nummer 122. Er ist golden und ein kleiner Seestern baumelt daran, was ich total niedlich finde. Dann händigt er mir noch zwei Karten aus.

»Die sind für den Strom im Zimmer und für die diversen Bereiche im Hotel. Fitness, Wellness, Innenpool«, zählt er auf, und ein warmes Kribbeln breitet sich in meinem Bauch aus. »Das Gepäck lassen wir Ihnen selbstverständlich nach oben kommen.«

»Vielen Dank! Gibt es eigentlich einen Mengenrabatt, falls man für immer hier einzieht?«, scherze ich.

Er zwinkert mir zu. »Für unsere Gäste finden wir bestimmt Möglichkeiten.«

»Aber im Lotto müsste ich wohl schon selbst gewinnen.«

Das kann er nicht abstreiten. »Allerdings stellen wir Ihnen gerne den Stift zur Verfügung, um Ihre Kreuzchen zu machen.« Er überlässt mir einen weißen Kugelschreiber, auf den die goldenen Lettern des Hotels geprägt sind. »Den schenke ich Ihnen.«

»Haha, Sie verstehen etwas von Service.«

So viel Pech, wie ich in der Liebe habe, müsste ich für einen Millionengewinn im Lotto geradezu prädestiniert sein.

Vornehm faltet er die Hände, eine Geste, die kaum zu seinem rauen Gesicht passen will, aber in seinen Augen blitzt der Schalk. »Ach, übrigens, heute Abend findet zur Gala ein kleiner Karaoke-Wettbewerb statt. Wir bieten unseren Gästen immer wieder solche Vergnügungsveranstaltungen, um ihr Urlaubserlebnis zu optimieren. Falls Sie mitmachen wollen, es gibt tolle Wellnesspreise zu gewinnen.«

Sofort schlägt mein Herz ein paar Takte schneller. Er hat das magische Zauberwort gesagt: Wellness.

Das ist doch was für mich. Eindeutig könnte es dafür taugen, um jede Menge Spaß zu haben. Obendrein geht es schließlich nicht darum, wie Kelly Clarkson oder meine Lieblingssängerin Celine Dion zu trällern, sondern darum, sich etwas zu trauen. Und ich singe leidenschaftlich gerne im Auto oder unter der Dusche. Singen macht mir einfach Spaß. Es gibt mir ein gutes Gefühl, macht mich frei und entspannt mich.

Also spricht nichts dagegen, es zu versuchen. Immerhin winken Wellnesspreise, was sich in meinen Ohren äußerst verlockend anhört. Und wer weiß? Vielleicht bin ich die Einzige, die sich traut, und räume am Ende alles ab.

Außerdem könnte es mich die Mäkeleien von meinem Exfreund Robert vergessen machen, der meinen Gesang, unter etlichen anderen Dingen, unausstehlich fand. O-Ton: »Ich weiß gar nicht, wie dein Gesinge so stark von deiner Sprechstimme abweichen kann. Wenn du redest, klingt alles normal, aber dein Gesang hört sich schmerzhaft an.«

»Celine Dion hat nun mal leidenschaftliche Lieder«, lautete meine Antwort.

»Ja, das schafft wirklich Leiden. Als würden Schwäne sterben.«

Mich hat es damals ziemlich gekränkt und in seiner Gegenwart habe ich mir die Musik verkniffen. Aber es war, als müsste ich einen Teil meiner selbst einsperren, um ihm zu gefallen.

Während ich darüber nachdenke, packt mich der Ehrgeiz. Von jetzt an soll mich niemand – nicht irgendein Robert oder sonst wer – davon abhalten können zu singen.

Ohnehin konnte ich Robert sowieso nichts recht machen. Nörgeln war sein Hobby. Ob an meinen Haaren, den Nägeln oder wenn ich nicht perfekt gestylt war. Ich erinnere mich noch genau an seinen strafenden Blick, als ich mal im Jogginganzug auf dem Sofa lag. Als wäre ich eine Puppe. Ich meine, man sollte es sich zu Hause doch bequem machen dürfen. Wo, wenn nicht dort? Und Jogginganzüge sind großartig, so bequem und schön kuschelig. Ich glaube, selbst Modedesigner ziehen sich zwischendurch mal etwas Bequemes an.

Phhh, Robert! Wer ist überhaupt Robert? Es wurmt mich, dass er sich noch immer in meine Gedanken stiehlt wie ein Teufelchen, das auf meiner Schulter sitzt.

Der Mann an der Rezeption sieht mich geduldig wartend an. Erst jetzt fällt mir auf, dass ich mich meinen Gedanken völlig hingegeben habe.

»Das klingt nach einer guten Idee«, sage ich schnell. »Ich überlege es mir.«

»Das freut mich. Erlaubt ist, was Spaß macht.«

Damit trifft er den Nagel auf den Kopf, wobei ich nicht ausschließe, dass das Personal intern Wetten abschließt, wer am Ende das Rennen macht. *Ich* würde das auf jeden Fall tun, wenn wir bei Brenner Brandschutz Wettbewerbe hätten.

»Jetzt bin ich auf das Zimmer gespannt.«

Er nickt. »Genießen Sie Ihren Aufenthalt, und sollten Sie noch irgendwelche Wünsche haben, zögern Sie nicht, durchzuklingeln. Die Rezeption ist rund um die Uhr besetzt.«

Beschwingt drehe ich mich um und gehe auf den vergoldeten Aufzug zu, um in den ersten Stock zu gelangen. Klar könnte ich laufen, aber ich beschließe, mich ganz königlich in mein Stockwerk fahren zu lassen, auch wenn es nur in die erste Etage geht.

Ich muss nicht lange warten, und als der Aufzug kommt und sich die Türen öffnen, bin ich begeistert, wie elegant es im Inneren aussieht. Die Kabine ist rundum verspiegelt und mit einem schicken Marmorboden verziert, der durch geometrische Intarsien sehr prunkvoll wirkt. Die gesamte Decke besteht aus einer kuppelförmigen Leuchte, die ein warmes, unaufdringliches Licht ausstrahlt.

Überdies verleihen einem die vergoldeten Spiegel einen hübschen Teint, und ich kann mir schon im Geiste vorstellen, wie ich nach ein paar Sonnentagen am Strand aussehen werde. Dazu die Entspannung, die auf mich wartet. Hach, ich könnte nicht zufriedener sein, so allein mit mir. Und wenn ich dann heute Abend noch einen schönen Preis abräumen würde ...

Versonnen prüfe ich meinen Look im Spiegel und streiche mein Haar zurecht. Was könnte ich singen?

Against all odds von Phil Collins vielleicht. Das Lied mag ich. Die Vorstellung, dass gegen alle Wahrscheinlichkeiten etwas geschieht, gefällt mir. Aber noch besser wäre gewiss ein Song von meiner heiß geliebten Celine Dion. Ihre Musik ist einfach großes Kino. Im Kopf gehe ich ihre Lieder durch und lächele dann. Im Grunde liegt es auf der Hand. *All by myself* passt zu mir. Natürlich nur der Teil, dass ich alleine bin, nicht das Einsame. An diesem Sehnsuchtsort fühle ich mich wie auf Wolken gebettet.

Ich blicke in den Spiegel und lächele. Leise fange ich an, vor mich hin zu singen, um mir den Text in Erinnerung zu rufen. Dabei könnte ich ihn vermutlich im Schlaf.

»All by myself ...«

Dann stocke ich. So lange kann der Aufzug unmöglich für eine einzige Etage brauchen. Genau genommen fühlt es sich so an, als würde er sich überhaupt nicht bewegen. Prüfend schaue ich mich um und merke erst jetzt, dass die Lifttüren noch weit offen stehen. Ich kann einen Teil der Lobby überblicken.

Ups, wie peinlich. Ich hätte wohl besser mal drücken sollen, sonst wird das nichts. Schnell betätige ich das Nummernfeld und schon leuchtet die Eins.

Als die Türen anfangen, sich zu schließen, wende ich mich wieder dem Spiegel zu und traue mich, etwas lauter zu singen. Immerhin bin ich allein und abgeschottet.

Doch gerade, als ich den Refrain gegen den Spiegel schmettere, taucht eine Hand im Spalt der Türen auf. Sie öffnen sich wieder und dann tritt der Mann, dem die Hand gehört, ein. Er ist groß, vielleicht ein paar Jahre älter als ich – Ende zwanzig, Anfang dreißig vielleicht – und zugegebenermaßen ziemlich attraktiv.

Ich stocke überrumpelt, doch obwohl ich sofort aufhöre zu singen, muss er meine Gesangseinlage mitbekommen haben. Meine Faust ist noch immer zu einem Mikrofon geformt. Siedend heiß spüre ich, wie mir die Röte ins Gesicht schießt, und lasse den Arm sinken.

Dass er gut aussieht, macht das Ganze irgendwie noch peinlicher. Vor einem älteren Herrn mit schlechten Augen und noch schlechteren Ohren, der mich nicht die Bohne interessiert, hätte ich es weniger blamabel gefunden.

Er betrachtet mich mit amüsiert funkelnden Augen und um seine Lippen zuckt ein Lächeln. Eindeutig Schalk. Vielleicht will ich ein kleines bisschen sterben.

»Hallo«, grüßt er mich. Für ihn ist das nicht so schwer. Er kann ja auch entspannt sein.

Mein Hals ist dagegen so trocken wie Schmirgelpapier, und ich räuspere mich verlegen.

»H...hallo«, bringe ich hervor und wende mich hastig ab, doch im Spiegel kann ich ihn weiterhin sehen.

Er drückt auf die Drei, die Türen gleiten zu und der Aufzug setzt sich in Bewegung. Dabei fährt er so sanft an, dass ich nur ein leichtes Flattern im Bauch spüre. Dagegen ist der Tumult, den das Auftauchen dieses Mannes in mir ausgelöst hat, wie ein Erdbeben.

Sei es drum, ich kann es nicht ungeschehen machen. Aber wenigstens werde ich gleich ankommen und ihn nie wiedersehen. Er ist ein Fremder, und außerdem habe ich ohnehin kein Interesse an einer neuen Männerbekanntschaft.

Genau, mir ist total egal, was da gerade passiert ist, und auch total egal, was dieser Typ von mir hält ...

Ich mustere ihn im Spiegel und er mustert mich. Unsere Blicke treffen sich und mir fällt auf, wie blau seine Augen sind. Es ist kein normales Blau sondern ein klares, intensives Ozeanblau, das durch seine gebräunte Haut noch mehr strahlt.

Puh, okay, irgendwie sieht er schon extrem gut aus. Blonde Haare, dazu ein leichter Bartschatten und unter seinem weißen Shirt kann man erkennen, dass er viel Sport treibt, denn es umschmeichelt seine Muskeln wie eine zweite Haut.

Plötzlich erfüllt das Klingeln seines Handys den Aufzug. Er nimmt es aus der Tasche und geht ran.

»Ja, bitte?«, sagt er, und ich versuche, nicht zu lauschen. Andererseits ist es schwer, hier drin auf engem Raum wegzuhören. Doch es scheint ihn nicht zu stören, dass ich dabei bin.

»Natürlich, für dich habe ich immer Zeit. Das weißt du doch.« Der Fahrstuhl erreicht mein Stockwerk und er lacht. »Okay, dann in zwei Stunden.«

Die Türen gleiten auseinander, und er legt auf. Noch immer trägt er dieses Schmunzeln im Gesicht.

Womanizer! Wusste ich es doch.

Für dich habe ich immer Zeit, äfft ihn meine innere Stimme nach.

Ich will gerade aussteigen, als er mich ganz merkwürdig ansieht.

»Wie bitte?«, fragt er, und ich schlucke.

Habe ich das etwa gerade laut gedacht? Einmal mehr spüre ich diese verräterische Wärme auf den Wangen.

»Ähm, nichts, ich habe nichts gesagt«, bemühe ich mich, schnell zu versichern, während ich aus dem Fahrstuhl schlüpfe.

Er runzelt die Stirn. »Doch, Sie haben mich nachgeäfft.«

Verdammt. Wann schließen sich bloß diese Türen endlich wieder? Mit weichen Knien stehe ich vor ihm und stelle mich ahnungslos.

»Wie bitte? Also ehrlich. Das habe ich selbstverständlich nicht. Ich weiß doch, was ich sage.«

Ich zeige mich gespielt empört, aber er runzelt die Stirn nur noch mehr. Endlich schieben sich die Türen wieder zusammen. Ich will schon erleichtert ausatmen, als er sie mit dem Arm stoppt. Diesmal sieht es aber nicht aus, als würde eine Schranke heruntergehen wie eben im Erdgeschoss, sondern so, als würde er sie aufdrücken.

Sch...alala. Dumm gelaufen.

»Ich bin doch nicht taub«, sagt er.

Ich fummele an meinen Händen herum und presse ein Lächeln hervor. »Das muss ein Missverständnis sein. Ja, oder so ein psycho... äh, physikalischer Effekt. Vielleicht hallt der Fahrstuhl nach.«

Seine Augen blitzen belustigt. Wahnsinn, dieses Blau! Ob das Kontaktlinsen sind?

»Sie meinen, wenn eine Männerstimme da drin spricht, hallt ein weibliches Echo nach?«

Okay, das klingt sogar in meinen Ohren weit hergeholt. Ich zucke mit den Schultern. »Die Wege der Physik sind unergründlich.«

Der Lift will sich abermals schließen, doch der Fremde blockt ihn mit dem Ellenbogen, indem er sich kurzerhand an der Tür abstützt. Es ist eine lässige, männliche Haltung. Er scheint es nicht eilig zu haben, unser Gespräch zu beenden. Gut, ich meine, er hat ja auch noch zwei Stunden Zeit bis zu seinem Tête-à-Tête.

»Meine Theorie lautet wie folgt: Sie haben mich belauscht, etwas gehört, was Ihnen aus einem unerfindlichen Grund nicht gefallen hat, und dann –

Trommelwirbel –« Er lässt den Satz offen in der Luft hängen und deutet zu mir, als sollte ich ihn vervollständigen.

Wenn er meint.

»Dann gab es ein Echo.«

Er lächelt ausgedehnt.

»Von?«, hakt er nach.

Mir.

Ich lächele auf keinen Fall zurück. Er soll bloß nicht denken, dass ich ihn in irgendeiner Weise attraktiv finde. Was ich natürlich auch nicht tue. Genauso wenig, wie ich ihn nachgeäfft habe.

Hastig schaue ich auf mein leeres Handgelenk, als befände sich dort eine Uhr, und bleibe ihm die Antwort schuldig. »Ach herrje, schon so spät. Ich muss ... äh, zu meinem Haartrockner.«

Jetzt grinst er noch breiter. »Ihre Haare sind trocken.«

Aufmerksames Kerlchen.

»Vielleicht sind Sie ja doch ein ganz Schlauer«, sage ich und drehe mich um, ohne ihn noch einmal anzusehen.

»Schönen Tag noch«, ruft er mir nach.

Ich husche den Flur entlang auf der Suche nach meinem Zimmer. Erst, als der Fahrstuhl – und damit auch er – definitiv verschwunden ist, mache ich auf dem Absatz kehrt und laufe in die richtige Richtung.

5

Ich kann mich absolut nicht sattsehen, als ich die Tür zu meiner Suite öffne und endlich erspähe, was sich dahinter verbirgt. Vor Freude könnte ich glatt laut kreischen, doch ich begnüge mich damit, durch den Raum zu tanzen und alles in Augenschein zu nehmen.

Es ist einfach nur unglaublich schön. So luxuriös und gemütlich. Am liebsten würde ich für immer hierbleiben. Wie zuvor in der Lobby ist auch in der Suite alles hell und freundlich. Das Bett ist riesig. Es hat schneeweiße Decken und unterschiedlich große, fluffige Kissen, die zum Träumen einladen. Zudem wartet die Suite mit einem extra Wohnbereich auf, mit hellblauer Couch, sandfarbenen Kissen und einem Tisch aus urigem Treibholz. Darauf liegen ein paar Zeitschriften und Prospekte von Sylt aus sowie eine Mappe mit den Wellnessangeboten des Hotels. Sofort greife ich danach, lasse mich mit einer Drehung auf das Sofa fallen und durchstöbere sie.

Entspannen und erholen Sie sich in unserem traumhaften SPA, steht da. *Sie wollen eine Auszeit und sich selbst spüren?*

»Au ja!«, juchze ich vergnügt. Das ist Urlaub pur.

Dann möchten wir Sie auf eine besondere Reise

einladen. Schenken Sie uns Ihr Vertrauen und genie-
ßen Sie das Leben mit allen Sinnen.

Bin dabei. Ich lasse mich tiefer in die Kissen sinken, streife meine Schuhe von den Füßen und wackele gemütlich mit den Zehen.

Zwischen all den Dingen, die wir uns tagtäglich vornehmen, vergessen wir oft das Allerwichtigste: uns selbst. Doch hier bei uns stehen Sie an erster Stelle. Wir wollen, dass Sie sich rundum wohlfühlen und zu sich selbst finden. Also genießen Sie die Ruhe, erleben Sie das Gefühl von Glück und halten Sie es fest. Lassen Sie sich von unserem authentischen Spa-Angebot inspirieren und vereinbaren Sie einen Termin. Wir hoffen, Sie in unserem exklusiven Ambiente begrüßen zu dürfen.

Hach, das klingt einfach fabelhaft. Jetzt bin ich noch motivierter, am Wettbewerb teilzunehmen und einen tollen Wellnesspreis zu gewinnen. Allerdings ist es bis zum Abend noch etwas hin.

Ich lege den Prospekt beiseite und lasse meinen Blick durch den Raum gleiten. Gegenüber der Couch steht eine weiße Kommode, die mit formschönen Meeresaccessoires verziert ist. Darüber befindet sich ein großer, flacher Fernseher. Wenngleich ich nicht viel fernsehe, bin ich froh, dass er da ist, falls mir doch mal danach sein sollte. Auch ein Bücherregal steht in der Suite zur Verfügung mit einer großen Auswahl an Titeln. Das finde ich besonders schön, weil Lesen für mich einfach zu einem entspannten Urlaub dazugehört.

Mein Blick wandert weiter zur Fensterfront, die ein herrliches Panorama über das Meer bietet und den

Raum dadurch noch größer wirken lässt. Ich lasse mich davon anlocken und öffne die große Glastür. Sie führt nach draußen zu einem geräumigen Balkon mit einer Sonnenliege und weiß gestrichenen Balustraden.

Sogleich schlägt mir der Atem der See entgegen, so lieblich, frisch und salzig. Ich hole tief Luft und genieße die Sonne auf meiner Haut. Ist das schön!

Ein unglaubliches Glücksgefühl ergreift von mir Besitz. Ich halte mich an der Brüstung fest und lehne mich ein wenig vor. Hier, im ersten Stock, ist es, als würde ich wie eine Möwe in der Luft über den Dingen schweben. Der Himmel ist strahlend blau, vor mir tun sich die Dünen auf und ein geschlängelter Holzweg verläuft zur Küste. Heimelige Strandkörbe stehen dort bereit, rot-weiß gestreift, als hätte sie jemand mit einem Pinsel dorthin getupft.

Die Szenerie wirkt so malerisch, als wäre ich in eines der Strandgemälde aus der Lobby getaucht, um selbst ein Teil davon zu werden. Irgendwie kann ich genau nachempfinden, wie sich Jack im Film *Titanic* vorne am Bug des Schiffes gefühlt haben muss.

Oh, ich könnte hier Stunden verbringen. Die sandfarbene Liege wirkt so einladend. Im Geiste sehe ich mich dort schon sitzen, lesen, essen und trinken, mich sonnen und die Nägel lackieren – immer das Meer im Blick. Es wird nie langweilig, es zu betrachten, diese wogende Weite, begleitet von jenem unnachahmlichen Rauschen. Der Strand zieht mich geradezu magisch an und just in diesem Moment will ich nichts anderes, als mich direkt dorthin zu begeben.

Kurzerhand drehe ich mich um, eile wie der Wind durch die Suite und schlüpfe unterwegs zurück in meine Schuhe. Doch kaum, dass ich die Tür erreiche, klopft es plötzlich. Überrascht halte ich inne. Wer kann das wohl sein?

Kurz schießt mir das Gesicht jenes Fremden aus dem Fahrstuhl durch den Kopf, seine tiefblauen Augen, das verschmitzte Funkeln darin, das Lächeln seiner sinnlichen Lippen ...

Aber er kann es unmöglich sein. Bestimmt macht er sich sowieso lieber für sein Date nachher fertig. Ich bereite mich auf so was immer Ewigkeiten vor. Es macht überhaupt keinen Sinn, dass mich seine Verabredung kümmert, doch die Vorstellung versetzt mir einen leichten Stich.

Erde an Anni, bist du jetzt total bescheuert?

Ich reibe mir über die Stirn und schüttele den Kopf. Das ist ja nur, weil ich hier niemanden weiter kenne. Sonst nichts. Mit klopfendem Herzen setze ich ein Lächeln auf und öffne die Tür.

Es ist der Page. Er wartet mit seinem Gepäckwagen, der mit meinen Koffern beladen ist. Die habe ich ganz vergessen.

»Ich bringe Ihr Gepäck«, erinnert er mich freundlich, als ich versäume, ihn einzulassen.

Manchmal bin ich wirklich zu zerstreut. Dabei will ich bestimmt nicht, dass meine Gedanken zu jenem Unbekannten und unserer eigenartigen Begegnung im Fahrstuhl zurückschweifen.

»Ja, natürlich. Vielen Dank.« Ich winke ihn herein, und er wuchtet für mich die schweren Koffer vom Gepäckwagen und trägt sie in die Suite.

»Wo möchten Sie sie hin haben?«

Ich deute auf eine freie Ecke vor dem Kleider-schrank. An Platz mangelt es hier wahrlich nicht. Er stellt alles ab und sieht mich lächelnd an.

Sicher will er eine kleine Aufmerksamkeit. Verdient hat er sie sich jedenfalls. Wo habe ich nur mein Klein-geld gelassen? Ich krame in der Tasche und finde zwei Euro.

»Ich hoffe, das passt so.« Irgendwie habe ich keine Ahnung, was hier üblich ist. Aber da ich eine Suite be-zogen habe, komme ich mir knauserig vor. »Tut mir leid, aber ich habe gerade nicht mehr Kleingeld da-bei.«

Ein Schein tut es bestimmt auch, Anni, zieht mich mei-ne innere Stimme auf.

Doch er lächelt freundlich und nickt. »Danke schön und noch einen angenehmen Aufenthalt.«

Dann verlässt er das Zimmer, und ich blicke auf mein Gepäck. Puh, ganz schön viel. Was habe ich mir nur dabei gedacht? Wahrscheinlich werde ich zwei Stunden brauchen, bis ich alles in den Schrank und das Badezimmer sortiert habe.

Ein amüsiertes Glucksen dringt mir über die Lip-pen. Ich werde mich deswegen bestimmt nicht rügen. Immerhin bin ich gerade alle nervigen Männer los, die das sonst bei mir tun. Endlich kann ich tun und las-sen, was ich will.

Da fällt mir ein, dass ich eigentlich zum Strand woll-te. Das Auspacken kann also warten. Aber ich nutze die Gelegenheit, um mich umzuziehen, und fische mir ein Sommerkleid aus dem Koffer. Es ist abendblau mit leuchtend roten Mohnblumen darauf.

Ich liebes dieses Kleid. Es fühlt sich so luftig an und außerdem duftet es noch frisch gewaschen. Ich gehöre zu der Sorte Leuten, die sich Tonnen von Weichspüler und Wäscheduft in die Waschmaschine hauen. Immer, wenn ich Wäsche aufhänge, duftet es in meiner Wohnung wie in einer Parfümerie. Einfach betörend.

Ich schnuppere zufrieden, schlüpfe in das Kleid und drehe mich vor dem Spiegel einmal um die eigene Achse. Der Rockteil schwingt wie die Blüte eine Glockenblume auf. Jetzt bin ich bereit, den Strand zu erobern.

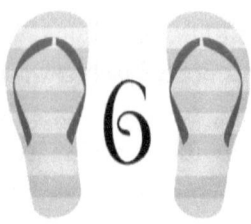

Schon immer habe ich die Weite des Meeres beruhigend gefunden, weil im Vergleich dazu alles andere so winzig und unbedeutend erscheint. All die Dinge, mit denen man sonst meint, sich stressen zu müssen. All die Probleme, die meistens überhaupt keine sein müssten. Wenn man nur mal loslassen und durchatmen würde, sich treiben ließe und eine tiefe Dankbarkeit für alles Schöne, das uns bereichert, empfinden könnte.

Ich atme tief ein und genieße den Moment. Mit nackten Füßen stehe ich im feuchten Sand und richte meinen Blick aufs Meer. Diese Aussicht, diese große Weite. Die Wellen glitzern und rauschen, schwappen übereinander und kitzeln immer wieder meine Zehen. Dann rollen sie zurück, bis die nächste Woge zum Spielen kommt. Sie ist höher, steigt über meine Knöchel die Wade hinauf. Brrr, kalt, aber schön.

Ich hebe mein Kleid an, damit der Saum nicht nass wird, und lächele. So fühlt sich Freiheit an. In der Nähe höre ich Möwen schreien und der Wind weht mir ein paar Haarsträhnen ins Gesicht. Ich streiche sie zurück und bin im Einklang mit mir selbst.

Hierherzukommen ist eine großartige Idee gewesen. Das Meer ist so einzigartig. Man sollte viel öfter ans

Meer fahren. Meine Gedanken umspülen mich wie die Wellen. Ich frage mich, warum ich mir in letzter Zeit so viele Sorgen gemacht habe, was mich hergeführt hat und weshalb es in der Liebe mies läuft, obwohl ich sie mir doch so sehr gewünscht habe.

Es ist wunderschön hier, aber gleichzeitig ist niemand da, mit dem ich es teilen könnte. Das erste Mal, seit ich angekommen bin, blitzt ein Gefühl von Einsamkeit durch.

Es stimmt schon, ich wollte Zeit für mich selbst haben, um mir über alles klar zu werden, und ich muss mir eingestehen, dass mich vieles, was in den letzten Jahren passiert ist, verletzt hat. Die Begegnungen mit Menschen, die ich schnell in mein Herz geschlossen habe, weil ich einfach so bin. Aber nie hatte ich dabei das Gefühl, dass man mich auch so nimmt, wie ich bin und sein will.

Meine letzten Beziehungen mit Robert und Chris spuken mir durch den Kopf, aber auch jene Dates, die ich seither hatte. Darunter Enzo, der so von sich überzeugt gewesen ist. Warum kann ich das nicht auch von mir sein? In mir drin herrschen oft Zweifel, die mir ein Gefühl der Unzulänglichkeit geben. Ist es wirklich so schwer, mich zu lieben?

Ich denke an Jule, die beteuert, dass sie mich liebt. Klar, sie ist meine beste Freundin. Aber das ist nicht dasselbe. Bei den Männern ist es immer schwierig gewesen. Ständig hat etwas nicht gepasst.

In letzter Zeit habe ich mir viele Gedanken darüber gemacht, wie man eigentlich sein muss. Warum ist heutzutage vieles so kompliziert? Täglich ist man umgeben von diesen schillernd bunten Beiträgen auf

Instagram, von Menschen, die zeigen, wie fröhlich, fit und sportlich sie sind.

Aber irgendwie ist das alles nur Fassade. Denn sind die Menschen dahinter wirklich so? Zum Teil vielleicht. Dem schönen, fröhlichen Teil. Sie zeigen nur das Positive, nicht die Makel. Das Leben in einer Seifenblase.

Kaum jemand postet ein Bild von sich, wie er am Morgen aussieht oder wenn er verheult oder krank ist. Aber genau darin liegt auch das Problem, wenn der schöne Schein, der immer mehr überwiegt, zu dem wird, was wir erwarten. Dann sind wir schnell enttäuscht.

Ich nehme mich da ja nicht aus. Es erfordert Mut, sich zu zeigen, wie man wirklich ist. Das ist ein Mut, der mir fehlt. Lieber poste ich nur hübsche Fotos von mir. Doch so zieht man auch Menschen an, die nur auf das Äußere aus sind oder die den Fehler begehen zu glauben, dass man innerlich wie äußerlich wäre. Aber das echte Leben hat keinen Filter, der alles glatt streicht. Niemand ist wirklich makellos oder perfekt. Was für ein unvorstellbarer Druck. Und dann, wenn die Realität Einzug hält und sich die ersten Eigenheiten zeigen, wird das auch schnell klar.

Womöglich hat Jule recht. Vielleicht sollte ich dieses ganze Online-Dating an den Nagel hängen und wieder mehr auf das echte Leben bauen. Es passiert hier und jetzt. Und das, was man sieht, bekommt man auch, ganz unverstellt.

Ich sehe zu den wogenden Schaumkronen. Das Meer ist einfach, wie es ist. Es kümmert sich nicht darum, wie wir es finden. Trotzdem lieben wir es, und dabei ist es bei Weitem nicht perfekt. Sondern vielfältig. Mit allerlei Arten von Tieren, die darin leben, auch glibbrigen Qualen und glubschäugigen Fischen. Manchmal ist es zu tief und oft viel zu kalt. Gerade das, macht es so faszinierend.

Allmählich beißt sich die Frische in meine Waden. Das hier ist wirklich ganz anders als das Mittelmeer. Trotzdem harre ich aus, weil es schön bleibt, trotz seiner Fehler. Vielleicht auch wegen seiner Fehler. Weil sie gut und richtig sind. Weil sie dazugehören. Weil sie zu mir passen. Ja, es gibt Fehler, die zu einem passen. Ist das nicht ein verrückter Gedanke?

Ich wünschte mir, im Leben könnte es auch ein bisschen so sein. Ein bisschen wie das Meer. Ich wünschte, ich würde jemanden finden, der das in mir sieht und liebt, was ich bin. Mit all meinen Macken und Eigenarten.

Der Wind frischt auf, doch er ist angenehm auf der Haut, weil die Sonne heute so warm ist. Sie gleichen sich beide aus und harmonieren.

Ich laufe am Ufer entlang und beobachte, wie sich der Sand vom Wasser verwirbeln lässt. Vielleicht finde ich eine schöne Muschel. Ich liebe es, das Meer zu spüren. Längst habe ich jegliches Zeitgefühl verloren.

Als ich weitergehe und dabei nach einiger Zeit wieder hinaus aufs Meer blicke, fällt mir ein Mann auf, der auf einem Surfbrett steht und die Wellen reitet. Sein Oberkörper ist braun gebrannt und das Wasser auf seiner Haut scheint zu glitzern, als würde es sich mit den Strahlen der Sonne verbinden. Er wirkt völlig eins mit dem Meer und schlägt mich in seinen Bann. Ich kann meinen Blick nicht von ihm abwenden.

Er reitet die Welle weiter, bis sie immer kleiner wird. Dabei hält er Kurs auf den Strand, bis er in der Nähe des Ufers von seinem Bord springt. Kurz taucht er unter und dann wieder auf, als wäre er Aquaman oder Poseidon höchstselbst. Er schüttelt seinen Kopf und Tropfen spritzen aus seinem nassen Haar. Wow, er ist echt heiß, und das alles ohne Filter.

Als er aufblickt, trifft es mich wie ein Blitz. Es ist der Typ aus dem Fahrstuhl. Der, den ich nachgeäfft habe. Der mit den wahnsinnsblauen Augen. Der, für den ich mich absolut nicht interessiere.

Aber, oh, so ohne Shirt sieht er noch viel besser aus, trällert meine innere Stimme, und ich ermahne sie, die Klappe zu halten. Doch das funktioniert nicht besonders gut, als er sich bewegt und seine Muskeln unter der Haut tanzen. *Ziemlich heiß sogar.*

Ich stehe da und starre in seine Richtung, als ich Gekicher und Getuschel vernehme. Ein Blick über die Schulter offenbart mir eine Gruppe Frauen. Sie hocken in der Nähe am Strand und mustern ihn ebenfalls.

»Ist er nicht eine absolute Augenweide?«, schwärmt eine der Damen mit grünem Sonnenhut und langen, dunklen Haaren. Sie stößt ihre Freundin an. »Der totale Hammer.«

Die andere nickt und spitzt zufrieden ihre Lippen. »Ich habe ihn vorhin angerufen und er nimmt sich extra Zeit für mich. Er meinte sogar, dass er sich immer Zeit für mich nehmen würde.« Ihr Blick ist vielsagend. Sie ist deutlich älter als die Erste, aber noch immer sehr hübsch mit einem flotten, blonden Pixie-Haarschnitt im Stil von Michelle Williams.

»Du hast vielleicht ein Glück. Aber ich bin morgen dran«, entgegnet eine Dritte im gelben Bikini. Sie hat rote Locken und grinst. »Dank ihm ist mein Becken fitter als jemals zuvor, Mädels.« Sie kichert vergnügt, und die anderen kichern mit.

Hallo, was geht denn da ab?

»Mmmh, seine sexy Hände sind zum Niederknien«, schwärmt die Blonde.

»Oh ja, einfach magisch. Keine kann ihm widerstehen«, pflichtet die Brünette ihr bei. »Deswegen habe ich für morgen ebenfalls etwas mit ihm ausgemacht. Und ich sage es euch, wenn er mich hatte, dann wird er sich nicht mehr bei euch melden.«

Die Frauen lachen weiter.

Ich bin total im falschen Film. Okay, ich habe ja schon im Fahrstuhl den Eindruck gehabt, dass er ein Womanizer ist. Aber teilen die sich alle denselben Kerl und haben nicht mal ein Problem damit? Das ist ja glatt unheimlich.

Verwirrt sehe ich noch einmal zu ihm hin. Plötzlich ist er viel näher als zuvor. Ich war so damit beschäftigt, den Damen zu lauschen, dass ich gar nicht mitbekommen habe, wie er sich auf uns zubewegt hat. Nun hat er das Ufer fast erreicht.

Im selben Augenblick, als ich zu ihm schaue, guckt er auch in unsere Richtung. Für einen flüchtigen Moment habe ich das Gefühl, dass sich unsere Blicke verbinden, und mein Herz stolpert.

Er lächelt mir zu, und ich weiß kaum, wohin mit mir. Aber dann hebt er die Hand zum Gruß, und die Frauen winken vergnügt gackernd zurück.

Toll, er hat gar nicht mich gemeint. Das frustriert mich mehr, als es sollte. Ich meine, er ist ein echter Aufreißer. Wahrscheinlich so eine Art Hotel-Gigolo hier auf Sylt oder was weiß ich. Ganz sicher die falsche Sorte Kerl für mich, wenn ich mein Liebesleben von Grund auf umkrempeln und nicht mehr nur enttäuscht werden will.

Schlag ihn dir aus dem Kopf.

Ich könnte mich selbst schütteln, weil ich mich für einen flüchtigen Moment habe blenden lassen. Aber nur, weil einer gut aussieht, heißt das noch lange nicht, dass er einen tollen Charakter hat. Und ich habe bestimmt kein Interesse daran, in seinem Harem aufgenommen zu werden, um kichernd und schnatternd über jeden Krumen Aufmerksamkeit, den er mir schenkt, zu frohlocken.

Eilig wende ich mich ab, um ihm gewissermaßen meine kalte Schulter zu zeigen, als ich ein Büschel Seetang übersehe – wahrscheinlich das einzige Büschel entlang einer Meile –, mit meinem Fuß hängen bleibe und reichlich unelegant mit dem Bauch voran in den feuchten Sand plumpse. Dabei entsteht ein dumpf schmatzendes Geräusch, das mir gerade noch gefehlt hat. So als würde mein Bauch pupsen.

Wunderbar.

Ganz großartig.

»Ähm, alles okay?«, höre ich ihn zu allem Überfluss rufen. Er muss es einfach sein als einziger Mann weit und breit. Wenigstens kann er mein Gesicht nicht sehen, als ich genervt mit den Augen rolle.

Schnell rappele ich mich hoch, bevor mich auch noch eine Welle erwischt und ich zu einem begossenen Strandpudel mutiere. Das würde meinem Glück gerade noch fehlen. Sicherheitshalber hopse ich ein paar Schritte vorwärts, wo der Sand trocken und pudrig ist.

Ich klopfe mir den Sand vom Kleid, was nur mäßig gelingt, weil er feucht ist, und drehe mich um. »Alles bestens.«

Der soll bloß nicht herkommen und sich als Held aufspielen, doch er geht bereits auf mich zu.

»Sicher?«

Ich winke ab und bedeute ihm, dass er sich nicht bemühen muss. »Ja, alles gut. Das war gewollt. Ist so eine neue Übung. Äh, ein neues Sportprogramm.«

Er bleibt zum Glück stehen, runzelt aber die Stirn.

»Bauchklatschen?«, fragt er skeptisch.

Toll, reibe es mir doch unter die Nase, du Mister Perfect. Die Sonne strahlt ihm aufs blonde Haar und jeder Muskel seines Körpers wirkt wie gemeißelt. Wasserperlen benetzen seine bronzene Haut, als wollten sie für immer an ihm haften. Zu allem Überfluss kann er nicht bloß surfen wie ein Gott, sondern auch anständig Laufen, ohne hinzufallen.

»Das nennt sich Sand-Yoga«, flunkere ich.

Mit einem Mal sind alle Blicke auf mich gerichtet.

»Ist das irgendein neuer Quatsch aus den USA?«, wundert sich die Brünette.

»Bestimmt aus Kalifornien«, erwidert die Blonde. »Alle Trends kommen von da.«

»Das ist nichts für meine Hüfte«, ergänzt die Rothaarige.

Bevor dieser Halbgott auch noch etwas sagen kann – sein Kiefer klappt bereits verdächtig auf –, jogge ich geschwind auf der Stelle und gebe mich sehr beschäftigt. »Ich muss dann mal los.«

Und dann laufe ich zum Hotel davon. Weit weg von ihm und seinen schrägen Jüngerinnen der Lust und Liebe. Erst, als ich den Eingang des Hotels erreiche, bleibe ich stehen und schnaufe kurz durch.

»Sand-Yoga, Anni, ernsthaft?«, unke ich und muss mit einem Mal einfach nur über mich selbst lachen.

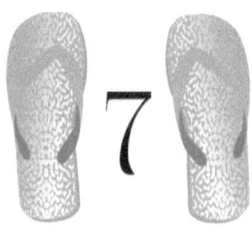

7

»Und hier ist unsere nächste mutige Teilnehmerin, die um ein Wellnesspaket singt«, verkündet der Angestellte, dem ich zuvor schon an der Rezeption begegnet bin. Für den heutigen Abend ist er mit der Moderation betraut und trägt eine Kapitänsjacke und Mütze, wodurch er noch mehr wie ein Seebär wirkt, der uns durch das Galaprogramm navigiert. »Hier ist Anni Nagler.«

Eisberg voraus!

Mit klopfendem Herzen betrete ich die Bühne. Eigentlich hätte ich nicht gedacht, dass es mich so viel Überwindung kosten würde, aber mittlerweile kommt es mir überhaupt nicht mehr wie eine gute Idee vor. Die Teilnehmer vor mir sind deutlich besser gewesen, als ich mir das vorgestellt habe. Beinahe semiprofessionell. Soll ich mich wirklich trauen zu singen?

Die Veranstaltung ist gut besucht, und das Publikum macht mich ziemlich nervös. Ich kann kaum einen freien Tisch im Raum sehen. Klar, es sind ja auch all jene da, die, so wie ich, die Abendgala gebucht haben. Sie findet im großen Speisesaal statt. Die runden Tische sind mit üppigen weißen Decken dekoriert, auf denen bei den meisten noch die Teller und Kristallgläser des Dinners stehen.

Ich wünschte, ich könnte die Zeit vordrehen, hätte schon alles hinter mir und säße bereits beim Frühstück. Vorzugsweise mit dem Hauptgewinn.

Um den Fokus auf die Bühne zu lenken, leuchtet nur der gedimmte Kristalllüster an der Decke sowie einzelne Kerzen auf den Tischen. Ansonsten sind die Strahler auf das Podium gerichtet. Wahrscheinlich sehe ich aus wie ein Reh im Scheinwerferlicht.

Ich atme tief durch und rufe mir in Erinnerung, was der Rezeptionist heute beim Einchecken gesagt hat: einfach Spaß haben. Und schließlich ist es auch mein Plan, mich etwas zu trauen. Eigentlich kann ich nichts verlieren. Höchstens meine Würde.

Oh, hoffentlich – bitte, bitte – wird meine Courage mit einem Gewinn belohnt. Den kann ich dann auch dringend brauchen. Ich bin gerade dermaßen verspannt, dass die Masseurin mich ruhig vier Stunden lang durchkneten kann. Am besten mit einer Tiefengewebsmassage. Dazu vielleicht ein paar Ohrenkerzen, die ich mir sonst eigentlich eher in der Winterzeit gönne. Aber sie sind so herrlich entspannend, warm und hören sich an, als würde ein Kaminfeuer am Ohr knistern.

Der Moderator drückt mir das Mikrofon in die Hand und nickt mir aufmunternd zu. Wahrscheinlich kann er mir ansehen, dass ich einen Knoten im Magen habe.

Als ich über das Publikum schaue, muss ich schlucken. Von hier oben sieht es sogar nach noch mehr Leuten aus. Zum Glück kennt mich niemand. Also bis auf Margarete und Heinz, die beiden Rentner, mit denen ich an einem Tisch gesessen habe. Hoffentlich

wünschen sie sich bei meinem Gesang keine Ohrenkerzen herbei.

Allmählich kann ich nachfühlen, wie es Jule bei unserer letzten Weihnachtsfeier gegangen sein muss. Da
habe ich ihr auch zugemutet, ohne Vorwarnung auf
die Bühne zu gehen. Im Geiste bitte ich sie um Verzei-
hung, denn bisher habe ich deswegen kein schlechtes
Gewissen gehabt sondern nur gelacht.

Haha, sehr witzig, Anni, oder?

Ich räuspere mich und tröste mich mit dem Gedanken, dass sie auf besagter Weihnachtsfeier immerhin
ihren Lucian kennengelernt hat. Also ist es eindeutig
für etwas gut gewesen. Hoffentlich ist das hier auch
für etwas gut.

Wellness, Wellness, feuert mich meine innere Stimme an.

Okay, puh, das wird jetzt auch gut. Zumindest für
mich. Denn ich beweise damit Mut und alles andere
ist egal.

Das Playback setzt bereits ein – oh nein! Schwups
verpasse ich den Einsatz. Überrumpelt schaue ich
zum Seebär, und er lächelt.

»Noch mal«, verlangt er und tut mir damit einen
großen Gefallen.

Mit den Lippen forme ich ein stummes Dankeschön.

Die Musik beginnt von Neuem und dieses Mal kriege ich es hin. In meinen Ohren klingt es auch gar
nicht so schlecht. Trotzdem fühle ich mich unsicher.

Nervös schaue ich zu Margarete und Heinz, um
mich rückzuversichern. Die beiden sitzen in zweiter
Reihe von der Bühne. Margarete strahlt mich an, sodass ihre weißen Zähne im gebräunten Gesicht leuch-

ten, und zeigt mir den erhobenen Daumen. Heinz hingegen sieht etwas verkniffen aus. Doch dann stupst Margarete ihn an und jetzt hebt auch er den Daumen.

Ich habe die erste Strophe ohne Panne überstanden und werde mutiger. Mit großer Geste recke ich die Hand, als der Refrain kommt. Dabei gehe ich nach vorne und singe: »All by myself ...«

Aus voller Kehle und aus vollem Herzen. Die Worte spülen aus meinem tiefsten Inneren hervor. Ja, ich mache es einfach allein. *All by myself.* Endlich habe ich Spaß, egal, wie es klingt, und als das Lied endet, klatschen die Leute im Saal sogar.

Ich bin unendlich erleichtert und gleichzeitig stolz auf mich, dass ich mich getraut habe. Manchmal ist man selbst sein größter Kritiker, dabei sollte man sein stärkster Verbündeter sein.

Der Seebär-Moderator kommt zu mir und lächelt. »Ganz toll, mit so viel Hingabe und Gefühl«, lobt er mich.

Ich lächele verlegen. »Vielen Dank.«

Erleichtert verlasse ich die Bühne, während er die nächste Teilnehmerin ankündigt. Meine Beine sind noch ganz weich und ich fühle mich richtig zittrig vom Adrenalin, aber es war nicht so schlimm, wie ich es nach Roberts damaliger Kritik befürchtet habe.

Ha! Zum Glück wird er nie wieder eine Rolle in meinem Leben spielen. Kaum zu fassen, dass ich auf einer Bühne gesungen habe.

»Und wie fandest du das eben? Hast du hingehört?«, höre ich eine Frau jemanden fragen. Automatisch spitze ich meine Ohren, weil ich wissen will, was sie zu meiner Gesangsdarbietung sagt. »Merkwürdig, oder? Klang ganz schön schräg.«

Ihre Worte landen bleischwer in meinem Magen.

Dann antwortet ein Mann. »Ja, sehr schräg. Da muss man sich drum kümmern.«

Das gute Gefühl, das ich gerade noch verspürt habe, ist im Nu verflogen. Ich sehe mich um, um herauszufinden, wer diese Worte ausgesprochen hat, und zucke zusammen. Denn da steht er, der Mann aus dem Aufzug, Surfer und Frauenaufreißer – Mister Magic – gemeinsam mit einer hübschen, blonden Frau. Er trägt ein schickes Sakko, hat die Haare sexy gestylt wie Chris Hemsworth und strahlt eine männliche Lässigkeit aus. Seine Begleiterin hängt förmlich an seinen Lippen. Ob er mit denen wohl so gut ist wie mit seinen Händen?

Im Grunde sollten mir ihre Bemerkungen egal sein, doch gegen meinen Willen fühle ich einen Stich in der Brust. Betreten starre ich die beiden an, als er mich plötzlich bemerkt. Es ist fast, als würde er meine Gegenwart spüren. Er sieht direkt zu mir und lächelt.

Unglaublich. Er ist gerade dabei, über mich zu lästern, und lächelt. Und überhaupt, wieso lächelt er dauernd?

Ich beschließe, mich nicht frustrieren zu lassen. Dann fand er meinen Gesang eben schlimm. Soll er doch denken, was er will, aber ich habe mich wenigstens tapfer geschlagen.

Trotzig gehe ich auf ihn zu und recke das Kinn vor. »Ja, dann hat es eben schräg geklungen. Na und? Immerhin habe ich mich getraut.«

Verdutzt runzelt er die Stirn. »Ähm, meinen Sie mich?«

Er sieht zu seiner Begleiterin, als wollte er sich versichern, dann wieder zu mir. Beide blicken in meine Richtung.

»Na, mit wem soll ich denn sonst reden?«, entgegne ich. »Denken Sie, ich rede mit mir selbst?«

Er reibt sich über den Nacken, eine Geste der Verlegenheit. »Na ja, es ist ja nicht so, als wäre das nicht schon vorgekommen.«

Eindeutig spielt er auf die Situation im Fahrstuhl an. Stimmt. Ich sollte unbedingt verschwinden.

»Ähm, nein, ist es nicht. Daran kann ich mich nicht erinnern«, behaupte ich. Dann drehe ich mich rasch zu meinem Tisch um und gehe schnurstracks darauf zu. Soll er doch denken, was er will.

Er hält dich für bescheuert, bringt sich meine innere Stimme ein. Auf wessen Seite steht die eigentlich?

Und wenn schon. Ich lasse mich nicht mehr unterkriegen, auch nicht von irgendwelchen sexy Surfern mit ozeanblauen Augen. Er kann ja gerne mal singen, falls er sich das traut.

Betrübt setze ich mich zu Margarete und Heinz. Sie scheint zu merken, dass ich nicht so gut drauf bin, und baut mich auf.

»Das war doch richtig gut«, sagt sie.

Ich freue mich über ihren lieben Kommentar. »Danke.«

Sie fasst sich ans Herz. »So mutig, ich könnte mich nie zu so etwas überwinden.« Ihr Blick wandert zu Heinz, als würde sie auf einen Kommentar von ihm warten. Die beiden sind echt nett, zumindest zu mir, auch wenn sie aneinander selten ein gutes Haar lassen. Sie sind wortwörtlich wie ein altes Ehepaar.

Der Kellner kommt und serviert das Dessert – ein Traum aus Schokokuchen und Beeren mit Eiscreme. Wie fabelhaft es aussieht! Meine Stimmung hebt sich sogleich.

Heinz greift nach der Gabel und stimmt seiner Frau zu. »Du könntest dich wirklich mehr trauen.«

Margarete schnaubt. »Das sagt genau der Richtige. Du kannst nach all den Jahren noch nicht mal die Spülmaschine ausräumen.«

»Ja, aber nicht, weil ich mich nicht traue.« Dabei sieht er sehr zufrieden aus. Er ist sicher nicht der erste Mann seiner Generation, der sich erfolgreich um die Hausarbeit drückt.

Wir naschen alle von unserem Dessert und schwelgen in dem Genuss.

»Mmmh, himmlisch«, seufzt Margarete, und ich muss ihr zustimmen. Eine Weile essen wir nur und lauschen der Darbietung auf der Bühne.

»Kannst du mal aufhören, so zu schmatzen?«, beschwert sich Heinz bei seiner Frau.

»Nur wenn du aufhörst, beim Essen dauernd deine Nase so komisch nach oben zu ziehen. Das macht mich nämlich wahnsinnig, Heinz. Wie bei einem Kaninchen.«

Oh je, ich versuche, nicht zu schmatzen oder die Nase zu rümpfen, während ich neben den beiden sitze und esse.

»Ich dachte, du magst Kaninchen«, sagt Heinz unvermittelt.

»Aber nicht beim Essen.«

Er grummelt vor sich hin.

»Außerdem«, fügt sie an, »schmatze ich überhaupt nicht. Das sind Rückkopplungsgeräusche vom Mikrofon.«

Beide haben einen belustigten Ausdruck um ihre Lippen. Aha, was sich neckt, das liebt sich wohl doch.

Margarete nimmt etwas Kuchen auf die Gabel und lächelt mir zu. »Und wie fühlst du dich jetzt so?«

Ich erwidere ihr Lächeln. »Irgendwie gut.«

Auch wenn es nicht jedem gefallen hat.

Heinz nickt. »Es war wirklich amüsant.«

Margarete wirft ihm einen bösen Blick zu. »Amüsant ist kein positives Wort, Heinz.« Sie schüttelt mit dem Kopf und seufzt in meine Richtung. »Seit Jahren versuche ich, dem alten Brummbären zu erklären, dass er mehr auf die Feinheiten unserer Sprache achten soll.«

Heinz rollt mit den Augen, als wäre das ein altes Lied, das er schon viel zu oft gehört hat.

Margarete tätschelt mir die Hand. »Es war wirklich sehr besonders, Anni. Deine Stimme ...« Sie sucht nach den richtigen Worten, »... hat eine ganz auffällige Klangfarbe. Die würde man unter Tausenden wiedererkennen.«

Okay, das klingt zwar irgendwie nett, aber es gibt natürlich auch furchtbare Stimmen, die man unter vielen heraushören könnte. Trotzdem weiß ich ihren Versuch, mich zu bestärken, zu schätzen.

»Danke, das ist lieb von Ihnen.«

»Dir, liebe Anni. Ich habe dir doch schon gesagt, dass du uns duzen darfst. Nicht wahr, Heinz?«

Er nickt. »Alles, was du sagt, mein Liebes.«

Margarete lächelt zufrieden. »Weißt du, wir fühlen uns viel jünger, wenn wir geduzt werden. Das wirkt besser als jede Lifting-Creme.« Heinz lacht auffällig grunzend, und Margarete rollt mit den Augen. »Aber mir sagen, ich würde schmatzen.«

Doch sie wirkt amüsiert. Auf der Bühne gibt es einen weiteren Wechsel. Diesmal stellt sich ein älterer Herr dem Wettbewerb und singt *Can't help falling in love* von Elvis Presley. Es ist herrlich schmalzig und gefällt mir sehr gut.

Margarete deutet zur Bühne. »Ich wette, er singt für seine Frau.« Dann stupst sie ihren Mann an, der sich gerade ein Stück Kuchen gönnen will und durch Margaretes Bewegung fast seinen Mund mit der Gabel verfehlt. »Hörst du, Heinz? Für seine Frau.«

Er gluckst nur. »Na, wäre ja auch blöd, wenn er für eine andere singen würde, oder?« Dann schiebt er sich den Schokoladenkuchen selig in den Mund.

»Der macht mich wahnsinnig. Wahnsinnig!«, stöhnt sie. »Warum hast du eigentlich bei dem Wettbewerb mitmachen wollen, Anni?«

Ich zucke mit den Schultern und rühre mit der Kuchengabel auf meinem Teller Muster in einen Klecks geschmolzener Eiscreme. »Anfänglich hat mich nur der Wellnessgewinn gereizt, aber dann wollte ich auch irgendwie mal was wagen.«

Sie nickt verständnisvoll. »Ja, man weiß nie, was in einem steckt, wenn man es nicht probiert. Meine Oma hat immer gesagt: ›Wer kleine Träume hat, macht kleine Schritte. Aber wer große Träume hat, macht große Schritte.‹ Tja, das habe ich mir zu Herzen genommen und bin damals mit Heinz durchgebrannt.

Ich glaube, rückblickend hatte meine Großmutter etwas anderes im Sinn. Aber wie mein Heinz tanzen konnte!«

Die Erinnerung entlockt ihr ein Schmunzeln.

Ich denke an Mister Magic und seine vernichtende Kritik zu meinem Gesang. »Na ja, vielleicht ist es doch keine so gute Idee gewesen, aufzutreten.«

Manchmal glaubt man, mutig zu sein, und dann belastet einen trotzdem, was die anderen denken.

»Unsinn, das kannst du nicht wissen, bevor die Preise ausgelost worden sind. Schließlich wolltest du gewinnen, und falls das klappt, hat es sich doch gelohnt. Bestimmt weißt du bald mehr. Jetzt geht endlich das normale Programm weiter. Ach, Herrgott, Heinz! Jetzt lass doch das nervöse Wackeln mit deinem Bein.«

»Aber Schatzilein, das liegt nur an der Musik. Mein Tanzbein zuckt. Dagegen kann man nichts machen.« Eine kleine Live-Band spielt inzwischen und erfüllt den Saal mit *If you don't know me by now*. Er lächelt sie verliebt an und streckt ihr die Hand entgegen. »Wollen wir tanzen?«

Und einfach so schmilzt Margarete dahin und nickt gerührt. »Alles, was du willst, mein Herz.«

Plötzlich verstehe ich es. Die beiden, so unterschiedlich sie auch sein mögen, lieben sich. Mit all ihren Fehlern und Schwächen. Die Magie von damals, die sie dazu gebracht hat, miteinander durchzubrennen, ist noch immer lebendig.

Heinz steht auf und nimmt Margaretes Hand. Sie kichert wie ein junges Mädchen, begibt sich in seine Arme und schon tanzen die beiden davon. Wie romantisch. Es ist, als wären sie ewig jung geblieben. In ihren Herzen sind sie das vermutlich auch.

Ich würde selbst nur allzu gerne tanzen, bloß mit wem? Der Saal ist voller Menschen, doch ich sehe nur fremde Gesichter. Noch dazu sind die meisten Anwesenden deutlich älter als ich, wobei mich das nicht einmal stören würde. Mit einem netten Gentleman zu tanzen, der höflich und formvollendet ist, wäre irgendwie süß und angenehm harmlos. Ich stelle ihn mir vor wie Robert Redford oder Richard Gere. Doch ich sehe einfach niemanden, der …

Mein Blick bleibt an Mister Magic hängen. Er tanzt gerade mit einer neuen Dame. Der ist echt beliebt hier, das muss man ihm lassen. Ich habe keine Ahnung, was mich überkommt – vielleicht liegt es daran, dass der Abend mit dem Singen nicht so gelaufen ist, wie ich es mir erhofft habe, oder vielleicht, weil ich allein dasitze und den beiden zusehe, wie er lächelt und sie sachte im Arm hält. Er macht das gut, so als wäre er auch hier in seinem Element. Ich stoße den Atem aus. Irgendwie würde ich auch gerne tanzen … mit ihm. Oh Gott, ich bin nicht bei Trost.

Für eine kleine Weile schließe ich die Augen, um mich zu sammeln. Die Musik wechselt und spült zu mir heran. Es ist ein Takt, der direkt ins Herz geht und ein wohliges Kribbeln in meinem Bauch auslöst. Ich kenne die Melodie aus alten Filmen. Ich glaube, es war irgendwas mit Audrey Hepburn. Richtig, *Moon River*. Für eine Weile lasse ich mich von den Klängen treiben, als würde ich selbst auf jenem Fluss dahingleiten, um die weite Welt, von der es so viel zu sehen gibt, zu ergründen. Ich lasse mich dorthin entführen, wo Regenbögen bereits hinter der nächsten Biegung warten, und ein Gefühl von Freiheit und Sorglosigkeit dringt zu mir durch.

Als ich die Augen wieder öffne, lächele ich noch ganz in Gedanken. Ich brauche einen Moment, um zu bemerken, dass ein paar polierte Herrenschuhe vor mir stehen. Mein Blick wandert an eleganten Hosen mit Bügelfalte hinauf zu ... einem älteren Mann im Smoking. Ich gestehe mir ein, dass ich, zumindest flüchtig, auf jemand anderen gehofft habe.

Doch die Enttäuschung ist schnell verflogen, denn er lächelt so ausgesprochen liebenswürdig, dass sich viele tiefe Falten in sein Gesicht graben.

»Darf ich Sie um ein Tänzchen bitten?«, fragt er und reicht mir galant seinen Arm.

Ja, warum eigentlich nicht? Ich nicke freundlich, lege meine Hand auf seinen Arm und lasse mich von ihm zu der Tanzfläche neben der Bühne führen. Er stellt sich als Eberhard vor, und ich nenne ihm meinen Namen. Er ist ein Tänzer der alten Schule und jeder Schritt sitzt.

Im Geiste male ich mir aus, wie er früher einmal vor fünfzig oder sechzig Jahren in einer Tanzschule die Grundlagen gelernt hat. Damals war das bestimmt noch so, dass Mädchen auf der einen und Jungen auf der anderen Seite gesessen und sich dann voller Spannung zum Tanz aufgefordert haben. Mit Petticoats und polierten Schuhen wie seinen.

Er hat gütige grüne Augen, und mit Sicherheit hat er als jüngerer Mann damit die Frauenherzen zum Schmelzen gebracht. Nach ein paar Umdrehungen fühle ich mich ganz schwerelos. Für sein Alter legt er in der Tat eine flotte Sohle aufs Parkett. Ich habe herrlich viel Spaß und wir tanzen einfach weiter, als das nächste Lied folgt.

»Was bringt eine so hübsche, junge Frau wie Sie so ganz allein hierher?«, erkundigt er sich.

»Woher wissen Sie, dass ich allein bin?«

Er zwinkert mir zu und lässt mich eine Drehung machen, bevor er antwortet: »Ich bin ein guter Beobachter.«

»Na ja, ich wollte einfach ein bisschen Zeit für mich haben, um mich zu finden.«

»Finden?«, hakt er nach. »Haben Sie sich denn verloren, Kindchen?«

Ich lächele. »Nein, ich bin noch da. Aber manchmal merkt man es eben nicht.« Ich wechsele das Thema, weil ich nicht jedem meine Lebensgeschichte erzählen will. »Lieb, dass Sie mich zum Tanzen aufgefordert haben. Das macht richtig Spaß.«

»Oh, gerne. In meinem Alter hat man nicht mehr jeden Tag eine junge Frau im Arm.«

Mein Blick huscht zu Mister Magic. Er tanzt nicht weit von uns entfernt. Definitiv hat er keine Probleme, täglich, sogar mehrmals, Frauen in seine Arme zu kriegen.

Eberhard folgt meinem Blick. »Kennen Sie sich?«

»Was? Nein!«, beeile ich mich zu sagen. »Nicht wirklich jedenfalls. Ich möchte sowieso lieber Zeit ohne Männer verbringen.«

Er lacht. »Das hat ja gut geklappt. Und was bin ich? Sie tanzen schließlich gerade mit einem.«

Ich nicke. »Stimmt. So war das nicht gemeint. Ich wollte eigentlich nur sagen: ohne jemanden, der mich durcheinander bringen kann.«

»Liebeskummer?«, fragt er sofort.

»Nein, eher allgemeiner Kummer«, weiche ich aus.

Eberhard dreht mich im Kreis und sieht mich dann an. »Ach ja, die Jugend.«

Das entlockt mir ein Lachen. »Jugend? Ich bin schon siebenundzwanzig.«

Er zwinkert mir zu. »Und ich bin achtundsiebzig. Also, wer ist jetzt älter?«

»Gut, Sie haben gewonnen.«

Er nickt zustimmend. »Eindeutig. Nun, wie gesagt, die Jugend. Früher habe ich mir auch oft den Kopf zerbrochen. Da hätte ich Sie nicht so ohne Weiteres angesprochen und zum Tanzen aufgefordert. Ich meine, eine so hübsche Frau wie Sie. Da drehen sich doch ganz andere Männer um.«

»Jetzt sind Sie aber zu lieb.«

»Das geht gar nicht«, tut er es ab. »Doch mit dem Alter, je mehr verpasste Gelegenheiten man ansammelt, wird man weiser. Da vergeudet man Zeit, die man nicht hat, auch nicht mehr.«

»Sie haben wahrscheinlich recht.«

»Zeit ist wie ein Konto, das immer leerer und leerer wird. Da überlegt man sich zweimal, wie man sie nutzt.«

»Oh, bitte, Eberhard, ich hoffe, es gibt nichts, was Sie allzu sehr bedauern.«

Zuletzt bin ich mit meinen Gedanken so oft bei meinen Problemen hängen geblieben, dass ich das große Ganze aus den Augen verloren habe. Es gibt so vieles, wofür ich dankbar sein kann. Auch für meine Jugend, wie Eberhard es so charmant genannt hat.

»Nein, machen Sie sich keinen Kopf, Kindchen. Auch für Sorgen sollte man seine Zeit nicht aufwenden.«

Einen kurzen Moment bin ich sprachlos, dann nicke ich. »Sie sind wirklich weise.«

»Hören Sie auf, Anni«, sagt er lachend. »Sonst komme ich mir noch vor wie Meister Yoda aus den Dagobah-Sümpfen.«

Oh Gott, ist das süß! Er kennt *Star Wars*.

»Was wäre so schlimm daran?«, will ich wissen.

»Sie meinen, abgesehen davon, dass er winzig und grün ist? Na, der ist doch locker achthundert Jahre älter als ich. Kein Vergleich.«

Ich mustere ihn schmunzelnd. »Stimmt, das war äußerst taktlos von mir. Dabei empören wir Frauen uns schon, wenn wir nur um ein paar Jahre verschätzt werden. Aber Jahrhunderte ...«

Der Schalk steht ihm ins Gesicht geschrieben. »Jedenfalls bin ich inzwischen alt geworden, und na ja, da traue ich mich mehr. So lieben Opas schlägt man ein Tänzchen doch nicht aus.«

Ich schmunzele, weil Eberhard auf so liebenswürdige Art unverblümt ist.

»Übrigens hat mir Ihr Auftritt gefallen«, fügt er an.

»Ach, ehrlich?«

Er nickt. »Ja, ihr Gesang ist zwar nicht der Beste, aber gerade das war entzückend. Sie haben nicht auf die Technik geachtet, sondern einfach mutig aus vollem Herzen gesungen, als wären Sie Celine Dion höchstselbst. Das macht Ihnen keiner so schnell nach. Chapeau!«

Tja, vielleicht sollte ich mich damit zufriedengeben.

»Am Ende geht es um den Spaß.«

»Und die schönen Erinnerungen. Ich gönne mir den Luxus, mit mir im Reinen zu sein, und schauen Sie, wohin es mich geführt hat: Ich tanze mit Celine Dion!«

»Na ja, fast«, wende ich lachend ein.

»Erst, wenn man sich traut, man selbst zu sein, fängt das Leben wirklich an. Das ist auch bei der Liebe so.«

»Was macht Sie da so sicher?« Bisher konnte ich nicht gerade damit punkten, ich selbst zu sein.

»Na, weil die Liebe sich nichts aus Perfektion macht, Kindchen. Irgendwann werden Sie das verstehen und dann kommt alles, wie es kommen soll. Perfektion liegt schließlich allein im Auge des Betrachters. Das ist keine allgemeine Wahrheit sondern nur, was man als solche empfindet. Ich finde das gut so. Dadurch kann jeder jemanden finden.«

Ich sehe Mister Magic vorbeitanzen, wieder mit einer anderen Frau. Die beiden unterhalten sich und ein Teil dessen, was er zu ihr sagt, dringt zu mir heran: »Keine Sorge, ich bekomme das alles unter einen Hut. Meine Termine habe ich bisher immer geschafft ...«

Ich rolle mit den Augen, was Eberhard nicht entgeht.

»Er ist ein hübscher Kerl, nicht wahr?«

Seine Frage überfährt mich förmlich. »Was? Er? Nein, danke!«

Vielleicht fällt meine Reaktion eine Spur zu energisch aus, denn Eberhard wölbt interessiert die Augenbrauen. »Ach?«

»Solche Männer hat man nie für sich allein. Die sind selbst ihre größten Fans und wollen keine normalen Mädels. Jedenfalls nicht auf Dauer.«

Für solche Männer sind Frauen wahrscheinlich nicht mehr als die Süßigkeiten auf dem Kopfkissen in Hotels: kleine Gute-Nacht-Begleiter.

Eberhard wirkt nicht überzeugt. »Na, ich weiß nicht. Manchmal lohnt sich ein zweiter Blick.«

»Zweimal, dreimal, viermal ...«, tue ich es ab, als würde das nichts ändern. So oft habe ich ihn mindestens schon angesehen, seit ich mit Eberhard tanze. Wahrscheinlich doppelt so oft.

Eberhard dreht mich erneut im Kreis herum, und ich lache. Zumindest so lange, bis er mich ansieht und sagt: »Ja, und manchmal braucht die Liebe auch einen kleinen Schubs ... wie jetzt.«

Plötzlich merke ich, wie er mich loslässt.

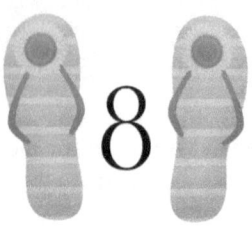

8

Was zum ...?

Ich rudere mit den Armen, um nicht hinzufallen oder den nächstgelegenen Tisch abzuräumen. Reflexartig greife ich nach etwas, das mir Halt gibt, und bekomme Stoff zu fassen. Meine Finger graben sich hinein, ohne dass ich steuern kann, mit wem ich kollidiere. Offensichtlich habe ich einen Arm erwischt, der mich zum Glück packt und hält. Der Körper in meinem Rücken schwankt kurz und schafft es dann, uns ins Gleichgewicht zu bringen.

»Hoppla«, höre ich einen Mann sagen und drehe mich leicht wacklig um.

»Das tut mir furchtbar leid. Ich -«

Mitten im Satz stocke ich und mir wird ganz heiß im Bauch, als ich sehe, nach wem ich da gegriffen habe. Es ist Mister Magic-ich-bekomme-alles-unter-einen-Hut. Offensichtlich auch in den Griff.

Okay, darüber will ich mich jetzt nicht beschweren. Er hat wirklich ein ausgezeichnetes Körpergefühl. Außerdem riecht er verdammt gut, wie ich merke. So nah bin ich ihm bisher nicht gekommen, doch durch Eberhards »Tanzmalheur« bin ich nun komplett auf ihm gestrandet. Ich muss echt ein ernstes Wort mit Ebi reden.

»Fliegender Wechsel, hm?«, fragt er mich belustigt.

»W...was?« Erst jetzt realisiere ich, dass seine vorherige Tanzpartnerin nicht mehr bei ihm ist. Nur dadurch habe ich überhaupt Platz in seinen Armen.

Mann, aus der Nähe ist er wirklich groß. Ich schaue zu ihm hoch und seine wahnsinnsblauen Augen bringen mich total aus dem Konzept.

»Mit diesem stürmischen Andrang habe ich bei Ihnen gar nicht gerechnet«, neckt er mich.

Dabei müsste er es von den Frauen längst gewohnt sein, so begehrt, wie er ist. Zugegeben, wahrscheinlich sind seine bisherigen Tänze anders zustande gekommen.

»Entschuldigung, das wollte ich wirklich nicht.«

Er lächelt. »Dann war es also keine Absicht?«

Perplex starre ich ihn an. »Ähm, nein, natürlich nicht. Warum sollte ich mutwillig hinfallen?«

»Na, das sind Sie doch heute auch am Strand«, zieht er mich ungeniert auf. Mir klappt die Kinnlade herunter, doch bevor ich protestieren kann, hebt er die Hand. »Ach, stimmt, dass war ja Sand-Yoga.«

Er bringt mich total durcheinander, hält mich immer noch fest, und irgendwie liegen meine Hände auf seinem Sakko, ohne dass ich mich daran erinnern könnte, sie dort platziert zu haben. Ein bisschen bin ich sauer, sowohl auf ihn als auch auf mich.

Drück ihn weg, ruft die Stimme der Vernunft in mir.

Aber schnuppere vorher noch mal an ihm, schwärmt ein debiler Teil aus einem anderen Winkel meines Bewusstseins, den ich mal mit Warnschildern absperren sollte wie einen Baustellenbereich.

Gleichzeitig kann ich schlecht unfreundlich werden, weil er mich vor einem unschönen Sturz bewahrt hat.

»Genau, nichts spricht gegen Yoga in den Dünen«, entgegne ich daher nur.

Himmel, irgendwie brennen sich seine Hände förmlich in meine Haut und mein Bewusstsein. Für den Wettbewerb habe ich mich in ein elegantes Cocktailkleid mit tiefem Rückenausschnitt geschmissen. Im Nachhinein hätte ich mich besser anders herum auf die Bühne stellen sollen. Dann hätte ich mit dem schicken Design punkten können und wäre nicht so schrecklich nervös gewesen, wenn ich vom vollen Saal weggeblickt hätte. Doch das Verrückte ist, dass ich jetzt, in dieser Sekunde, noch wesentlich nervöser bin als zuvor dort oben auf der Bühne.

Seine Augen blitzen belustigt. »Sie sind also nicht einfach nur das tollpatschigste Mädchen, das es gibt?«

Wie bitte?

»Nein, ich bin Sand-Yoga-Meisterin.«

Nicht schwer als einzige Teilnehmerin. Aber interessant, dass er mich Mädchen nennt, obwohl er kaum zwei, drei Jahre älter als ich sein dürfte. Steht er etwa auf reifere Frauen und hält mich für junges Gemüse?

»Aha, ich kenne mich ja mit Sport aus, aber davon habe ich noch nie gehört.«

Seltsam, dabei hört er doch sogar Sachen, die er gar nicht hören soll.

»Na, jetzt kennen Sie es.«

»Sie sind echt -« Er sucht nach Worten.

Innerlich spanne ich mich an, ein Gefühl, das einmal ganz durch meinen ganzen Körper bis in die Fingerspitzen zuckt.

»Merkwürdig?«, schlage ich vor. »Oder schräg wie mein Gesang? Sagen Sie es ruhig.«

Automatisch drücke ich gegen sein Sakko, um mich von ihm zu entfernen, doch dabei spüre ich auch seinen Körper unter meinen Händen stärker und muss schlucken.

»Süß, wollte ich sagen.« Seine Antwort erwischt mich unvorbereitet. »Sie sind echt süß.«

Das kann er doch nicht ernst meinen, nach allem, was war. Und was bedeutet so was überhaupt aus seinem Mund? Wahrscheinlich sagt er das ständig zu allen möglichen Frauen wie bei einer Art Gebrauchsanleitung fürs Flirten. Doch obwohl ich ihn durchschaue, wirkt es irgendwie.

Ich sollte schleunigst verschwinden, bevor ich in seinen starken Armen noch vergesse, wie falsch es wäre, sich auf diesen Casanova einzulassen. Ganz sicher will ich meinen Sylturlaub nicht mit einem gebrochenen Herzen krönen, und oh ja, ich spüre durchaus, dass er mir gefährlich werden könnte, denn er ist genau mein Typ. Seine Präsenz ist überwältigend und ich bin wie Wachs in seinen Armen.

Ich muss dringend zurück zu meiner Suite, um erst mal wieder einen klaren Kopf zu kriegen. Es kostet mich mehr Überwindung, als mir lieb ist, um mich von ihm zu lösen. »Darf ich mal?«

»Wollen Sie etwa keinen Tanz mehr?«, fragt er mich verwundert.

»Äh, nein, das lag nie in meiner Absicht.«

Lügnerin, tadelt mich meine innere Stimme.

Na gut, möglicherweise habe ich mir vorhin für einen klitzekleinen Moment vorgestellt, wie es wäre, mit ihm zu tanzen, doch das muss er ja nicht erfahren. Er ist selbstgefällig genug.

»Tja, ich beiße zwar nicht, aber wie Sie meinen.« Er lässt mich los und tritt einen Schritt zurück. Dabei wirkt er für einen flüchtigen Augenblick sogar geknickt. Sicher bilde ich mir das nur ein. Schon kaschiert er es mit einem Lächeln. Trotzdem ...

Schnell drehe ich mich um und eile zum Tisch zurück, um Margarete und Heinz eine gute Nacht zu wünschen, doch dann sehe ich, dass die beiden noch tanzen. Als sie zu mir blicken, winke ich. Sie schauen zwar verwundert, winken jedoch zurück.

Wahrscheinlich finden sie es seltsam, dass ich als eine der jüngeren Anwesenden bereits schlafen gehen will. Sei es drum. Morgen folgt ein neuer Tag, den ich früh beginnen kann. Schließlich hat Sylt so viel zu bieten. Hoffentlich wird dann alles ein wenig entspannter als heute.

Ich will mir gerade einen Weg zum Ausgang des Saales bahnen, als ich Eberhard wiedertreffe.

»Sie!« Ich nehme ihn ins Visier und bohre meinen Zeigefinger durch die Luft in seine Richtung. »Das haben Sie doch mit Absicht gemacht.«

Er gibt sich nicht einmal die Mühe, es zu bestreiten, sondern nickt, wie es aussieht, sehr zufrieden mit sich selbst. »Ja, na und? War es denn so schlimm?«

Also, er ist echt unglaublich.

»Ja, allerdings.«

Mal abgesehen davon, dass es hochnotpeinlich war und Mister Magic mich für den Tollpatsch der Nation hält, hätte ich einem Senior wie Eberhard keinen solchen Schachzug zugetraut. »Mein Weltbild in Bezug auf über Siebzigjährige ist schwer angeknackst.«

Er kichert und schüttelt den Kopf. »Kindchen, es war überhaupt nicht schlimm.« Ebi tippt sich ans Auge, als würde ihm nichts entgehen. »Ich habe doch genau gesehen, wie Sie sich an ihn geschmiegt haben.«

»Aber ... aber das war doch nur, weil ich musste«, verteidige ich mich und spüre, wie meine Wangen glühen. Doch schließlich waren meine Knie ganz weich und ich war total taumelig. Natürlich nur von dem Schock, mitten in einer Drehung losgelassen worden zu sein. Was auch sonst?

Eberhard, der Schlingel, lacht bloß. Doch ehe wir das Gespräch fortsetzen können, ebbt die Musik ab und der Moderator, der zurück auf der Bühne ist, klopft gegen das Mikrofon.

Erwartungsvolle Stille senkt sich über den Saal. Nur hier und da ist leises Gemurmel vernehmlich, das sich zu den Geräuschen von Bestecken auf Tellern oder dem Einschenken von Getränken gesellt, sowie das Rascheln von Kleidung und die Schritte derer, die von der Tanzfläche zu ihren Tischen zurückkehren. Heinz schiebt seiner Margarete den Stuhl zurecht.

»Meine Damen und Herren, es ist so weit! Ich möchte nun die Gewinner des heutigen Abends bekanntgeben«, verkündet der Seebär, und mein Herzschlag legt einen Zahn zu.

Es ist absurd, dass ich mir Hoffnungen mache, schon klar. Praktisch jeder hat mir gesagt, dass ich nicht singen kann, mal mehr und mal weniger deutlich. Im Grunde könnte ich gehen. Doch wenn ich schon mal da bin, kann ich wenigstens sehen, wer gewinnt. Außerdem drückt Eberhard meinen Arm, als würde er tatsächlich mit mir mitfiebern.

Na ja, vielleicht staube ich zumindest einen kleinen Gewinn ab. Dann könnte ich vor Jule sagen, dass ich bei einem Gesangswettbewerb gewonnen hätte. Und sogar Robert hätte ein bisschen falsch gelegen.

Der Moderator beginnt, die Gewinner aufzurufen, angefangen bei den kleinen Preisen. Insgesamt gibt es fünf. Doch ich ergattere weder die Gesichts- noch die Fußmassage. Auch die ayurvedische Massage für den dritten Platz geht an jemand anderen. Dagegen lässt sich überhaupt nichts sagen. Ich fand ihre Darbietungen ja selbst besser als meine. Trotzdem lasse ich geknickt den Kopf hängen. Eindeutig ist der Traum ausgeträumt, denn auf die beiden ersten Plätze brauche ich gar nicht erst zu spekulieren.

Als ich mich abwenden will, hält Eberhard mich zurück. »Wo wollen Sie denn hin?«

»Machen wir uns nichts vor, es ist gelaufen.«

»Hier geblieben, junge Dame!«, bleibt er jedoch eisern.

Ich stoße den Atem aus, verharre aber an Ort und Stelle. Die restlichen Minuten werde ich auch noch überstehen. Danach werde ich mich in meine Suite begeben, mir eine gemütliche Badewanne mit viel Schaum einlassen und anschließend in mein kuscheliges Bett krabbeln. Immerhin steckt mir neben den vielen Eindrücken hier auch die lange Anreise noch in den Knochen.

»Nun sind bloß noch zwei Preise übrig«, ruft der Moderator. »Ich weiß nicht, wie es Ihnen geht, aber ich finde, die Spannung steigt, oder?«

Aus dem Publikum kommen Bestätigungsrufe und einige klatschen.

Er nickt feierlich. »Gleich wird unser Sieger gekürt. Aber zunächst verkünde ich den zweiten Platz, für den es unsere Sylt-Spezial-Behandlung gibt. Und der Preis geht an …« Ausgerechnet jetzt legt er eine Kunstpause ein, und die Band spielt einen Tusch, um die Spannung zu erhöhen. Ich werde ganz hibbelig. »Weil sie so mutig gewesen ist und voller Leidenschaft gesungen hat, geht der zweite Platz an Anni Nagler. Herzlichen Glückwunsch und einen kräftigen Applaus!«

Wie benommen stehe ich da und kann kaum realisieren, was er da gerade gesagt hat. Kann es wirklich sein, dass er meinen Namen ausgerufen hat? Vielleicht gibt es noch eine zweite Anni Nagler hier.

Ich bin kurz davor, mich umzusehen, doch da drängelt Eberhard: »Los, Mädchen, auf die Bühne! Oder soll ich Sie wieder schubsen?«

»Ja, aber … Ich kann es gar nicht glauben.« Fassungslos sehe ich ihn an, doch dann muss ich grinsen, als er einen Schubs antäuscht. »Danke, ich gehe ja schon.«

Wie in Trance schreite ich zur Bühne. Ganz klar haben die sich bei der Abstimmung vertan, aber das soll mir nur recht sein.

»Herzlichen Glückwunsch«, sagt der Moderator und überreicht mir den Wellnessgutschein, der mit hübschen Spa-Motiven bedruckt ist.

Strahlend nehme ich meinen Gewinn entgegen und drücke dem Kärtchen einen Kuss auf. Durch meinen Lippenstift bleibt ein roter Abdruck zurück, aber ich wette, er ist trotzdem noch gültig.

»Danke, danke, danke!«, juchze ich. »Wirklich, ich freue mich so sehr.« Ich wende mich auch noch ans Publikum. »Vielen Dank, dass Sie meinen Gesang ertragen haben.«

Die Leute lachen und klatschen. Margarete zeigt mir einmal mehr den erhobenen Daumen und wirft mir dann sogar einen Luftkuss zu. Wie lieb sie ist, dass sie sich so für mich mit freut.

Fröhlich verlasse ich die Bühne, wo Eberhard bereits auf mich wartet.

»Bravo, das habe ich doch gleich geahnt«, sagt er. »So was spüre ich in meinen Gelenken wie andere Rheuma und Arthritis.«

Ich necke ihn. »Hört sich ja schmerzhaft an. Aber solange Ihnen von meinem Gesang nicht die Ohren wehtun ...«

Der erste Platz geht an den älteren Herrn, der so herrlich schmalzig Elvis Presley gesungen hat. Wie Margarete bereits vermutet hat, schenkt er die Hot-Stone-Ganzkörpermassage mit Aromaölen seiner Frau.

»So, jetzt werde ich aber wirklich abhauen.« Ich verabschiede mich von Eberhard, bevor er mir noch mehr Streiche spielen kann.

»Viel Spaß mit Ihrem Gewinn. Lassen Sie sich bloß nicht mit zu viel Sanddornöl einreiben, sonst werden Sie orange«, neckt er mich.

Ein Grinsen huscht über mein Gesicht. »Ich werde es mir merken.«

Dann durchquere ich den großen Saal und steuere draußen den Aufzug an. Ich drücke die Taste mit dem Pfeil nach oben und drehe mich wartend herum. Plötzlich steht Mister Magic vor mir, und mein Herz stolpert bei seinem Anblick.

»Glückwunsch zum Gewinn«, sagt er lächelnd. »Der Auftritt war übrigens toll.«

Will er mich zum Narren halten?

»Ach ja? Seit wann?«, hake ich nach.

Er wirkt überrascht. »Wie seit wann? Ich habe nie etwas anderes gesagt.«

Das ist einfach nicht zu fassen. Mein vernichtender Blick bohrt sich in ihn. »Doch zu ihrer Begleiterin. Sie hat gefragt, ob Sie das auch schräg fanden, und Sie meinten so was wie: ›Ja, sehr schräg.‹«

Er zuckt mit den Schultern, als wäre er ratlos. »Daran kann ich mich nicht erinnern.«

»Sehr witzig, wirklich.« Hinter mir geht der Fahrstuhl auf und ich deute über die Schulter. »Kann ich jetzt gehen oder was wollen Sie?«

Er kommt näher und stemmt seine Hand gegen die Lifttür. Keine Ahnung, ob er sie mir nur aufhalten will, aber dabei lehnt er sich automatisch in meine Richtung.

»Wie wäre es morgen mit Sand-Yoga?«

Sein Blick ist total blau.

»Wie bitte?«, stammele ich.

Seine Augen funkeln schelmisch. »Ja, ich würde diese Sportart gerne kennenlernen. Oder die Person, die sie beherrscht«, fügt er an.

Verwundert ziehe ich eine Augenbraue nach oben. Hat er denn noch nicht genug Dates? Das muss so ein Sexsüchtiger sein. Andere Männer würden bei seinem Pensum längst schlapp machen.

»Wir können auch einfach nur einen Kaffee trinken, falls Ihnen das lieber ist«, schlägt er vor, als ich nicht gleich antworte. »Was meinen Sie?«

Irgendwie habe ich ein Déjà-vu. Er, ich und ein Aufzug, den er offen hält.

»So sehr ich unsere kleinen Pläusche am Fahrstuhl auch ins Herz schließe, aber nein, eher nicht. Ich glaube, Sie haben schon genug Termine.«

Er grinst überrascht. »Haben Sie mich belauscht?«

»Ja, habe ich«, gestehe ich rundheraus.

Seine Augen blitzen herausfordernd. »Ich kann Sie schon noch reinschieben!«

Er kann doch nicht allen Ernstes glauben, dass mich das reizen würde. Rigoros schüttele ich den Kopf. »Nein, danke, aber ich bin keine Frau, die man einfach irgendwo reinschiebt. Schönen Abend noch.«

Geschwind tauche ich unter seinem Arm durch und husche in den Aufzug. Vielsagend blicke ich auf seine Hand, und er gibt die Tür frei, ohne mir eine Fortsetzung des Gesprächs aufzudrängen. Im Gegenteil, er steht mit erhobenen Händen da, als würde er sich ergeben.

Wir schauen uns an, während sich der Fahrstuhl schließt, und seine blauen Augen verfolgen mich im Geiste sogar dann noch, als die Türen bereits zu sind und ich allein mit mir bin.

Ich kann es nicht glauben. Was ist denn da gerade

passiert? Aber obwohl er atemberaubend gut aussieht, bin ich standhaft geblieben und habe ihm eine Abfuhr erteilt. Außerdem bin ich heute mutig gewesen, habe auf einer Bühne gesungen und obendrein gewonnen. Genau, ich bin großartig und einfach genial. Oh Gott, bald klinge ich wie Enzo.

Grinsend lege ich meine Hände auf die Wangen und kann es kaum fassen. Was für ein Tag! Ich strahle mir selbst im Spiegel entgegen und singe vergnügt: »So sehen Sieger aus, schalalala ...«

Und dann passiert es. Die Türen öffnen sich wieder und ich schrecke zusammen, als Mister Magic erneut vor mir steht.

»Ähm, Sie müssen auf den Knopf drücken, sonst fährt der Aufzug nicht.«

Verdammt!

»Das weiß ich doch«, entgegne ich und klatsche schnell auf das Tastenfeld, wodurch ungefähr fünf Nummern gleichzeitig aufleuchten.

Na, bitte! Wonder-Anni hat alles im Griff.

Triumphierend sehe ich ihn an und er lächelt einmal mehr. Er hat so ein schönes Lächeln, auch wenn er es damit etwas übertreibt. Aber Lächeln hin oder her, davon lasse ich mich keinesfalls einwickeln. Das kann er mit seinen anderen Frauen machen, die er irgendwo reinschiebt. Oh Gott, was für ein Gedanke!

Die Türen schließen sich und ich fahre mit dem Lift vor ihm davon. Ich will mir gar nicht vorstellen, wie er andere Damen beglückt. Wie sich sein heißer, athletischer Körper dabei bewegt. Wie er stöhnt und immer weiter- und weitermachen kann.

Ach, Mist, ich stelle es mir ja doch vor. Und was sollte überhaupt Eberhards Schubs? Warum hat er mich in Casanovas Arme getrieben?

Umgehend steigt mir sein männlich sinnlicher Duft in die Nase, und der Blick seiner Wahnsinnsaugen treibt durch meinen Kopf. Mmmh, wie er mich mit seinen starken Armen gehalten hat. Dabei kenne ich nicht mal seinen Namen.

Ganz in diesen Erinnerungen versunken, verlasse ich den Aufzug und gehe zu meiner Suite. Ich schließe auf, trete ein und mache hinter mir zu. Dabei sperre ich auch das Licht des Korridors aus. Dunkelheit umfängt mich und ich sinke mit dem Rücken gegen die Tür.

Hier, in der Abgeschiedenheit des Raumes, bin ich meinen Gedanken an ihn noch mehr ausgeliefert. Mister Magic ... Ob er wohl gut küssen kann? Tanzen beherrscht er jedenfalls. Surfen ebenso. Und auch seine anderen Fähigkeiten scheinen die Damenwelt sehr zu begeistern.

Oh Gott, dieser Mann hat mir gerade noch gefehlt. Schnell drücke ich auf den Lichtschalter. Zum Glück habe ich die Karte für den Strom stecken lassen. Sofort flammen sämtliche Lampen in der Suite auf und reißen mich aus meiner Träumerei.

Das Personal muss hier gewesen sein, denn die Vorhänge sind zugezogen und das Bett ist aufgeschlagen. Die vielen dekorativen Kissen liegen nun ordentlich auf einer kleinen Fußbank am Bettende drapiert. Nur die normalen Kopfkissen sind für die Nacht gerichtet.

Als kleine Aufmerksamkeit des Hotels steht eine Obstschale bereit. Daneben liegen auf einem Glasteller drei kleine Trüffel. Ich muss an Mamas Lebensmittelampel denken. Sie würde sicher das Obst favorisieren, doch mich verlocken die Trüffel. Dem beiliegenden Kärtchen entnehme ich, dass sie hausgemacht sind; mit Sanddorn, Champagner und Küstennebel, einem Sternanislikör.

Wenn doch nur auch alle Männer so aufmerksam wären. Hier in meiner Suite fühle ich mich verwöhnt wie eine Prinzessin.

Ich nehme mein Handy heraus, um für Jule ein Foto zu machen. Dabei überprüfe ich auch gleich meine Meldungen. Es haben sich einige angesammelt, weil ich das Smartphone den ganzen Abend unbeachtet in meiner Tasche gelassen habe. Neben mehreren WhatsApp-Nachrichten von Jule gibt es auch eine Meldung, die mich sehr verwundert. Sie stammt von Enzo.

Er schreibt: »*Sorry, Baby, aber ich kann morgen nicht. Habe Training und brauche meine Energie. Du weißt doch, ich bin kein Typ für halbe Sachen. Will mit voller Kraft.*«

Hä?

Stirnrunzelnd starre ich den Text an und tippe ihm schließlich eine Antwort. Er ist sogar noch online.

»*Wir sind morgen doch gar nicht verabredet. Was meinst du?*«

Mich beschleicht der leise Verdacht, dass er die Mitteilung bloß versehentlich an mich geschickt hat.

Eine Weile tut sich nichts, dann sehe ich, dass er schreibt. Es dauert ganz schön lange. Entweder setzt er immer wieder neu an oder er tippt einen Roman. Schließlich pingt es.

»Immer deine Fragen. Je mehr du fragst, umso nerviger wird es.«

Was?! Jetzt reicht es mir aber mit dieser Knalltüte. Er hat es ab sofort mit der neuen Anni zu tun, und ich lasse mir den Fehler nicht unterjubeln. Meine Frage war absolut berechtigt.

»Hey, du hast dich bei mir gemeldet, nicht andersrum. Aber lass es gut sein. Ich habe sowieso kein Interesse mehr an dir, also lösche bitte meine Nummer aus deinen Kontakten und gib woanders Vollgas.« Dann glucke ich und lasse mich dazu verleiten anzumerken: *»P.S.: Letztes Mal hast du wohl die Handbremse angezogen gehabt.«*

Von wegen Vollgas!

Ständig lerne ich nur Extreme kennen. Enzo, dessen Akku sofort leer ist, und Mister Magic, der nicht satt werden kann.

Irgendwo dort draußen läuft bestimmt auch noch ein normaler Mann herum, der zu mir passt. Ich denke an Eberhard und frage mich, ob man ab und an wirklich einen Schubs braucht.

Wie dem auch sei, ich schiebe mir eine Alkoholpraline in den Mund und lasse sie auf meiner Zunge zergehen. Der einzige Schubs, den ich mir heute noch geben werde, ist der in mein Bett. Vielleicht sogar mit Schwips. Manometer, diese Trüffel sind echt stark! Aber ich bin stärker.

Das könnte mein neues Mantra werden. Überhaupt, wer sind schon Enzo und Dingsdabumsda Magic, wie auch immer er heißen mag? Ganz bestimmt werde ich heute Nacht nicht von blauen Augen träumen. Auf keinen Fall.

Okay, ich habe doch von seinen blauen Augen geträumt. Aber das kann nur daran liegen, dass mein Unterbewusstsein mir einen Streich spielen wollte. In meinem Traum habe ich gesungen, und er hat geklatscht.

»All by myself ...«

Und eine Frau sagte ständig: »Schräg, oder?«

Er nickte und klatschte immer weiter. »Willst du mit mir einen Kaffee trinken?«

Die Stimmen überlagerten sich, während ich ihn anstarrte und regelrecht in seine funkelnden Augen gesogen wurde wie in einen blauen Wirbel.

Aus dem Off mischte sich Enzo darunter: »Aua, es tut so weh.«

Keine Ahnung, ob er sein Auge oder meinen Gesang meinte.

»Willst du mit mir Insektenhäuser aufstellen? Vergiss nicht, den Samen zu streuen«, schaltete sich auch meine Mutter ein.

»All by myself ...«, sang ich tapfer, aber irritiert.

»Sand-Yoga? Ist das aus den USA?«, fiepte eine Frau dazwischen.

»Schräg, oder?«

»Dann willst du gar nicht mit mir tanzen?«

»All by myself ...«

»Musst du so schmatzen?«

Margarete zeigte mir den erhobenen Daumen, und Heinz rollte mit den Augen.

Blaue Augen. Alles ist so blau. Er lächelte. Immer lächelt er.

»Manchmal braucht man einen Schubs«, gluckste Eberhard, und dann bin ich aus meinem Traum geflogen.

Anscheinend haben mich die vielen Eindrücke der letzten Zeit doch ganz schön durcheinandergebracht. Da kann nur eines helfen: ein Termin bei der Wellnessoase. Ich schnappe mir den Hörer des Zimmertelefons und rufe umgehend dort an.

»Hallo, ich habe gestern den zweiten Platz im Gesangswettbewerb belegt und möchte meinen Gutschein bei Ihnen einlösen.«

»Herzlichen Glückwunsch.«

»Danke sehr.« Ich lächele vor mich hin und fühle mich stolz. Der zweite Platz. Fürs Singen!

»Wie wäre es heute Nachmittag um vier?«, schlägt sie vor.

Da ich noch überhaupt nichts geplant habe, willige ich umgehend ein. »Nehme ich.«

»Perfekt, dann trage ich Sie ein. Zimmer 122, ja?«

»Genau, Anni Nagler«, bestätige ich.

»Dann bis nachher, Frau Nagler.«

Yippie! Sofort geht es mir besser. Ich ziehe die Gardinen auf und lasse die Sonne herein. Es ist ein herrlicher Tag mit nur wenigen weißen Wölkchen am blauen Himmel.

Vergnügt tanze ich unter die Dusche, mache mich fertig und schlüpfe in ein luftiges Strandkleid. Es ist ein anderes als gestern. Ich habe es ausgespült, weil es klebrig vom Sand war, und nun hängt es zum Trocknen im Badezimmer. Aber das macht nichts. Wenn ich alles, was ich in meinen drei Koffern eingepackt habe, mal anziehen will, ist es unerlässlich, mich ständig umzuziehen. Die Vorstellung beschert mir gute Laune.

Das Kleid, das ich jetzt ausgesucht habe, ist gelb und mit bunten Schmetterlingen bedruckt. Ich liebe Schmetterlinge. Meinen Bikini ziehe ich direkt darunter. Vor dem Spiegel mache ich ein Bild von mir für Jule. Dann gönne ich mir ein Frühstück mit Pancakes und frischer Erdbeersauce. Auch daran lasse ich Jule teilhaben.

Heinz und Margarete entdecke ich ebenfalls beim Frühstück, als sie gerade gehen, und winke ihnen zu. Sie sehen aus wie typische Touristen. Heinz mit Hawaiihemd, kurzen Hosen, Sandalen und den obligatorischen weißen Socken, die er sich bis zur halben Wade hochgezogen hat. Um seinen Hals baumelt eine Fotokamera.

Margarete trägt Caprihosen und ein blau-weißes Shirt im maritimen Stil, dazu einen großen Hut und eine auffällige Sonnenbrille. Sie winkt zurück und treibt Heinz zur Eile an. Wahrscheinlich haben sie einen Ausflug gebucht oder so etwas. Vielleicht haben Sie das nächste Mal einen Tipp für mich.

Als ich aufgegessen habe, breche ich ebenfalls auf. Im Zimmer packe ich noch schnell meine Strandtasche und mache mich dann auf den Weg zu den Dünen, um etwas Sonne zu tanken.

Draußen sind bereits über zwanzig Grad und ich seufze selig. Es soll heute richtig heiß werden. Ich bin eine echte Sonnenanbeterin. Je wärmer es ist, umso wohler fühle ich mich. Ich genieße sogar das Gefühl zu schwitzen, wenn einem die Schweißperlen über die Haut rinnen. Dann bin ich in meinem Element.

Andererseits bin ich kaum vorgebräunt und oh, was ist denn das? Verleiht da jemand Schirme? Ehe ich es mich versehe, habe ich mir gleich noch einen hübschen Sonnenschirm besorgt. Das ist auch praktisch beim Lesen nachher, denn dann blendet das helle Papier nicht so stark.

Voll beladen und ein Liedchen summend flip-floppe ich zum Strand. Okay, vielleicht habe ich es etwas zu gut gemeint. Meine Strandtasche quillt förmlich über mit allerlei Dingen, die ich aber auch todsicher brauche: Zeitschriften, Bücher, etwas zu essen, Wasser, mein Schwimmeinhorn ...

Ja, es ist peinlich, aber ich wollte schon immer mal in so einem Schwimmeinhorn sitzen, und nachdem ich in diesem Urlaub machen kann, was ich will, kenne ich keine Scheu.

Schon von Weitem höre ich das Rauschen des Meeres und die Schreie einiger Möwen. Irgendwie gehören diese beiden Geräusche untrennbar zusammen. Unter die Melodie der Natur und mein Summen von *Kokomo* von den Beach Boys mischt sich das Klingeln meines Handys.

Ich brauche einen Moment, um ranzugehen. Der Schirm macht es mir nicht gerade leichter. Ich bleibe stehen und umarme ihn wie einen Laternenpfahl.

Dann fummele ich das Handy hervor und japse im letzten Moment: »Hallo!«

Es ist Jule. Zum Glück habe ich sie noch erwischt.

»Willst du mich neidisch machen?«, fragt sie statt einer Begrüßung.

Ich schmunzele und schiebe den Riemen meiner Tasche wieder über die Schulter. Schade, dass es keinen Eselverleih gegeben hat. Eine Tragehilfe wäre nicht schlecht.

»Wenn ich das tun wollte, würde ich dir nicht die Pancakes zeigen, sondern von meiner Spa-Behandlung heute Nachmittag erzählen. Mmmh, die Sylt-Spezial-Behandlung ...«

»Na, zum Glück hast du mir das gerade nicht auf die Nase gebunden, du Huhn!«, erwidert Jule kichernd. »Du lässt es dir ja gut gehen.«

»Die habe ich gewonnen«, verkünde ich stolz.

»Ehrlich?«

»Ja, und du errätst nie wie.«

»Nie wie?«, gluckst sie. »Ähm, ömmm, du hast ein Lama geritten.«

»Auf Sylt?«

»Eine Möwe?«, probiert sie es stattdessen.

»Wenn der Tag kommt, an dem ich eine Möwe reite, wirst du es nicht übers Telefon erfahren sondern durch YouTube. Der Clip würde viral gehen.«

»Na gut, du hast alle mit diesem *Ikebana* aus den Latschen gehauen.«

»Nope.«

»Verdammt, wofür könnte man auf Sylt schon Preise gewinnen? Äh ... Segeln?«

»Kann ich nicht.«

»Surfen?«

»Kann ich auch nicht.«

»Tauchen?«

Kann ich zumindest, wenn mir die Puste beim Schwimmen ausgeht oder ich einen Krampf im Zeh habe. Würde ich aber nicht unbedingt Tauchen nennen.

»Nee.«

»Was dann?«, quengelt sie.

»Singen«, sage ich stolz.

»Kannst du auch nicht«, gluckst sie.

»Was?« Also wirklich! »Wer ist jetzt das Huhn?«

»Das war doch nur ein Scherz. Jeder weiß, dass du einfach alles singen kannst.«

Ich lache, und Jule gibt sich auch keine Mühe, ihr Lachen zu verbergen.

»Verdammt richtig«, bestätige ich.

»Ernsthaft? Du hast was fürs Singen gewonnen?« Sie kann es kaum fassen. »War nicht so viel los?«

Ich räuspere mich mahnend.

»Oh, okay«, lenkt sie ein. »Dann erzähl mal. Das will ich hören. Aber warte kurz.«

Was denn nun? Erzählen oder ...?

»Lucian, komm mal her, das musst du hören!«, vernehme ich. »Sekunde, ich schalte dich auf laut.«

»Hey, so eine große Sache ist das jetzt auch wieder nicht«, protestiere ich.

Nur ein bisschen wie das achte Weltwunder.

»Hey, Anni«, grüßt mich Lucian. Seine Stimme klingt rau und verschlafen.

»Du hast mich echt auf laut gestellt?«

»Ich erzähle es ihm sowieso«, entgegnet Jule bloß.

»Okay, also hallo. Ja, ich habe einen Preis fürs Singen gewonnen.«

»Oho«, staunt er.

»Gestern Abend ist hier ein Karaoke-Wettbewerb gewesen und ich bin Zweite geworden.«

»Der Wahnsinn, oder?«, staunt auch Jule. »Mensch, ich habe so eine talentierte beste Freundin. Was hast du gesungen? Nein, stopp. Das kann ich jetzt wirklich mal erraten. Bestimmt Celine Dion.«

Sie kennt mich eben zu gut.

»Nee, glaube ich nicht«, scherzt Lucian. »Ich denke, es war eher Rammstein. Du hast sicher *Sonne* gesungen.«

Ich lache ausgiebig. »Klar, nichts ist schöner als die Sonne. Sonne ist Leben, Liebe und Glück. Sonne, Sonne, Sonne ...!«

Auch Lucian lacht. »Letztlich haben sich die Jungs von Rammstein dann doch für einen anderen Text entschieden, aber du bist schon ganz nah dran. Herzlichen Glückwunsch.«

»Danke.«

»Diese Sylter müssen ein lustiges Völkchen sein, wenn sie ihre Preise so vergeben«, zieht er mich auf.

»Aber sie ist doch im Hotel«, erinnert ihn Jule. »Da sind wahrscheinlich nicht so viele Einheimische.«

Sie finden es immer noch unglaublich, dass ich gewonnen habe.

»Ich kann euch hören!«

Die beiden lachen, und Lucian meldet sich erneut zu Wort: »So, ich lasse euch Mädels dann mal weiterquatschen und springe erst mal unter die Dusche. Ciao, Anni.«

»Tschüss, Schnucki«, ziehe ich ihn auf. Männer lieben es ja immer total, wenn sie solche Kosenamen kriegen. Aber er kennt das schon von mir und nimmt es mir nicht übel. Außerdem muss ich ihn ja ein bisschen zurückärgern.

»Wollten wir nicht zusammen duschen?«, wundert sich Jule.

Ich höre, wie er ihr einen Kuss gibt. Dann raunt er: »Ich lasse das Wasser an. Komm einfach nach.«

»Rrrr!« Jule gibt ein genussvolles Schnurren von sich.

»Hallo, ich bin auch noch da!«, erinnere ich sie. »Kein FSK 18 vor zehn Uhr am Telefon.«

»Oh Gott, er geht gerade nackt weg zum Duschen«, schwärmt sie ungeniert weiter, und im Geiste kann ich mir schon ausmalen, wie sie ihm und seinem Knackpo hinterherstiert. Das sind die Momente, in denen ich doch gerne einen Freund hätte.

»Ähm, ja, wo sind wir stehen geblieben?«

Ich noch in den Dünen, also setze ich meinen Weg fort, den Arm mit der Tasche fest um den Schirm geschlungen, damit ich mit der anderen Hand das Telefon halten kann. Puh, zum Glück wiegen meine Sachen überhaupt keine Tonne.

Zumindest führen die Holzplanken bis zum Strand, und so kriege ich nicht allzu viel Sand in meine Flip-Flops. Das wäre schon ein Balanceakt, ihn mit dem ganzen Kram im Arm vorne aus den Schuhen zu schütteln.

»Das Hotel würdest du übrigens lieben«, erzähle ich schnaufend. »Es ist so schön hier. Diese Lage, das

Zimmer, der Meerblick, das leckere Frühstück und meine Dusche ist riesig.«

Ja, sie wäre perfekt für zwei Personen ...

Jule lacht. »Oh, es liegt nicht am Lieben sondern mehr am Preis. Aber es sei dir gegönnt.«

»Tja, weißt du, meinereiner braucht noch nicht für eine Hochzeitsreise zu sparen.« Jedenfalls wäre das ganz schön übertrieben als Single.

»Ich auch nicht!«, betont sie mit verschwörerisch gesenkter Stimme. Dabei sind wir längst wieder allein.

»Das kommt noch«, versichere ich ihr. »Ihr seid doch so vertraut miteinander.«

»Das stimmt. Er pinkelt sogar vor mir.«

Ähm, ich weiß gerade nicht, was ich davon halten soll. Irgendwie gehört das nicht unbedingt in meine Top Ten der romantischen Gemeinsamkeiten.

»Das ist ja ... großartig«, sage ich.

»Ja, total, oder? Wir sind auf alle Fälle einen Schritt weiter.«

»Unbedingt. Pipi macht man nicht vor jedem.«

Ding, dong, wenn da nicht bald die Hochzeitsglocken klingen.

»Du bist blöd«, gluckst sie. »Aber weißt du, was ich denke? Das ist doch, was in der Beziehung irgendwann zählt. Dass man sich vertraut und sich nicht voreinander schämen braucht, sondern einfach sein kann, wie man will. Ich habe auch nie gedacht, dass ich das romantisch finden könnte. Aber jetzt tue ich es. Das ist ein Zeichen von Intimität. Ich glaube, das mit Lucian und mir ist für immer.«

»Wenn es nach Eberhard geht, braucht ihr nur einen Schubs zum großen Glück.«

»Wer ist Eberhard?«, wird sie hellhörig.

»Oh, niemand. Nur ein sehr reizender Mann, mit dem ich gestern Abend das Tanzbein geschwungen habe. Wobei er schon ein kleiner Schlingel ist.«

»Reizend? Schlingel?«, wundert sie sich. »Äh, ist er auch sexy und toll?«

»Das nun weniger. Er ist über siebzig.«

»Oh«, sagt sie nur.

»Was?«

»Ist das jetzt die Alternative zu normalen Dates?«

Kopfschüttelnd stoße ich den Atem aus. »Ich habe leider keine normalen Dates.«

»Sag mal, was machst du da eigentlich? Du klingst, als würdest du Sport treiben.«

»In gewisser Weise stimmt das sogar. Ich schleppe meinen Kram zum Strand.«

Allmählich frage ich mich allerdings schon, warum ich mir den Schirm geholt habe, wenn ich ohnehin vorhabe, einen Strandkorb zu beziehen. Nun, er leuchtet jedenfalls sehr hübsch mit seinen roten Streifen. Ich konnte also quasi gar nicht widerstehen, denn alles, absolut alles, was mich an den Sommer erinnert, übt einen unbezwingbaren Reiz auf mich aus. Und falls ich mal nicht im Standkorb sitzen will, kann ich mich auch am Boden hinlegen.

Jule lacht. »Wenn ich an das Foto von deinen Koffern denke, kann ich es mir lebhaft vorstellen.«

»Die hat aber wenigstens jemand mit einem Gepäckwagen für mich aufs Zimmer gebracht.«

»Ich bin glatt ein bisschen neidisch, wenn ich das höre.«

»Ich glaube, dass ich mir das Ding für den Weg zum Strand hätte klauen sollen.« Wobei die Holzbohlen nicht unbedingt für diese Rollrädchen gemacht sind.

Muskelkraft würde auch helfen, schnurrt meine innere Stimme und blendet mir vor meinem geistige Auge ein Bild von Mister Magic ein.

Klar, der ist bestimmt total scharf darauf, mein Gepäckträger zu sein. Ist fast so gut wie der Kaffee, den er mit mir schlürfen wollte.

»Und bei dir gibt es sonst nichts an der Flirtfront?«, erkundigt sich Jule, als hätte sie ein eingebautes Radar für meine Gedanken.

»Nein, nicht wirklich.«

»Das klingt aber nicht völlig uneingeschränkt«, neckt sie mich.

»Uh, oh, ich muss auflegen«, weiche ich aus, um ihr nichts von meiner überflüssigen Schwäche für den Hotel-Casanova zu beichten.

»Das machst du jetzt nicht!«, protestiert sie lachend.

»Ja, doch. Ich werde mich nämlich gleich in die Sonne legen und in die Wellen hopsen. Eigens für den Urlaub habe ich mir ein Schwimmeinhorn gekauft. Das muss noch eingeweiht werden.«

»Mach Fotos und Videos und schick mir alles«, verlangt sie.

»Klar, ich denk an dich. Knutschi.«

Ich lege auf und verstaue das Handy. Puh, das war ganz schön schwer mit dem Schirm, der Tasche und dem Handy am Ohr. Mein Arm fühlt sich schon ganz ausgeleiert an. Aber das letzte Stück schaffe ich auch noch. Schließlich bin ich großartig. Jawohl!

Ich schöpfe noch mal Atem und laufe dann den Rest des Weges zu den Strandkörben. Mein Ziel ist die erste Reihe, weil ich sie besonders praktisch finde, nicht nur wegen der hübschen Aussicht auf das Meer, sondern weil ich dann vom Wasser aus meine Sachen im Blick haben kann. Ganz am Rand entdecke ich noch einen freien Platz und schleife den Schirm halb über den Sand dorthin mit. Ich habe das Gefühl, dass er immer schwerer wird und immer tiefer rutscht. Inzwischen dringt mir der Sand auch gnadenlos in die Flip-Flops, aber das ist ganz gleichgültig. Es wird meiner guten Laune keinen Abbruch tun, denn dies hier ist der Urlaub meines Lebens.

Endlich erreiche ich völlig groggy meinen Randplatz, wo ich schön abseits des Trubels sitzen kann. Erleichtert werfe ich alles in den Sand. Mir tun die Arme weh und ich habe fiese Abdrücke von den Riemen meiner Tasche und dem Schirm auf der Haut. Das ganze Gepäck hat mir das Blut abgeschnürt, aber jetzt bin ich angekommen und bereit, brutzelbraun zu werden.

Ich breite mich in meiner Ecke aus und stelle die Tasche in den Schatten. Das Einhorn hole ich schon mal heraus und lege noch ein Handtuch in die Sonne. Dann sitze ich kurz da in meinem hübschen, gestreiften Strandkorb, gönne mir eine wohlverdiente Pause und betrachte versonnen die Wellen vor mir.

Das Meer greift förmlich nach meiner Seele und ich freue mich, dass ich da bin, freue mich auf so vieles. Auch auf den Wellnesstermin, den ich für nachher vereinbart habe.

Das Gespräch mit Jule hat mir auch gefallen. Sie ist eine Seele von Mensch mit einem riesengroßen Herzen und so glücklich mit ihrem Lucian.

Mir fällt ihre Bemerkung darüber ein, dass sie sich das Bad teilen, wenn sie auf die Toilette gehen. Das habe ich noch nie bei einem Mann gemacht. So weit sind wir zu keiner Zeit gekommen, dass wir uns so nah gewesen wären. Auch nicht, wenn wir länger zusammen waren. Gut, vermisst habe ich das ehrlich gesagt nicht, und die Geräuschkulisse ist ja auch nicht immer schön. Hat das wirklich mit Wohlfühlen zu tun?

Ich denke an den Surfer, an Mister Magic, und daran, dass er mich gestern trotz allem, was war, nach einem Kaffee gefragt hat. Dass er mich süß genannt hat. Und das, obwohl ich in seinen Augen doch wahrlich nicht ganz normal erscheinen kann.

Du wirkst eben so, wie du bist, säuselt meine innere Stimme.

Eigentlich könnte das ein gutes Zeichen sein, aber ich will auch nicht zu viel hineininterpretieren. Letztlich sucht er nur Urlaubsaffären, und zwar wie Sand am Meer. Ich schöpfe eine Handvoll Sand und lasse ihn zwischen meinen Fingern herabrieseln.

Das ist es doch, was alle Urlaubsliebeleien tun: Früher oder später verrinnen sie wie die Körner einer Sanduhr, nämlich dann, wenn die freie Zeit abgelaufen ist. Dann hat einen der Alltag wieder und die Blase platzt.

Angesichts dieser Schnelllebigkeit und Bedeutungslosigkeit spielt es für ihn wahrscheinlich nur eine untergeordnete Rolle, ob man eine Schraube locker hat. Ich meine, er lächelt ja jede an, winkt hier, tanzt da. Wahrscheinlich ist er auch einfach zu jeder so nett. Also kann und darf ich mir auf seine Frage nach einem Kaffee nicht zu viel einbilden.

Du hast ihn längst durchschaut, sage ich mir.

Er ist ein Aufreißer. Deswegen sollte ich auch schleunigst aufhören, irgendwelche Gedanken an ihn zu verschwenden.

Ich nehme das Sonnenöl aus meiner Tasche, ziehe das Kleid aus, sodass ich nur noch meinen roten Bikini trage, und reibe mich gründlich ein. Mmmh, ist das herrlich, diesen tropischen Duft zu riechen und dazu die Wärme der runden, gelben Kugel, die den Himmel erfüllt, auf meiner Haut zu spüren.

Als ich fertig bin, lege ich mich aufs Handtuch und schließe die Augen. Die Geräusche der anderen Urlauber spülen zu mir heran wie das Wellenplätschern und eine sanfte Brise; Kinderlachen, Paare, die plaudern, Freundinnen, die sich amüsieren. Jemand spielt Musik von einem Handy ab, es muss ein paar Strandkörbe weiter sein, denn die Tonqualität ist mäßig. Doch das ist mir einerlei. Die sommerlichen Klänge verbreiten positive Schwingungen und ich wippe mit den Zehen im Takt mit. Irgendwo spielt jemand Ball, und das Schippen einer Schaufel, das Schütten des Sandes mit einem Eimer und das Patschen von Händen auf Sandformen ist zu hören.

Als ich klein war, habe ich es auch immer geliebt, Sandburgen zu bauen, mit Muscheln an den Mauern und Wassergräben rundherum. Nie ist man unbeschwerter als am Meer oder als Kind. Aber das heißt nicht, dass wir unsere Sinne dafür verloren haben. Sie ist noch da, die alte Freiheit.

Wenn man ganz leise ist, wird die Welt zu einer Schallplatte. Man muss sie nur auf sich wirken lassen und darin eintauchen.

Eine Weile liege ich so da, dann wird es mir doch etwas heiß und ich beschließe, den Sonnenschirm aufzuspannen. Genau dafür habe ich ihn schließlich mitgeschleppt. Zumindest nehme ich ihn für mein Gesicht. Dann wird der restliche Körper schön braun. In den Strandkorb klettere ich später. Jetzt will ich erst mal ein bisschen auf dem Tuch im Sand liegen. So kann ich schön lesen. Mit dem Gesicht im Schatten sogar noch besser.

Also rappele ich mich hoch und mache mich ans Werk. Ich stoße den Schirm in den Sand und ruckele ihn hin und her, bis er tief genug sitzt. Dann will ich ihn aufspannen, aber irgendwas klemmt. Keine Ahnung was. Ich fummele daran herum, bis mir ein fieser Schmerz in den Finger schießt.

»Autsch!«, fluche ich und lutsche an der wunden Stelle. Offenbar habe ich ihn mir eingezwickt und das tut echt weh.

Ich unterdrücke den Impuls, den Schirm zu treten oder ihn wie einen Speer zu werfen, obwohl mir durchaus danach wäre. Aber bei meinem Talent würde sogar dabei etwas schiefgehen.

Okay, ruhig bleiben. Zwar ist Geduld noch nie meine Stärke gewesen, aber ich probiere es erneut.

Das ist nur ein Schirm, Anni. Er hat keine bösen Absichten. Er ist einfach nur unkooperativ.

Wahrscheinlich habe ich ein Montagsmodell er- wischt. Nach einigem Hantieren klappt es schließlich und ich bin zurecht ein bisschen stolz auf mich. Er- leichtert wische ich mir den Schweiß von der Stirn. Eindeutig schwitze ich von der Anstrengung noch mehr und habe das Gefühl zu zerfließen.

Eine kleine Abkühlung wäre genau das Richtige. So- fort wandert mein Blick zu dem Einhorn. Das Bild auf der Verpackung sieht aber auch zu süß aus. Wie lieb es guckt mit seinen blauen Kulleraugen.

Okay, vielleicht habe ich eine kleine Schwäche für blaue Augen, aber wer hat die nicht?

Ich knie mich in den Sand und hole es aus dem Kar- ton.

»Komm her, wir gehen baden«, flöte ich vorfreudig.

Auf die Verpackung ist sogar eine kleine Grafik ge- druckt. Da steht: »Wie lautet dein Einhornname?«

Cool. Neugierig prüfe ich die Tabelle anhand des ersten Buchstabens meines Vornamens und meines Geburtsmonats. Mein A wie Anni steht für *Shiny* und der März für *Fluffy Moon*.

»Hey, Shiny Fluffy Moon«, trällere ich.

Und wie heißt Jule? Das muss ich natürlich auch gleich mal herausfinden. J für *Little* und ihr Geburts- monat für *Jolly Tutu*.

Hihi, wenn sie wüsste! Das muss ich dringend bei der nächsten Urlaubspostkarte verwenden. Für mein Little Jolly Tutu.

Okay, einer noch. Aber nur, damit ich ihn mal är- gern kann, wenn er wieder frech wird. Ihr Schatz Lu- cian heißt ...

Mein Finger gleitet über die Tabelle. Aha, Trommelwirbel: Happy Hearty Cake.

Ich kichere vor mich hin und widme mich dann meinem Einhorn. Es ist noch ganz platt, aber die Farben kann man gut erkennen: der weiße Körper, das rosa Haar, die blauen Augen, von denen mich gerade eins anstiert, und das regenbogenfarbene Horn. Außerdem hängt ihm eine kleine rosa Zunge aus dem Mund.

Es ist so niedlich, dass ich es sofort in mein Herz schließe. Wir beide werden bestimmt dicke Freunde in diesem Urlaub. Ich werfe einen sehnsüchtigen Blick auf das blaue Meer, wo ich es gleich austesten werde. Ich muss es nur noch aufpusten.

Gut gelaunt krame ich in der Strandtasche nach der Luftpumpe, doch alles Wühlen hilft nicht. Ich muss feststellen, dass ich sie leider vergessen habe. Na, toll. Aber davon lasse ich mir die sonnige Stimmung nicht verderben. Das kriege ich auch so hin.

Kurzerhand schnappe ich mir mein Einhorn, stelle mich breitbeinig wie ein kampfbereiter Sportler hin und entstöpsele das Mundstück. Meine Hoffnung ist, dass es sich ein bisschen von allein mit Luft vollsaugt, als würde das Vakuum im Inneren die laue Brise inhalieren wollen, doch nichts geschieht.

Tja, macht nichts! Wenigstens ist das Ventil dicht, und darüber werde ich mich später auf den Wellen freuen. Voller Elan fange ich an, das Gummitier mit meinem Mund aufzublasen. Was muss, das muss. Sagt meine Mutter jedenfalls immer.

Ich puste und puste und schiele auf das Einhorn, das sich nur schleppend mit Luft füllt. Irgendwie sieht es aus, als hätte es einen Platten. Das Horn baumelt noch ganz traurig herunter. Auch die Zunge hängt ihm schlaff aus dem Maul. Eigentlich sollte es lächeln, doch dafür ist es nach wie vor viel zu unförmig.

Dabei ist mein Mund längst ganz trocken. Ich fühle mich wie ein Blasebalg. Die Sonne sticht, das Wasser ruft und ich puste tapfer weiter. Immer weiter. Pust. Pust. Pust.

Oh je, plötzlich wird mir so komisch zumute. Ganz mulmig und flau. Die Hitze, die Anstrengung, das unentwegte Gepuste …

Ich fühle mich so schlaff, wie Shiny Fluffy Moon aussieht. Dunkle Punkte flimmern vor meinen Augen, und mir nichts, dir nichts kippe ich zur Seite.

Es ist ganz merkwürdig, als ob alles in Zeitlupe oder irgendwie entrückt passiert. Das Meer dreht sich kurz, bevor es dunkel wird. Ich merke zwar noch, wie ich umfalle, doch es ist auch nicht mehr aufzuhalten.

Seitwärts taumele ich in den Schirm, der sich um mich zusammenklappt wie die ledrigen Flügel einer Fledermaus. Dann liegen wir im Sand, der Schirm, Shiny Fluffy Moon und ich.

Ein Stöhnen dringt über meine Lippen. Ich verspüre den Impuls, an meinen Kopf zu fassen, doch meine Arme hängen im Schirm wie verbogene Speichen. Benommen blinzele ich. Meine Welt glimmt rot vom Textilgewebe. Das Meer rauscht, der Stoff raschelt und meine unteren Beine fühlen sich warm an, als ob die Sonne drauf scheint. Probehalber wackele ich mit den Zehen. Okay, geht noch.

Mist, ich liege eingetütet im Sonnenschirm wie eine Fliege in einer fleischfressenden Schlauchpflanze. Kurz denke ich an meine Blumen. Ob zu Hause wohl alles in Ordnung ist?

Vergiss die Calla, ermahne ich mich. Das hier ist wie Schere, Stein, Papier, nur anders. Anni besiegt Einhorn, Schirm frisst dafür Anni. Na ja, man soll ja öfter mal was Neues probieren, aber ich glaube, das hier wird sich nicht durchsetzen.

»Kann ich helfen oder ist das eine neue Sand-Yoga Übung?«, dringt mit einem Mal eine männliche Stimme zu mir durch meine rot-weiß-gestreifte Verpackung. Ich weiß sofort, zu wem sie gehört.

Das darf doch nicht wahr sein! Ist dieser Kerl eigentlich überall oder hat er nur ein Abo für meine peinlichen Momente?

Er zieht den Quatsch mit dem Sand-Yoga erbarmungslos durch. Da er mich nicht sehen kann, verdrehe ich hemmungslos die Augen, auch wenn mir davon wieder etwas schwindelig wird. Doch insgesamt geht es mir schon besser. Erst der Sturz, dann der Schock, seine Stimme zu hören – das pumpt ein wenig Adrenalin durch meine Adern.

Mister Magic wartet meine Antwort nicht ab, sondern packt direkt an. Schließlich bin ich vom Schirm befreit. Er sieht mich prüfend an und lächelt dann. Wie immer.

Ich wische mir durchs Haar und puste mir eine unwillige Strähne aus dem Gesicht. Wahrscheinlich sehe ich ganz toll aus.

»Hallo«, grüßt er mich.

Ich nicke und lächele gepresst. »Auch hallo.«

»Sieht gemütlich aus.«

Ich unterdrücke den Drang, ihn einmal mehr nachzuäffen. Stattdessen stimme ich ihm zu.

»Das war es auch, bis du gekommen bist.«

»Ach, du? Sind wir jetzt nicht mehr so förmlich?«

Ich erwidere nichts, sondern rappele mich auf. Doch es gelingt mir nicht so reibungslos, wie ich mir das vorgestellt habe. Anscheinend ist mein Schwerpunkt doch weiter hinten. Ich verliere erneut den Halt und lande auf meinem Allerwertesten.

Ein Schmunzeln legt sich über sein Gesicht. »Du bist echt tollpatschig.«

Trotzig zucke ich mit den Schultern, denn leugnen kann ich es wohl nicht mehr. »Selbst wenn, was dann?«

Ich beschließe, meine Macken gegen ihn zu verwenden. Denn so jemand wie er will doch sicher nur die perfekten Frauen. Vielleicht denkt er im Augenblick noch, dass das alles *süß* wäre, aber das ist es nicht.

»Das ist doch nicht schlimm«, sagt er.

»Nicht? Es ist ja nicht bloß das«, informiere ich ihn. »Ich bin auch total vergesslich.«

»Ach, wirklich?« Seine Mundwinkel zucken.

»Ja, ich habe Tonnen von Kram hergeschleppt, in dieser viel zu kleinen Tasche.« Dabei deute ich auf meine ziemlich große Strandtasche, die aber für das, was ich ihr zugemutet habe, trotzdem viel zu klein dimensioniert ist. »Denn, mal unter uns, ich kann auch überhaupt nicht gut einpacken.«

»Viele Frauen haben Probleme mit dem räumlichen Vorstellungsvermögen«, neckt er mich.

Zäher Hund, er will sich nicht abschrecken lassen. Wie dringend kann man eigentlich Sex brauchen?

»Aber die Luftpumpe, die ich wirklich benötige, habe ich vergessen.«

»Luftpumpe?«, wundert er sich.

Ich hebe das Beweisstück an und zeige ihm das schlaffe Einhorn. »Ja, für Shiny Fluffy Moon.«

Spätestens jetzt merkt er bestimmt, dass ich einen Knall habe, der selbst ihm zu laut ist.

Belustigt wiederholt er den Namen des Einhorns.

»Ist es üblich, seinen Schwimmutensilien Namen zu geben?«, erkundigt er sich.

Vehement schüttele ich den Kopf. »Nein, absolut nicht. Aber die Verpackung hat mich dazu verführt.«

Ich deute auf den Pappkarton. Er angelt ihn sich und betrachtet neugierig die Tabelle.

»Shiny steht für A«, kombiniert er. »Dein Name beginnt mit einem A?«

Ich lächele ihn übertrieben an. »Tja, was sagt es über mich aus, dass du weißt, wie mein Einhorn heißt, aber nicht, wie ich heiße?«

Er wackelt mit den Augenbrauen. »Vielleicht, dass du interessant bist.«

Hat er gekifft?

»Arabella?«, fragt er mich.

»Was?«

»Anastasia?«

Ich knabbere an meiner Unterlippe, um ein Schmunzeln zu verbergen. »Nö.«

»Ashanti?«

»Klar, ich komme vom fernen Subkontinent Indien.«

Oder vom Mars.

Oder aus Einhorningen.

Oder spielt er auf meine Gesangskünste an? Vage erinnere ich mich daran, dass eine Sängerin so heißt.

»Mal sehen, was wäre denn mein Name?«, murmelt er, und ich werde hellhörig.

Natürlich versuche ich, möglichst desinteressiert zu wirken, und kratze mich dezent an der Wange.

»Ah«, macht er, und ich schiele in seine Richtung.

Allerdings sagt er nichts weiter, und nun bin ich doch begierig darauf zu erfahren, wie sein Einhornname lautet.

Erde an Anni, bist du jetzt komplett gaga?

Doch ich ignoriere meine innere Alarmstimme und hake nach, weil er es anscheinend überhaupt nicht eilig damit hat, seine Erkenntnis mit mir zu teilen.

»Und?«

»Hm?«, macht er, als wüsste er nicht, was ich meine. Dabei funkeln seine blauen Augen vor Schalk. Und irgendwie sind sie nicht bloß meerblau, sondern auch einhornblau. Jedenfalls haben Shiny Fluffy Moons Augen fast dasselbe Blau.

»Jetzt sag schon, wie der Name ist«, fordere ich ihn auf.

»Okay, aber den musst du für dich behalten.« Vertraulich lehnt er sich ein wenig zu mir vor. »Denn den habe ich noch nie jemandem verraten.«

Nun muss ich doch lächeln. Vor fünf Sekunden wusste er ihn selbst nicht.

»Einhornehrenwort«, gelobe ich.

Er winkt mich noch ein Stück näher, und ich folge

seiner Einladung, bis er mir den Namen fast ins Ohr raunen kann: »Funky Rainbow Lemonade.«

Seine Nähe ist elektrisierend und ich erschauere. Kurz atme ich seinen betörenden Duft ein, dann lehnt er sich zurück und lächelt mich an.

Wie in Trance lächele ich zurück.

»Wow«, murmele ich.

»Der Name ist super, oder?«

Ich nicke und benetze meine Lippen. Das alles ist so surreal, aber irgendwie habe ich in seiner Nähe ein kleines Problem.

Beherrsche dich, ermahne ich mich.

»Ich glaube, ich kann mit Fug und Recht behaupten, nie zuvor bei einer Begegnung die Einhornnamen ausgetauscht zu haben«, überlegt er.

Damit erinnert er mich an meinen ursprünglichen Plan.

»Siehst du, bei mir ist alles merkwürdig.«

Funky, Funky, hm, das sagt mir nichts. Für welchen Anfangsbuchstaben steht das wohl noch mal? Hätte ich doch nur genauer aufgepasst bei der Tabelle. Aber ich werde später nachschauen, wenn er wieder gegangen ist. Sonst hält er mich am Ende noch für zu interessiert.

»Ja, kann man so sagen«, stimmt er mir zu.

Ich muss mich zusammenreißen, um nicht in seinen meerblauen Augen zu versinken.

»Obendrein bin ich nicht immer rasiert, und ich rede gern und viel, egal, ob der Tag lang ist. Und ab und zu schwindele ich auch.«

Zum Beispiel, wenn es darum geht, mir einzugestehen, dass er mich magisch anzieht. Mister Magic.

Doch das verrate ich ihm natürlich nicht. Stattdessen sage ich: »Ich bin nämlich gar keine Sand-Yoga-Meisterin. Jetzt weißt du es.«

»Ehrlich nicht? Da bin ich aber enttäuscht.« Doch er zwinkert mir zu. Kein Anzeichen dafür, dass er türmen will. »Also, ich glaube ja, alle Tage sind sowieso gleich lang, egal, wie viel du redest, und außerdem schwindelt jeder Mensch hin und wieder. Meistens aber aus guten Absichten.«

Irgendwas stimmt nicht mit ihm. Er ist so nett. Und dann setzt er dem Ganzen noch die Krone auf: »Also, falls du magst, ich habe eine Luftpumpe dabei. Wenn du willst, leihe ich sie dir gerne.«

Verwundert schaue ich ihn an. Wie jetzt?

»Willst du etwa auch ein Einhorn aufblasen?«

Belustigt schüttelt er den Kopf. »Nein, ich bin viel langweiliger als du. Ich habe nur eine simple einfarbige Luftmatratze.«

Ich nicke gespielt mitleidig. »Das ist wirklich langweilig.«

Zum Spaß schnippt er mir etwas Sand auf die Hand, und ich lasse mich dazu verleiten, ihm eine Prise an den Körper zurückzuwerfen.

Er ist oberkörperfrei, wie die meisten Männer hier, nur dass es bei ihm völlig anders aussieht. Der Kerl raubt einem glatt den Atem. Apropos ...

»Du würdest mir deine Pumpe echt leihen? Obwohl ich ...«

»Obwohl du was?« Fragend legt er den Kopf schief.

»... keine Sand-Yoga-Meisterin bin?« Ich schenke ihm einen gespielt unschuldigen Augenaufschlag, und irgendwie ist mir, als würde es erneut zwischen uns knistern.

Jule würde vermutlich sagen: »Wenn ihr so weitermacht, brennt der Strand.«

Aber vielleicht bilde ich es mir auch nur ein. Was könnte er schon von mir wollen, wenn er jede haben kann? Zwar bin ich mit meinem Äußeren vollauf zufrieden, aber er muss doch gemerkt haben, dass ich einen an der Waffel habe. Du liebe Güte, ich habe ihm ernsthaft erzählt, dass ich nicht immer rasiert bin.

Was ist nur mit mir los?

Er grinst. Funky Rainbow Lemonade grinst.

»Klar kannst du sie benutzen«, antwortet er und nickt.

»Okay, also danke.«

Er steht auf, klopft sich den Sand von den Händen und deutet über die Schulter. »Bin gleich wieder da.«

Dann sehe ich ihm zu, wie er lässig davonjoggt.

Vielleicht habe ich ein kleines Problem. Ein klitzekleines Problem mit Kribbeln im Bauch.

Sein Rücken ist echt der Wahnsinn. Die breiten Schultern und die schmale Taille formen eine sexy V-Form. Dazu die gebräunte Haut, auf der Schweißperlen oder vielleicht auch Reste von Meerwasser glänzen.

Er geht in die Hocke und sein Hintern ist ebenso wenig von schlechten Eltern. Selbst in seinen Badeshorts erkenne ich, dass er richtig knackig ist.

Reiß dich zusammen, Anni!

Überhaupt, was grübele ich, ob ich ihm gefallen könnte? Darum geht es doch überhaupt nicht, weil er einfach nicht die Sorte Mann ist, die mir guttun könnte.

Die heiße Sorte Mann?, zieht mich meine teuflische innere Stimme auf.

Klappe da oben!

Ein Kerl wie er ...

Ich stoße einen Seufzer aus. Das kenne ich schon, da bin ich schon gewesen und da will ich nicht mehr hin.

Ratlos mustere ich die Einhornschachtel und ohne, dass ich es bewusst tue, schaue ich nach, für welchen Anfangsbuchstaben *Funky* steht.

Aha, N.

Hm, vielleicht Nikolaus, überlege ich kichernd. Jule hat den Weihnachtsmann und ich den Nikolaus. Mitten in den Sommerferien. Sehr unwahrscheinlich. Wo, außer vielleicht in Russland, benutzt man diesen Namen überhaupt?

»Nnnnn…«, mache ich grübelnd.

Wie könnte er wohl heißen?

Nils vielleicht, schließlich sind wir hier im Norden. Da ist das doch besonders beliebt. Oder Nemo wie Kapitän Nemo aus Jules Vernes Roman. Nicht der Fisch Nemo aus dem Kinderstreifen. Ja, oder Neo wie der Typ im Film *Matrix*. Alles, was der konnte, kann Mister Magic bestimmt auch.

Er steht auf, hebt die Luftpumpe hoch und grinst mich an. Schnell stupse ich den Karton von mir, damit er nicht merkt, dass ich in seiner Abwesenheit nachgeschaut habe.

Sein Platz ist gar nicht sonderlich weit von meinem eigenen entfernt. Wahrscheinlich ist er im Wasser gewesen, als ich gekommen bin, sonst hätte ich eigentlich an ihm vorbeilaufen müssen.

Während er auf mich zujoggt, präsentiert er mir auch noch mal seine vorderen Muskeln. Die Pumpe trägt er dabei ganz locker wie einen Staffelstab bei sich, und ein bisschen keimt in mir die Erinnerung an früher auf, als ich noch *Baywatch* geschaut habe. Bloß dass er viel, viiiiiel heißer ist als Rettungsschwimmer David Hasselhoff. Mann, das waren noch Zeiten.

Damit er nicht merkt, dass ich ihn chronisch anstarre, setze ich mir meine hübsche rote Sonnenbrille mit den weißen Pünktchen auf. Ohnehin ist es etwas grell, und irgendwie lassen einen Sonnenbrillen cooler wirken.

Er kommt bei mir an und lässt sich neben meinem Handtuch auf die Knie in den Sand fallen. Gut gelaunt reicht er mir die Pumpe. »Wenn du magst, kann ich das auch für dich erledigen. Ich habe damit schon Erfahrung. Was meinst du?«

Abermals lächelt er so nett. Natürlich weiß ich, dass das seine Ich-mache-alle-Frauen-glücklich-Masche ist, aber was kann es schaden, wenn er sich um Shiny Fluffy Moon kümmert? Dann nutze ich es eben aus, dass er für Sex alles in Kauf nimmt. Natürlich ohne, dass ich etwas mit ihm anfange.

Ich nicke. »Klar, das wäre echt lieb von dir.«

Er schnappt sich mein Einhorn, bringt die Pumpe an und beginnt, es für mich aufzupusten. Dabei pumpen auch seine Muskeln und ich gönne mir den Luxus, ihn bei der Arbeit zu betrachten.

Als er fertig ist, lächelt er zufrieden. »So, jetzt kann es losgehen, du und dein Einhorn in den Wellen.«

Das ist irgendwie süß, aber ich will nicht dahinschmelzen wie Schokoladentrüffel in der Sonne.

»Ganz schön peinlich, oder? Für jemanden, der längst erwachsen ist, meine ich.« Damit will ich ihm erneut vermitteln, wie unperfekt ich im Grunde bin.

Aber er schüttelt den Kopf. »Finde ich nicht. In uns allen steckt doch irgendwo noch ein Kind. Wann ist man jemals richtig erwachsen?« Er grinst mich an. »Ich für meinen Teil will jedenfalls nie durch und durch erwachsen sein.«

Erneut überrascht er mich mit dieser Bemerkung.

»Stimmt, das denke ich mir auch oft.«

Wir knien voreinander und sehen uns an. Wenn er mir so nah ist, hat er die Macht, mich in seinen Bann zu schlagen. Das Blau seiner Augen ist so tief und faszinierend ...

Schluss damit!

Ich räuspere mich und packe mein Einhorn. »Okay, dann werde ich mal ins Wasser springen. Danke vielmals – hierfür und auch für vorhin. Wer hätte gedacht, dass Urlauber fressende Schirme an Stränden so ein Problem darstellen?«

Er nickt belustigt. »Die sollten Warnschilder aufstellen. Dann viel Spaß.« Er deutet zu seinem Surfbrett. »Vielleicht gehe ich auch noch mal kurz ins Wasser.«

»In dem Fall wünsche ich dir ebenfalls viel Spaß.«

Viel Spaß.

Ja, dir auch.

Haha, ist das toll.

Ja, oder?

Meine Güte, wann habe ich das letzte Mal eine derart höfliche Unterhaltung geführt? Dabei habe ich ihn mir insgeheim nackt vorgestellt. Wenn er wüsste!

Ich gehe voran und schmunzele vor mich hin. Irgendwie kann ich es gar nicht so recht glauben, aber er ist eigentlich total nett, oder? So zuvorkommend und dazu dieses umwerfende Lächeln ...

Ganz in Gedanken versunken, tapse ich mit Shiny Fluffy Moon unterm Arm zum Meer und achte nicht darauf, wohin ich trete. Plötzlich spüre ich einen Schmerz am Zeh und quieke überrascht auf. Schnell ziehe ich den Fuß hoch und hopse auf einem Bein herum. Habe ich mich gestoßen oder gestochen? Irgendwas ist an meinem Zeh.

Als ich nach unten blicke, entdecke ich, dass mich eine Krabbe gezwickt hat. Das kleine Ding hängt noch dran und ich schüttele panisch meinen Fuß. Die Krabbe segelt zum Glück in einem weiten Bogen davon und krabbelt dann seitwärts weg wie ein flinkes Wiesel.

Was war denn das? Hier fressen einen wohl nicht bloß die Sonnenschirme. Vielleicht sollte n-tv, der Nachrichtensender, mal eine Doku mit dem Titel *Saugefährliches Sylt* machen.

Vielleicht bist du auch nur zu tapsig, tiriliert meine innere Stimme.

Quatsch, ich bin doch kein Tollpatsch!

Aber nach diesem Krabben-Armageddon bin ich reichlich aufgedreht und hopse auf der Stelle, bis ich ausgerechnet mit meinem kaputten Fuß ungeschickt aufkomme.

»Autsch!«, fluche ich.

Ganz unvermittelt steht Mister Magic neben mir und stützt mich, bevor ich umknicke. Ich strande auf seinem Körper und lande mit meiner Wange an seiner Brust. Nicht das schlechteste Kissen.

»Mist, mein Fuß«, klage ich.

Einfach so schwingt er mich auf seine starken Arme und hebt mich hoch, als wöge ich nicht mehr als mein Aufblaseinhorn.

Mein Zeh pocht, der Knöchel schmerzt und die Sonne brennt, doch das alles verwirbelt in den Hintergrund, weil ich bloß noch spüre, wie warm und stark sich sein Körper anfühlt. Er ist so männlich und heiß. Viel heißer als alle Männer zuvor.

Ich bin ihm so nah. Sein blauer Blick nimmt mich gefangen und seine Hände brennen sich förmlich in meine Haut. Jede Stelle meines Körpers, an der er mich berührt, kribbelt und knistert. Ich stehe regelrecht in Flammen, dabei sind wir gar nicht splitterfasernackt und er fällt auch nicht über mich her. Aber zugegeben, sonderlich viel haben wir nicht an.

»Das war bloß eine Strandkrabbe«, informiert er mich, doch es könnte mich kaum weniger interessieren. Alles, was mich gerade vereinnahmt, ist, dass er mich auf Händen trägt.

Er bringt mich zu meinem Handtuch und setzt mich behutsam ab. Mein Schwimmeinhorn legt er beiseite.

»Tut es weh?«, will er wissen, und unsere Blicke begegnen sich. Er wirkt, als hätte er einfach alles unter Kontrolle.

Ist es verrückt, dass ich mich bei ihm gut aufgehoben fühle, obwohl er solch ein Casanova ist? Er kniet direkt neben mir und schenkt mir seine ungeteilte Aufmerksamkeit.

»Ja, schon«, gebe ich zu, auch wenn ich nicht jammern will. »Das Biest hat mich mit seiner Schere gepackt.« Ich mache eine entsprechende Handbewegung, um es ihm zu verdeutlichen.

Er legt meinen Fuß auf seinen Oberschenkel und betrachtet ihn prüfend. »Das ist nur ein kleiner Schnitt. Der wird schnell heilen«, erklärt er schließlich. »Bestimmt hast du die Krabbe bloß erschreckt.«

»Ja, die arme Krabbe.«

Den Rest des Urlaubs werde ich Schalentiere essen. Aber nur, weil ich nachtragend bin.

Lächelnd hält er meinen Fuß, wobei ich es mag, dass er mich berührt. »Wenn Ebbe ist, buddeln sie sich gern ein, weißt du? Deswegen tragen viele solche Schuhe.« Er deutet auf seine Füße, die in hautengen Textilschuhen mit gummierter Sohle stecken.

»Ich dachte, die wären fürs Surfen.«

»Man kann diese Tauchfüßlinge für vieles nehmen. Als Badeschuhe, zum Surfen, Stehpaddeln oder Wattwandern. Sie geben Halt und hindern einen daran, in etwas hineinzutreten, ob das jetzt Muscheln, spitze Steine oder eben Krabben sind.« Er grinst und legt sich die Hand aufs Herz. »Ich persönlich trage sie ja, weil sie so hübsch sind.«

Damit bringt er mich zum Lachen. »Ja, also, wenn du jetzt erwartest, dass ich deinen Modegeschmack lobe ...«

Ich zucke mit den Schultern, als könnte er sich das abschminken. Dabei hat er bisher immer fantastisch ausgesehen. Und ehrlich gesagt könnte ich ihm die Schuhe glatt klauen, weil sie so praktisch sind. Allerdings sind mir seine garantiert zu groß und wahrscheinlich würde er einen Diebstahl auch seltsam finden.

»Die Krabbe wollte dir bestimmt nichts tun. Wahrscheinlich hat sie deinen Zeh mit einem Möwenschnabel verwechselt und sich gewehrt.«

Das Ding muss blind sein. Als ob ich einen Schnabelzeh hätte. Andererseits hat sie mindestens so komisch geguckt wie ich.

»Tut dir sonst etwas weh?«, erkundigt er sich und tastet meinen Fuß weiter ab. Dabei streicht er über meinen Knöchel und wirkt ziemlich konzentriert.

Das muss man ihm lassen, er nimmt diese Angelegenheit sehr ernst. Oder will er nur fummeln? Magische Hände und so.

»Es geht schon«, erwidere ich.

»Sehr gut. Es ist jedenfalls nichts gebrochen, aber das hätte sich auch anders angehört. Dein Aufschrei klang eher wie ein süßes Quietschen.«

»Wie bitte?«

»Es ist echt erstaunlich, was du mit deiner Stimme anstellen kannst.« Er zwinkert mir zu, dieser freche Kerl. »Keine Sorge, du hast nur eine leichte Zerrung.«

»An der Stimme?«, frage ich verdattert.

Er lacht und schüttelt den Kopf. »Nein, an deinem Fuß.« Irgendwie kann er gar nicht aufhören zu lachen. Er reibt sich sogar über die Augenlider. Sind das Lachtränen?

»Hey!«, protestiere ich.

Er räuspert sich und reißt sich zusammen. So ernst wie möglich meint er: »Wahrscheinlich bist du ungünstig aufgekommen. Aber das ist nicht weiter tragisch. Am besten kühlst du den Fuß gleich im Wasser und lässt ihn von deinem Einhorn baumeln.«

Ich nicke. »Das kriege ich hin.«

Hatte ich im Grunde sowieso vor.

»Aber es gibt auch eine schlechte Nachricht«, fügt er an und guckt noch eine Spur ernster. »Mit Sand-Yoga ist erst mal Schluss.«

Dieser Blödian!

Ich glucks. »Das ist kein Drama. Wie gesagt, ich mache gar kein Sand-Yoga.«

Gespielt schockiert schaut er mich an. »Das habe ich für einen Scherz gehalten.« Dann tippt er sich ans

Ohr. »Oder ich habe mich verhört. Du weißt ja, ich habe es ein bisschen an den Ohren.«

Unsere Blicke verfangen sich und seine Hand auf meinem Fuß fühlt sich wirklich angenehm an. Man könnte ihn glatt für kompetent halten. Aber ...

»Sag mal, kannst du das überhaupt?« Ich deute auf meinen Knöchel.

Einmal mehr trägt er diesen schelmischen Ausdruck zur Schau, den ich bereits von ihm gewohnt bin. »Na ja, ich habe schon ein paar Frauen angefasst. Ja, ich kann das.«

Ich atme tief durch, denn das habe ich gewiss nicht gemeint. Trotzdem nicke ich und spüre einen Kloß im Hals. »Davon habe ich bereits gehört, besonders von deinen magischen Händen.«

»Lasst mich durch, ich bin Arzt!«, spaßt er.

»Ist das dein Flirtspruch?«

Er wird hellhörig. »Funktioniert er denn?«

»Pfff!« Ich stoße den Atem aus. »Sehr witzig. Bestimmt hältst du dich für einen Wunderheiler durch Handauflegen.«

Er lächelt und seine Augen funkeln. Dabei legt er beide Hände um meinen Knöchel. »Na, wirkt es schon?«

Ich rolle mit den Augen, obwohl mich seine Berührung nicht kalt lässt. »Nö.«

Er grinst. »Dann vielleicht Halbgott in Weiß?«

Als ob!

»Wohl eher in Grün.« Dabei deute ich auf seine grüne Badehose.

»Aber der Halbgott ist okay?«, foppt er mich.

Ich schüttele den Kopf, stütze mich mit den Händen hinter dem Rücken am Boden ab und halte mein Gesicht in die Sonne.

»Ich glaube nicht, dass ich dich Halbgott nennen werde.« Gespielt nachdenklich schiebe ich meine rote Sonnenbrille tiefer auf die Nasenspitze, um über den Brillenrand zu blinzeln. »Lieber Funky Rainbow Lemonade.«

Er lacht. »So nennt mich sonst nur meine Mutter.«

Also, er ist doch wirklich ein Scherzkeks.

Ein paar Sekunden verstreichen, in denen wir uns anlächeln. Es ist, als wären nur wir beide hier, bis eine Frau ihrem Kind zuruft: »Hannes, zusammenpacken! Wir wollen los.«

Mister Magic runzelt die Stirn und blickt auf die Uhr. Dann räuspert er sich. »Oh, ich muss dann auch mal, aber wir sehen uns hoffentlich noch. Ich würde mich jedenfalls freuen.«

Ein seltsames Gefühl nistet sich in meinem Bauch ein, weil er gewiss wieder zu einer seiner Verabredungen entschwindet. Er scheint mich zu mögen, aber offensichtlich nicht genug, um zu bleiben. Was habe ich auch erwartet?

Ich nicke dumpf. »Ja, klar.«

Er steht auf und klopft sich den Sand ab. »Ich kann mir deinen Knöchel gerne später noch mal ansehen.«

Nach seinem Date kann er mich also wieder reinschieben.

»Mal sehen.«

Er nickt. »Also, bis dann.«

Schon wendet er sich ab und läuft davon. Er packt seinen Kram ein paar Plätze weiter zusammen und joggt schließlich davon. Doch zuvor schenkt er mir noch ein letztes Winken als Gruß.

Ich will meine Hand heben und die Geste erwidern, aber gleichzeitig will ich es nicht. Irgendwie bringt er mich total durcheinander. Doch er läuft ohnehin schon weiter und sieht meine verhaltene Reaktion nicht mehr.

Dass er aber auch so überirdisch attraktiv, aufmerksam und sportlich sein muss. Es fällt mir schwer, in seiner Gegenwart so beherrscht und vernünftig zu bleiben wie beispielsweise bei Eberhard.

Ich sehe zu, wie er über die Dünen joggt, bis er aus meinem Sichtfeld verschwunden ist. Offensichtlich hat er zu viel Energie, die er irgendwie kompensieren muss. Vorzugsweise bei Frauen. Ob er sich gleich mit dieser Brünetten oder jener Rothaarigen trifft? Vielleicht hat ihn auch die Blonde in ihren Fängen. Oder alle drei zusammen. Oder noch eine andere. Ich kenne bestimmt nicht alle.

Ja, einer wie er ist gefragt. Das sollte mich wirklich nicht kümmern. Immerhin ist das doch mein Anni-hat-alleine-Spaß-Urlaub. Doch ganz allein bin ich gar nicht. Ich habe ja noch Shiny Fluffy Moon. Es ist voll aufgepustet und startklar.

Also setze ich mein ursprüngliches Vorhaben endlich in die Tat um und genieße die Zeit am Strand. Ich trage meine schicke Sonnenbrille und lasse die Füße, und damit auch meinen Knöchel, vom Einhorn aus ins Wasser hängen. Es ist herrlich, auf den schaukelnden Wellen dahinzutreiben und mich zu bräunen.

Irgendwann werde ich von den Wellen wieder an Land getrieben, doch ich rühre mich nicht, obwohl mein Einhorn quasi mit dem Popo aufgesetzt hat. Die Welt ist schön sonnig, und ich mag das Geräusch des Wassers, das gegen Shiny Fluffy Moon spült. Es ist, als befände ich mich in einem Kokon.

Schließlich kehre ich zu meinem Platz zurück, trockne mich ab und gehe ein paar Schritte am Strand entlang, wo ich einige Muscheln finde, die ich als Andenken an Sylt sammele. Dabei achte ich genau darauf, wohin ich trete, damit ich keine zweite Krabbenbekanntschaft schließe. Mit dem strapazierten Fuß laufe ich nicht allzu weit, obwohl ich keine echten Beschwerden habe.

Am Ende setze ich mich in meinen Strandkorb und lese ein paar Kapitel in *Mondscheinküsse schmecken besser* von Anna Winter und Michelle Schrenk. Es geht um eine Frau, deren Herz sich verirrt, weil sie hin- und hergerissen ist.

Darüber muss ich nachdenken und blicke einfach auf das Meer hinaus. Die Wellen glitzern, als würden sie ein Lichterfest feiern, und ich beobachte, wie ein Mann seiner Freundin auf eine Luftmatratze hilft. Es sind oft die kleinen Gesten, die zählen. Dass er ihr den Vortritt lässt. Dass er ihr hilft. Dass sie sich bei ihm geborgen fühlen kann.

Hm, Mister Magic ist wirklich nett gewesen. Wie er wohl in echt heißt? Es ist verrückt, dass wir unsere richtigen Namen nicht wissen, obwohl wir uns schon einige Male begegnet sind. Es kommt mir so vor, als würde ich ihn inzwischen ein bisschen kennen. Natürlich nicht richtig. Nur ein Fragment von ihm. So wie den einzelnen Buchstaben seines Namens.

Etwas mit N. Hm?

Ich weiß, dass sein Geburtstag laut Tabelle im September ist, dass er ein schönes Lächeln hat, mich auf Händen tragen kann und sehr hilfsbereit ist. Außerdem kann er gut tanzen, was ziemlich toll ist, denn die wenigstens Männer können das wirklich. Aber ja, er hat eindeutig Körpergefühl.

Ich seufze und schüttele den Kopf. Was soll das bringen, dass er mir gefällt, wenn er jeder anderen Frau auch gefällt und wenn er sie alle irgendwo dazwischenschiebt?

Er könnte so toll sein, richtig toll, aber mit seiner Umtriebigkeit komme ich nicht klar. Zudem ist Sylt ungefähr eine Million Kilometer von Nürnberg entfernt, wo ich lebe. Es hat keinen Sinn.

Er ist der eigentlich perfekte Mann am falschen Ort und mit den falschen Angewohnheiten. Das Schicksal kann wie eine Krabbe am Zeh sein. Das ist, als würde man Eis angeboten bekommen, wenn man Diät macht. Oder das schönste Kleid aller Zeiten in der falschen Größe finden. Urlaub haben, wenn es regnet. Oder die Liebe des Lebens treffen und feststellen, dass diese Person längst verheiratet ist.

Ach, was denke ich da nur? Er ist ganz sicher nicht die Liebe meines Lebens. Ich kenne ihn ja kaum. Nur ein Fragment von ihm. Den Ausschnitt eines Ausschnitts, verpackt in die Seifenblase eines Urlaubs. Außerdem heiratet einer wie er garantiert nicht freiwillig. Wie könnte er jemals an die Eine glauben, wenn er ständig alle trifft?

Ich weiß eigentlich nur, dass er, als er mich gehalten hat, etwas in mir entfacht hat und dass ich ihn wirklich mag. Selbst gegen meinen Willen. Denn ist das nicht blöd? Ich wollte doch eigentlich nur ein bisschen Zeit für mich allein haben. Ohne Männer, Sorgen und Gemecker.

Aber womöglich ist es genau das: Er hat bisher kein einziges Mal gemeckert. Und wenn er bei mir ist, fühle ich mich beinahe schwerelos.

Ich kuschele mich in meinen Strandkorb und betrachte den fröhlich rot-weiß gestreiften Stoff. Rot wie die Liebe. Wie es sich hier drin wohl küssen mag?

Meine Gedanken schweifen zu ihm und seine intensiven Blicke. Ich erinnere mich an seinen sinnlichen Duft und daran, wie sich seine Hände auf meiner Haut angefühlt haben.

Ich schließe die Augen und frage mich, wie es wohl wäre, ihn zu küssen. Wenn er mir näher und immer näher käme, bis sich unsere Haut berühren würde und unsere Nasenspitzen aneinanderstupsen würden. Oh, dieses Gefühl, wenn das Herz aussetzt, in der Sekunde, bevor es passiert, und dann ...

Mein Handy bimmelt und vibriert los. Es ist der Timer, der mich an meinen Wellnesstermin erinnert.

Puh, das ist gerade noch mal gut gegangen, denn fast hätte ich den Kopf verloren, obwohl Mister Magic nicht mal hier gewesen ist. Nicht bei mir, sondern bei einer anderen.

Es ist Zeit, zusammenzupacken. Vielleicht finde ich bei der Gelegenheit auch meinen Verstand wieder.

Das ist mal wieder typisch für mich. Im Geiste kann ich meine Mutter schon hören: »Warum schmierst du dich nicht mit einem ordentlichen Sunblocker ein? Sonnenöl ist viel zu gefährlich. Außerdem sterben dafür Palmen, und bei deiner Haut musst du mindestens eine dreißiger Schutzcreme verwenden, sonst wirst du rot wie Rotkäppchen.«

Als ich im Wellnessbereich in den Spiegel blicke, muss ich ihr recht geben. Mit dem weißen Bademantel wirke ich zwar röter, als ich es wirklich bin, aber das ist nur ein schwacher Trost.

Natürlich bin ich nicht scharf auf Sonnenbrand, aber gerade hier am Meer ist es trügerisch. Im Wasser vorhin hat es sich erfrischend kühl angefühlt – sogar ziemlich kühl. Brrr, dieser Moment, als die Wellen das erste Mal über meinen Bauchnabel geschwappt sind … Doch die Sonne hat trotzdem heruntergebrannt und ist von der Wasseroberfläche reflektiert worden wie von einem Spiegel.

Zum Glück bin ich nicht krebsrot, aber ich sehe aus, als hätte ich zu viel Rouge aufgetragen. Und zwar überall. Na ja, nicht ganz überall. Als ich unter meinen Bademantel schiele, zeichnen sich die Streifen des Bikinis deutlich ab, und zwei helle Dreiecke zieren meine Brüste. Toll, das sieht aus, als hätte ich zwei schneebedeckte Tobleronegipfel. Großartig und mega sexy noch dazu.

Überdies habe ich die meiste Zeit meine Sonnenbrille getragen, von der ich nun ebenfalls einen, na, nennen wir es mal dekorativen Abdruck im Gesicht habe.

Zum Glück ist der Kontrast zu meiner ungebräunten Haut nicht ganz so krass wie der zum Bademantel. Wahrscheinlich bleichen sie ihn für den Wellnessbereich extra stark. Übersehen lässt sich mein Sonnenbrand jedenfalls nicht.

Eine Weile stehe ich einfach so da und mustere mich im Spiegel, bis die Dame, die heute die Wellnessbehandlung bei mir durchführen wird, auftaucht. Sie ist ganz in Weiß gekleidet, aber im Gegensatz zu mir hübsch gebräunt. Sie trägt Birkenstocksandalen und ich kann deutlich erkennen, dass einer ihrer Zehen blau angelaufen ist.

Nachdem wir uns begrüßt haben und sie sich als Martina vorgestellt hat, sage ich: »Oh, das sieht aber fies aus. Sind Sie etwa von einer Krabbe gezwickt worden?«

Vielleicht kommt das hier häufiger vor.

Doch sie winkt fröhlich ab. »Was, von einer Krabbe? Nein, nein, mir ist vorhin einer der Kristalle drauf gefallen. Halb so wild, hoffe ich zumindest. Aber zur Sicherheit lasse ich den Fuß später noch ansehen. Gerade tut allerdings nichts weh, also machen Sie sich keine Gedanken. Heute geht es schließlich um Sie, und Ihre Behandlung wird großartig.« Sie gibt mir zu verstehen, mitzukommen. »Bitte, hier entlang.«

Der Spa-Bereich ist wirklich schön gestaltet, so luftig und hell mit Naturhölzern, weißen Stoffbahnen, die sich von der Decke bis zum Boden ergießen, und edlen Accessoires im maritimen Stil wie etwa einer großen Muschel mit Blattgoldverzierung oder einer bronzenen Seepferdchenskulptur.

Ich folge meiner Masseurin in eines der Zimmer. Im Inneren spielt leise sphärische Musik und ein warmes, unaufdringliches Licht wirkt wie ein Weichzeichner auf alles. In der Ecke steht ein rosa Kristall, von dem ich mich um meiner Zehen willen mal fernhalten werde, auch wenn ich hoffe, dass die gute Frau von einem kleineren Exemplar getroffen wurde.

Im Zentrum des Raumes befindet sich das Herzstück: eine gepolsterte Liege mit weichen Handtüchern, die mein Herz höherschlagen lässt. Etwas weiter seitlich daneben gibt es außerdem noch eine Wanne, die mit Orchideen dekoriert ist und einem Hängekonstrukt darüber. Auch unter der Massageliege steht am Boden eine Orchidee, genau da, wo man mit dem Gesicht durchschauen kann, wenn man auf dem Bauch liegt. Was für eine ansprechende Idee.

Hach, herrlich, ich freue mich riesig darauf, gleich stundenlang massiert zu werden. Das ist absolut perfekt. Ich bin gespannt, was meine Sylt-Spezialanwendung alles zu bieten hat, und will schon auf die Liege krabbeln, als Martina zur Wanne deutet.

»Wir beginnen mit einer großzügigen Körpermaske. Die wird Ihrer verbrannten Haut sehr guttun. Ich werde Sie mit einer Heilsalbe aus Algen behandeln und Sie dann in diese Schwebeliege ...« Sie zeigt auf jenes

Hängekonstrukt, das über der Badewanne baumelt. »... über den warmen wohligen Dampf hängen.«

Aha, das ist zwar nicht ganz, was ich erwartet habe, aber ich bin ja flexibel und experimentierfreudig.

»Okay, das klingt gut.«

Sie nickt. »Sehr schön. Ich verwende dafür, wie gesagt, eine Algenmaske. Wir machen uns die Kraft des Meeres zunutze. Darin finden wir so viele natürliche, vitalisierende Stoffe. Die Maske beruhigt die Haut und strafft sie zusätzlich.« Sie zwinkert mir zu, als wäre es ein echter Geheimtipp speziell für uns Frauen, die wir ewig jung bleiben wollen.

»Okay, dann machen Sie mich mal fünf Jahre jünger. Vielleicht fragt dann jemand nach meinem Ausweis, wenn ich das nächste Mal Alkoholpralinen kaufen will. Oder diese hausgemachten Trüffel von euch.«

Sie grinst, als wären wir uns einig, doch dann schneidet sie eine bedauernde Grimasse. »Das einzige Manko ist, dass es nicht sonderlich gut riecht. Aber sobald Sie geduscht sind, ist das kein größeres Problem mehr. Sie bekommen von mir ein rosiges Duschgel und anschließend eine reichhaltige Creme, welche die Algenpackung noch unterstützt. Einverstanden?«

Ich nicke. »Ich vertraue Ihnen da voll und ganz.«

»Sehr schön«, freut sie sich. »Und morgen, wenn Ihre Haut sich beruhigt hat, machen wir die Massage, ja?«

Juhu, doch noch eine Massage!

»Einverstanden, das klingt prima.«

»Gut, dann entkleiden Sie sich bitte. Ich lege in der Zwischenzeit die Folie für die Schwebeliege aus. Lassen Sie sich überraschen.«

Ich folge ihrer Anweisung und begebe mich in eine kleine Kabine am Rand des Raumes, um mich meines Bademantels zu entledigen. Dann mache ich mir noch einen Haarknoten, damit meine blonde Mähne nicht im Weg ist. Vom Meer und dem Wind ist sie ziemlich voluminös. Am besten gönne ich mir nachher noch eine Haarkur.

Als ich wieder aus der Umkleidekabine trete, hat sie die Liege bereits mit lauter Algenblättern präpariert, die in Creme getaucht worden sind.

»Das sind spezielle Algenfolien«, informiert sie mich.

Ich gehe näher heran und rümpfe instinktiv die Nase. Okay, das riecht wirklich schlimm. Irgendwie nach totem Fisch. Oder besser gesagt nach sehr viel totem Fisch.

»Ja, der Geruch, ich weiß«, sagt sie mitfühlend. »Aber es ist wirklich sehr heilend und straffend.«

Na schön, sehr straffend klingt ziemlich verlockend. Es heißt doch immer: Wehret den Anfängen. Und angesichts meines Sonnenbrands kann die Heilung auch nicht schaden. Was soll's? Nase zu und durch. Nach einmal Duschen wird der Gestank schließlich verflogen sein. Also ist es kein Problem.

»Bereit?«, will sie wissen.

Ich nicke tapfer, auch wenn ich mir meine Wellnessbehandlung mit weniger Widerwillen ausgemalt habe. »Kann losgehen.«

Ich lege mich auf die Folie und Martina fängt an, mich darin einzuwickeln. Es mieft echt schlimm. Aber ich denke eisern daran, wie heilend und straffend das Ganze ist.

Als ich verpackt bin wie eine Raupe, reinigt Martina mein Gesicht, bepinselt es und belegt es ebenfalls mit den müffelnden Algen. Ich muss sagen, dass es sich trotz des Gestanks zumindest gut anfühlt und kühlend ist.

Martina erklärt mir, dass die Algen fürs Gesicht sogar besonders gut geeignet sind und kleine Falten wie von Zauberhand verschwinden lassen. Das wird ja immer besser.

»So, die Vorbereitung ist abgeschlossen«, sagt sie. »Jetzt geht es los. Entspannen Sie sich.«

Dann drückt sie einen Knopf und erklärt mir, dass die Liege sich nun aufbläst und in den Dampf über der Wanne schwebt. Deswegen auch die Bezeichnung Schwebeliege. Ich schwebe also herum, spüre die Wärme und lausche der sanften Musik hier im Zimmer.

»Ich werde immer wieder reinschauen«, verspricht sie, und dann liege ich da und stinke, ähm, heile und straffe vor mich hin.

Wenn Jule mich so sehen könnte, würde sie sich totlachen. Doch obwohl ich versuche, mir die positiven Aspekte zu vergegenwärtigen, finde ich es wortwörtlich gar nicht so dufte. Im Gegenteil, ich fühle mich wie eine Sushirolle, die langsam dampfgegart wird.

Sylt-Spezialbehandlung! Kein Wunder, dass sie es so genannt haben. Hätten sie es Rollmopsbehandlung genannt, würde es niemand buchen. Aber womöglich liegt hier auch der Hund begraben: Vielleicht bucht es wirklich niemand und deshalb haben sie es eben verlost. Nun werde ich also doch noch für meinen Gesang bestraft. Die rote Algen-Karte für Celine Dion.

Nein, das ist keine Verschwörung, sage ich mir. Die halten das bestimmt für Wellness. Wer weiß, wenn ich am Ende wirklich tolle Haut davon kriege, sehe ich das auch so.

Was tut man nicht alles, um schön zu sein?

Bin ich eigentlich bekloppt? Ich wollte doch unrasiert herumlaufen und einfach nur Spaß haben. Stattdessen fische ich vor mich hin. Wahrscheinlich bin ich als waschechte Sushirolle später das Abendessen und weiß es bloß noch nicht.

Mysteriöse Mordserie auf Sylt. Verschwundene Urlauber werden nie gefunden, geistern die potentiellen Schlagzeilen durch meinen Kopf.

Puh!

Ich versuche, mich zu entspannen, der Musik zu lauschen und mein Gedankenkarussell abzuschalten, wirklich, aber ich habe schon immer zu viel gegrübelt, und so gelingt es mir auch jetzt nicht.

Entspannen Sie sich. Das sagt sich so leicht.

Auf jeden Fall mache ich hiervon keine Momentaufnahme für Jule. Egal, was sie über Fotos und Videos gesagt hat. Das wäre hochnotpeinlich, und ich bin froh, dass mich niemand sieht.

»Unter dem Meer«, summe ich das Lied von Arielle, um mich ein bisschen von dem aufdringlichen Fischgemüffel abzulenken, als die Tür aufgeht. Keine Sekunde zu früh, wie ich finde, denn mir ist so heiß. Ob Martina den Dampf wohl etwas weniger warm einstellen kann? Hm, geht so etwas überhaupt: den Dampf entdampfen?

»Hallo, Martina?«, vernehme ich eine Männerstimme und falle aus allen Sushiwolken.

Die Stimme kommt mir nicht nur bekannt vor, ich weiß sogar haargenau, zu wem sie gehört. Das darf doch nicht wahr sein!

Ich beschließe, einfach leise zu sein und nichts zu sagen. Dann merkt er auch nichts. Zur Sicherheit mache ich schnell noch die Augen zu und kneife sie fest zusammen. Ich tue so, als ob ich schlafe. Die Sekunden rinnen dahin, während der Dampf mich bis zur letzten Algenschicht durchdringt.

Ist er weg? Als nichts geschieht, öffne ich meine Augen wieder und zucke zusammen, denn Mister Magic steht direkt über mich gebeugt da und blickt mich an.

»Hhhh!«, entfährt es mir.

»Entschuldigung, ich wollte Sie nicht stören und schon gar nicht erschrecken«, beteuert er.

Zum Glück erkennt er mich nicht in meiner Algenverkleidung und mit dem stinkenden Glibber im Gesicht.

»Mhm«, mache ich nur, damit er mich nicht an meiner unverkennbaren Stimme identifizieren kann.

»Ich bin schon weg«, sagt er. »Ich wollte nur nach Martina sehen und mich um sie kümmern.«

Echt jetzt, während der Arbeitszeit? Die wollen anbändeln, während ich hier im Fischsaft dünste?

Wie konnte ich nur eine Sekunde lang glauben, dass er nett wäre? Er ist, was er ist: ein Aufreißer, wie er im Buche steht. Charakterlos, wollüstig, schamlos, unverfroren, ausschweifend und ... Mir reicht es!

»Sag mal, geht's noch? Ich glaub, mich tritt ein Pferd! Zieht diese Masche ernsthaft?«, fahre ich ihn an.

Erstaunt reißt er die Augen weit auf. »Du?«

Okay, jetzt hat er mich erkannt.

»Ja, ich«, sage ich und versuche, so würdevoll wie möglich zu wirken, was gar nicht so leicht ist, weil ich stinkend und unbeweglich in dieser Liege baumele wie ein traniges Hängebauchschwein.

»Oh, also wir laufen uns auch immer wieder über den Weg«, staunt er.

»Ich laufe nicht, ich schwebe«, korrigiere ich ihn trotzig.

Er grinst. »Stimmt, das muss deine spezielle Einhornmagie sein.«

»Was?«

Mister Magic zwinkert mir zu. »Sag mal, ich suche wirklich nach Martina. Ihr ist vorhin nämlich etwas auf den Fuß gefallen.«

Ich rolle mit den Augen. »Ja, klar, bei Füßen bist du natürlich sofort zur Stelle.«

Er lächelt. »Ja, so ist es. Aber nicht nur.«

Ich schnaube genervt, doch er lässt sich durch nichts aus der Ruhe bringen.

»Übrigens, hübsch siehst du aus. Ist das eine neue Yoga-Form?«

»Ha, ha! Was sonst? Ich nenne es *Be-a-Sushi-Yoga-Doppel-Algen-Whopper-hau-mich-blau.* Und bevor du fragst: Ja, es stammt natürlich aus Kalifornien und ist total vegan. Eine Fischfarm aus China hat schon Interesse angemeldet und will es künftig für die Mittagspausen ihrer Seepferdchen einsetzen.«

Erneut rolle ich mit den Augen und er schaut mich einige Sekunden sprachlos an. Diese blauen Augen bringen mich völlig aus dem Konzept.

Schließlich schüttelt er den Kopf und reibt sich über den Nacken. »Wenn ich was Falsches gesagt haben sollte, tut es mir leid.«

»Nein, wie kommst du darauf?«

Ich stehe bloß total auf dich und will es nicht. Immer rennst du nur anderen Frauen nach, dabei bin ich genau hier. Okay, blöd, dass ich gerade aussehe, als wollte ich ganz aktiv etwas gegen die Veralgung der Meere unternehmen, aber verdammt, wenn ich dich nicht haben kann, dann hör auf, mich durcheinanderzubringen.

Oh Gott, mein Inneres ist noch verkorkster als mein Sylt-Spezial-Look.

»Hör mal«, sagt er. »Ich habe das ernst gemeint mit deinem Fuß. Ich würde ihn mir gern noch mal ansehen. Sorry, dass ich vorhin so schnell los musste, aber ich musste noch ein Gelenk justieren.«

Ich runzele die Stirn. »Meinst du an einem Fahrrad?«

Er lächelt mich an. Es ist ein sanftes Lächeln, beinahe wie ein Streicheln, und es sorgt für ein eigenwilliges Kribbeln in meinem Bauch.

»Nein, bei einem älteren Mann. Er hatte ein subluxiertes Gelenk.«

»Subluwas?«

»Blockiert«, erklärt er.

Plötzlich fällt es mir wie Schuppen von den Augen.

»Oh Mann, du bist wirklich Arzt?«, entfährt es mir.

Er blinzelt verwundert. »Was dachtest du denn?«

Tja, nun ja ...

»Du meinst, du willst mit Martina gar nicht ...«

... *pimpern?*

... schnackseln?

... den Lachs buttern?

»Ja?«, hakt er nach und legt neugierig den Kopf schief.

Dass er Arzt ist, ist irgendwie ein sexy Pluspunkt, andererseits können natürlich auch Ärzte Hallodris sein. Wenn er bei all seinen Patientinnen das Nützliche mit dem Angenehmen verbindet ...

»Ähm, nichts. Gar nichts. Reden wir lieber über meinen Fuß.«

Er grinst mich an, als ich äußerst unelegant das Thema wechsele. Nicht zu vergessen, dass ich aussehe, wie ich gerade aussehe, und schlimmer noch auch müffele, wie tote Fische eben so müffeln.

»Dein Fuß ist natürlich extrem wichtig«, greift er meinen Vorschlag auf. »So eine Wunde kann sich ja böse entzünden. All die Keime im Wasser und an den Schalentieren. Man würde nicht denken, was beispielsweise Seepocken alles übertragen können.«

»Oder Krabben«, steuere ich bei.

Er nickt. »Und dann noch dein Knöchel. Wie wäre es, wollen wir das nicht mit etwas verbinden? Ich denke da weniger an Mullbinden, bevor du fragst, sondern wir könnten was trinken gehen. Ich würde mich wirklich sehr freuen, wenn das klappt.« Mit einem Mal wirkt er beinahe schüchtern.

Mein Herz klopft ganz wild und meine Wangen glühen sicher nicht nur vom Sonnenbrand und dem Dampf. »Oh, ich ...«

Ich sollte Nein sagen, aber viel lieber würde ich Ja sagen, weil es gar nicht sonderlich viel Spaß macht, vernünftig zu sein.

»Gib dir einen Ruck«, bittet er mich, als könnte er meine innere Zerrissenheit spüren, und schaut dabei so charmant, dass ich dahinschmelze.

Vielleicht sollte ich das Spiel mitspielen, selbst wenn es nur eins ist. Ich meine, ein Arzt, der auf Doktorspiele steht, könnte trotzdem witzig sein.

»Du willst also nach meinem Fuß schauen?«, erkundige ich mich.

Er nickt.

»Hast du denn nicht genug Termine für heute, Herr Doktor? Immerhin ist Martina ja auch noch dran.«

Er zuckt mit den Schultern. »Doch, aber ich halte mir die Zeit gern für dich frei. Was sagst du? Wir könnten natürlich auch morgen eine Runde Surfen gehen, wobei ...« Er hält inne und rudert zurück. »Mit deinem Fuß eher nicht. Den solltest du lieber noch schonen. Aber ich zeige es dir gerne ein anderes Mal, wenn du magst.«

»Du nimmst diese Arztsache echt ernst, oder?«

Er lacht. »Ja, wie gesagt, ich bin ja auch Mediziner.«

Ich nicke nachdenklich. Irgendwie gibt es unserer Bekanntschaft einen neuen Impuls.

»Heute Abend könnten wir einfach etwas trinken.« Sein blauer Blick durchdringt mich und löst ein Flattern in meiner Brust aus. »Wie wäre es gegen sechs an der Muschelbar?«

Ich bin einigermaßen verwundert, dass er so hartnäckig ist. Schließlich willige ich ein. »Klar, okay, wie du willst.«

Ein strahlendes Lächeln formt sich auf seinem attraktiven Gesicht.

»Also um sechs an der Bar?«, vergewissert er sich.

»Okay, um sechs an der Bar.«

Er geht zur Tür und winkt mir zu. »Ich freue mich drauf. Viel Spaß noch beim Entspannen.«

»Ja, habe ich.«

Die Tür schließt sich und ich bin wieder allein. Es dauert eine Weile, das, was soeben passiert ist, auf mich wirken zu lassen. Ich glaube, es war das Absurdeste, was ich je erlebt habe. Man muss schon sehr auf Fischpaste stehen, um mich in meinem gegenwärtigen Zustand nach einer Verabredung zu fragen. Ich meine, ich liege hier stinkend mit Algen im Gesicht wie das Monster aus dem Moor. Kann es sein, dass er mich wirklich mag?

Inmitten des Dampfes und eingehüllt in olfaktorisch herausfordernde Folienwickel keimt in mir ein kleiner Funken Hoffnung auf, dass er mich, Anni Nagler, tatsächlich gut finden könnte. So, wie ich bin.

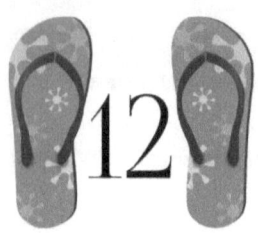

Eine halbe Stunde liege ich noch herum, bis ich erlöst werde. Doch nicht von Martina, denn die ist – laut ihrer Kollegin Helene, die sich meiner angenommen hat – aufgrund ihrer Fußverletzung nach Hause geschickt worden. Deswegen ist es nun Helene, die mir den duftenden Rosenblütenschaum verabreicht.

»Wobei der auch nicht helfen wird bei diesem durchdringenden Algengeruch«, sagt sie.

Ich schaue sie verdattert an. »Das ist ein Scherz, stimmt's?«

Sie schüttelt den Kopf. »Es wird besser, doch bis der Geruch verfliegt, dauert es schon noch bis morgen. Aber das hat Ihnen Martina sicherlich gesagt, oder?«

»Äh, nein.«

Verdammt, ist das etwa wie bei Knoblauch?

Meine schockierte Grimasse scheint sie aus dem Konzept zu bringen. Sie nagt an ihrer Lippe. »Oh, äh, aber Hauptsache straff und gepflegt, nicht wahr?«

Na ja, was soll ich jetzt noch dagegen tun? Das Kind ist nun mal in den Brunnen gefallen. Meine Mutter würde sagen: Einem geschenkten Gaul schaut man nicht ins Maul. Und vielleicht hält es die Fliegen fern. Aus irgendeinem unerfindlichen Grund, der möglicherweise mit meinem Papaya-Parfüm zu tun hat, scheinen Obstfliegen mich besonders reizvoll zu finden und umschwärmen mich gerne. Aber hier am Meer weht öfter mal eine steife Brise, die möglicherweise auch den Algendunst von meiner Haut pustet. Als ich schließlich gründlichst geduscht und sorgsam eingecremt bin, rieche ich wie eine Mischung aus Fisch und Rose. Innerlich grinse ich. Mal sehen, was Mister Magic dazu sagt. Wehe, er nennt mich Fischröschen!

Ich muss dringend wissen, wie er wirklich heißt.

Nun bin ich nicht nur rot wie ein schwaches Echo der Abendsonne, sondern dufte auch ganz bezaubernd. Wenn er da nicht Reißaus nimmt, weiß ich wirklich nicht, was ihn abschrecken könnte. Wobei er mich in der Schwebeliege ja schon schlimmer gesehen. Sozusagen in der Urspuppe.

Ich gehe noch kurz in meine Suite und ziehe mich um. Natürlich denke ich mir üüüüüüüberhaupt nichts dabei, als ich in mein nachtblaues Cocktailkleid schlüpfe. Cocktailkleid und Bar, das gehört eben zusammen und hat nichts, absolut gar nichts, mit Mister Magic zu tun.

Außerdem bändige ich noch meine Mähne und pflege etwas Feuchtigkeitsfluid ein. Rein zufällig entsteht am Ende eine schicke Frisur, bei der mein Haar wie in Wellen auf einer Seite über meine Schulter fließt. Ich mustere mich im Spiegel und zwirbele mir noch ein kleines Löckchen neben die Schläfe auf der anderen Seite. Selbstverständlich nur zur Haarpflege.

Auch mein Gesicht nehme ich in Augenschein. Die Maske scheint tatsächlich geholfen zu haben, denn meine Haut strahlt regelrecht. Sie ist zwar ein bisschen zu rosig, aber frisch und glatt.

»Gar nicht mal schlecht für einen toten Fisch«, murmele ich anerkennend.

Da ich meine von der Sonne strapazierte Haut noch ein wenig schonen will, lege ich nur etwas Wimperntusche auf und verzichte auf das übrige Make-up, das ich normalerweise bei einem Date benutzen würde.

Aber eigentlich ist das hier ja gar kein Date, oder? Mister Magic will schließlich nur – ganz der Arzt, der er ist – nach meinem Fuß sehen. Also mache ich mir keine weiteren Gedanken über mein Gesicht, schlüpfe in die Sandalen und gehe los.

Als ich die Bar betrete, die man rund um die Uhr besuchen kann, erblicke ich ihn schon am Tresen. Wahnsinn, er sieht wirklich gut aus! Ein weißes, kurzärmeliges Poloshirt, das seinen Bronzeteint betont, spannt sich um seine kräftigen Arme und die Brust. Seine blonden Haare sind leicht verstrubbelt und haben im schummrigen Licht der Bar die Farbe feuchten Sandes. Am liebsten würde ich meine Finger hindurchgleiten lassen und darin vergraben. Nervös balle ich meine Hände zu Fäusten und reibe mit den Daumen über meine kribbligen Finger.

Er ist ein sehr attraktiver Mann, und das scheinbar mühelos. Als er mit seiner Daumenkuppe einen Tropfen Kondenswasser von seinem Glas wischt und damit seine Lippen benetzt, will ich ein Wassertropfen sein.

Damn it!

Okay, Anni, bleib cool. Mal sehen, was heute überhaupt passiert. Gerade, als ich zu ihm gehen will, sehe ich, wie sich eine abermals andere Frau neben ihn stellt und anhimmelt. Er nickt, gibt ihr eine Karte und ich rolle mit den Augen.

Ja, klar. Mister Aufreißer ist und bleibt stets im Einsatz, und das sogar dann, wenn er eine Verabredung mit einer anderen Frau hat. Mit mir, um genau zu sein. Ein spitzer Stachel bohrt sich in meine Brust und ich bin kurz versucht, einfach rückwärts wieder aus der Bar zu stolpern und ihn zu versetzen.

Doch dann siegt mein Trotz. Auch eine Frau, die dezent nach Fisch mieft und aussieht, als wäre sie in einen Rougetopf gefallen, kann schließlich ihren Stolz haben.

Ich recke mein Kinn und gehe auf ihn zu, bis ich kurz vor ihm stehenbleibe. Als mein Schatten auf ihn fällt, sieht er zu mir und lächelt.

»Hey! Schön, dass du gekommen bist. Du siehst ...«

Er stockt und mustert mich von oben bis unten.

Ja, sag es: verbrannt und ungeschminkt aus.

Innerlich lauere ich irgendwie auf seine Kritik, wie ich sie aus meiner Vergangenheit gewohnt bin. Robert hat immer ein Haar in der Suppe gefunden. Und auch anderen bin ich anscheinend nie gut genug gewesen, selbst wenn ich mich ausgiebig zurechtgemacht habe.

»... unglaublich gut aus, so natürlich.«

Unglaublich ist vor allem, dass er gesagt hat, was er gesagt hat.

Ich lächele verlegen. »Na ja, ich habe einen Sonnenbrand, deswegen hatte ich vorhin auch die Algenpackung.«

»Richtig, die helfen da ein bisschen«, erinnert er sich.

Ich nicke. »Ja, und nicht zu vergessen das feine Odeur.«

Er grinst wissend. »Stimmt, der Geruch bleibt immer etwas länger haften, aber ich mag das.«

Fragend sehe ich ihn an. Er mag es, wenn es stinkt?

»Ehrlich? Das ist schon speziell.«

Leichthin zuckt er mit den Schultern. »Ach, ich bin so gerne am Meer. Das war ich schon immer. Und bei diesem Geruch muss ich einfach daran denken.«

Interessant, aber ich verstehe, was er meint. Ein und dieselben Dinge können ganz unterschiedlich sein, je nachdem, aus welchem Winkel man sie betrachtet. In gewisser Weise hat er eine bemerkenswerte Art an sich. Ständig ist er so positiv und versucht, das Beste aus allem zu machen.

»Dann passt das ja«, sage ich lächelnd. Ich rieche nicht nach Algen oder Fisch, sondern einfach nach dem weiten Meer.

Er nickt. »Sehr sogar.«

Unsere Blicke verfangen sich und mein Herz kribbelt. Er klopft auf den freien Hocker neben sich und zieht ihn noch etwas näher zu sich heran.

»Setz dich doch.«

Die Bar ist relativ gut besucht. Wie es aussieht, hat er ihn mir frei gehalten. Ich nehme sein Angebot an und rutsche auf den Platz. Nun bin ich ganz nah bei ihm, fast berühren sich unsere Arme, die wir beide auf dem Tresen abstützen. Seiner ist kräftig und gebräunt mit goldenen Härchen, die sich darauf kräuseln. Meiner ist schlank, glatt und etwas zu rosig.

»Wegen deinem Sonnenbrand«, sagt er und seine Stimme streicht über meine Sinne. »Du wirst sehen, morgen ist es schon viel besser. ›Nach Rot kommt Braun‹, sagt meine Schwester immer. Sie vergisst auch ständig, sich einzucremen.«

»Ich habe mich ja eingerieben, nur etwas zu niedrig.«

Okay, das Sonnenöl mit Faktor vier statt dreißig oder fünfzig zählt wahrscheinlich nicht wirklich als Schutzmittel.

Ich habe kaum ausgeredet, als schon wieder eine Frau bei ihm steht, die ich auch sofort erkenne. Es ist dieselbe, mit der er über meine Stimme gelästert hat.

»Da bist du ja«, trällert sie. »Noch mal vielen Dank. Das hat heute richtig gutgetan, und dieses schräge Geräusch ist so gut wie weg. Jetzt wollte ich nur schnell fragen, ob wir uns morgen vor meiner Abreise noch mal sehen können? Das wäre einfach zu lieb.«

Sie schaut ihn flehend aus großen, blauen Augen an wie ein süßer Welpe, und er lacht. Prompt zieht sich mein Magen zusammen. Dann sieht sie mich.

»Oh, entschuldige, ich wollte nicht stören.«

Doch er schüttelt den Kopf. »Alles gut, Emily. Wie wäre morgen um elf bei dir?«

Instinktiv sauge ich den Atem ein. Ich finde ja schon, dass sie stört.

Sie strahlt und klatscht in die Hände. »Das klingt super. Danke, danke, danke, Putzi!«

Putzi?

Grrr, warum führt sie nicht gleich einen Paarungstanz auf?

Grimmig starre ich ihn an und stehe wieder auf, bevor ich auch nur das erste Getränk bestellt habe. »Tut mir leid, aber das ist mir echt zu viel.«

Überrascht sieht er mich an, und auch diese Emily blinzelt verwirrt.

»Warum denn?«, fragt sie. »Ich meine, er ist auch der Beste.«

»Oh, das kann ich mir vorstellen.« Auch wenn ich es seltsam finde, dass sie so unumwunden seine Bettqualitäten anpreist. »Aber ich teile nicht so gerne.« Ich deute auf meinen nun wieder frei gewordenen Platz. »Also, dann lasst euch nicht stören. Ihr könnt auch gleich loslegen, statt bis morgen zu warten. Ich bin jedenfalls weg.«

Gerade, als ich mich abwenden will, sagt sie: »Das verstehe ich nicht. Wie kann man denn einen Arzt für sich allein beanspruchen?«

»Es geht um einen Patiententermin?«,wundere ich mich und halte inne.

Sie nickt, während er sich über das Gesicht wischt. Keine Ahnung, ob er ein Stöhnen oder ein Lachen verbirgt. Vielleicht beides.

»Ja, er ist der beste Arzt weit und breit«, beteuert sie feierlich und nimmt es für meinen Geschmack ein bisschen zu persönlich. »Tut mir leid, aber er muss sich doch auch um andere kümmern dürfen. Und das tut er. Er nimmt sich immer Zeit. Sogar bei der Abendgala hat er sich mein knackendes Gelenk angehört. Bisher hat niemand herausfinden können, woher das bei mir kommt, aber er schafft alles.«

»Ihr habt gar nicht von meinem Gesang gesprochen, sondern von ihrem Gelenk?«, vergewissere ich mich.

Er nickt und seine Mundwinkel zucken.

»Dann findest du meinen Gesang gar nicht schräg?«

Schmunzelnd schüttelt er den Kopf.

Ups. Dumdidum. Das Ganze ist mir jetzt etwas peinlich.

Emily seufzt und schmachtet ihn an. »Er hat mir bloß geholfen. Die Medizin ist einfach Putzis Leidenschaft.«

Er stöhnt, als hätte er Zahnschmerzen. »Emily, bitte, hör auf, mich Putzi zu nennen.«

Ich schneide eine Grimasse. »Ja, sehr glaubwürdig, seinen Arzt Putzi zu nennen.« Die wollen mich doch verkaspern. »Ich duze meinen Arzt jedenfalls nicht und gebe ihm Kosenamen.«

Jetzt grinst er mich an. »Soweit ich weiß, haben wir uns zuletzt geduzt, und was den Kosenamen angeht – ich erinnere mich vage an Funky Rainbow Lemonade.«

»Hahaha!«, lacht die Blondine los. Prustend hält sie sich die Hand vor den Mund. »Oh Gott, ist das lustig!«, quiekt sie. »Das hast du mir gar nicht erzählt.«

»Ich erzähle dir auch nicht alles«, bemerkt er.

Erst, als sie sich beruhigt hat, schüttelt sie den Kopf und bedient sich an seinem Wasserglas, um einen Schluck zu trinken. Die beiden sind viel zu vertraut miteinander. Da können sie behaupten, was sie wollen.

»Na ja«, wendet sie schließlich ein. »Ich weiß immerhin, dass du ihr auch schon auf den Knöchel geschaut hast.«

Woher weiß sie das? Ich finde es nicht nachvollzieh-
bar, dass er sich mit anderen Frauen über mich unter-
hält. Also, falls sie mit ihrem Insiderwissen angeben
will, hat sie gewonnen. Eindeutig teilen die beiden
mehr miteinander als er und ich. Das macht mir
nichts aus. Überhaupt nichts.

»Also Putzi, ja?«, hake ich nach. »Putzi, dein Arzt.
Ist klar. Und Martina ist auch nur wegen des Zehs interessant gewesen. Ich verstehe das schon.«

Er runzelt die Stirn. »Was genau verstehst du?«

»Gebt euch ruhig Kosenamen. Du hast recht. Das
machst du mit mir auch.« Ich mache eine vielsagende
Geste zu dieser Emily. »Mit ihr auch.«

»Warte, was?« Er stoppt und fängt an zu lachen.
»Denkst du etwa, dass ich hier mit allen Frauen ...?«

»Bäh!«, macht sie und verzieht das Gesicht.

Ich verschränke die Arme und räuspere mich. »Ja,
was soll ich denn sonst denken? Ich meine, das kam ja
auch alles widersprüchlich rüber, deine magischen
Hände und die vielen Termine und ...«

»Darf ich vorstellen?«, sagt er und deutet auf die
hübsche Blondine. »Das ist Emily.« Er macht eine
Kunstpause. »Meine Schwester.«

Meine Lippen formen ein stummes: »Oh.«

»D...das ist dein Bruder?«, stammele ich in ihre
Richtung.

»Sehr angenehm, ich bin Emily und wollte auch gar
nicht stören.«

»Oh Gott«, stöhne ich und schüttele benommen
ihre Hand.

»Es war mir eine Freude«, sagt sie und winkt. »Ich
gehe jetzt mal lieber. Ihr scheint da noch ein bisschen

was zu besprechen zu haben.« In seine Richtung gewandt fügt sie an: »Funky Rainbow Lemonade.«

Ich reibe mir die Stirn und rutsche zurück auf meinen Barhocker. »Ich schwöre dir, dass mir das total peinlich ist.«

Doch in meinem Bauch steigt ein Lachen auf und bricht sich Bahn. Auch er stimmt in mein Lachen ein und wischt sich eine Träne aus dem Augenwinkel. Sein Lachen wird jetzt sogar ziemlich laut. So habe ich ihn noch nie gehört. Es klingt schallend und ein bisschen, als hätte es ein eigenes Echo. Es hört sich so witzig an, dass ich selbst noch mehr lachen muss, bis mein ganzer Bauch wehtut.

»Du lachst wie Alf, der Außerirdische«, japse ich. »Wusstest du das?«

Er nickt und klopft mit der Hand auf den Bartresen. »Ja, habe ich schon mal gehört.« Schließlich beruhigen wir uns wieder und er stupst mich von der Seite an. »Du kleiner Waschbär.«

Ich stupse ihn zurück in die Seite und streiche mein Haar über die Schulter. Gegen den Abdruck der Sonnenbrille kann ich nichts mehr tun. »Ich dachte, das sieht nicht so schlimm aus. Sondern natürlich?«

»Sieht es auch nicht«, stimmt er mir zu. »Aber dennoch lustig.«

Ich grinse, doch dann komme ich noch mal auf den springenden Punkt zurück. »Also du hast wirklich nur lauter Arzttermine gehabt mit all diesen Frauen, die dich anhimmeln und dir zu Füßen liegen?«

Er nickt. »Ja, absolut. Außerdem himmeln sie mich doch gar nicht an.«

»Na ja«, murmele ich.

Er betrachtet mich neugierig von der Seite. »Bist du etwa eifersüchtig?«

Zum Glück habe ich noch nichts zu trinken, sonst hätte ich mich todsicher verschluckt. »Was ich? Pfff! Quatsch! Ich kenne dich doch gar nicht.«

Er lächelt und streckt mir seine Hand hin. »Hallo, ich bin übrigens Niklas.«

»Niklas?«, frage ich und in meinem Bauch kribbelt es irrwitzig, als wäre lauter Brausepulver darin.

Er nickt. »Ja. Nicht Putzi, nicht Funky Rainbow Lemonade, sondern Niklas.«

Ich schlage in seine Begrüßung ein. Seine Hand ist so schön stark und warm. »Hallo, Niklas.« Es ist ein tolles Gefühl, seinen Namen zum ersten Mal aussprechen zu können. »Ich bin Anni.«

»Hallo, Anni«, erwidert er und streicht mit seinem Daumen über meinen Handrücken. Die Berührung ist hauchzart und knistert einmal durch meinen ganzen Körper. Irgendwie spüre ich, dass dies ein besonderer Augenblick ist. Wie bei diesem Lied von Whitney Houston: *One moment in time.*

Es ist der Moment, als Anni Niklas trifft, denke ich.

So richtig. Nicht bloß als Fremden. Nicht bloß als Mister Magic oder unter einem seiner anderen Spitznamen. Sondern *ihn.*

»Möchtest du etwas trinken, Anni?«, fragt er mich, und ich nicke.

»Ja, das wäre super.«

Und das ist es auch. Ich bin froh, genau jetzt, genau hier zu sein.

Wir ordern uns zwei bunte Cocktails, und als sie vor uns stehen, stoßen wir auf einen schönen Abend an.

Plötzlich fühlt sich mein Urlaub noch viel mehr als bisher nach einem echten Urlaub an. Da liegt diese Stimmung von *Je ne sais quoi* in der Luft. Dieses gewisse Etwas, das sich nicht wirklich greifen lässt, aber trotzdem alles verändert.

»Du arbeitest hier also als Arzt«, will ich es genauer wissen und nehme einen langen Zug aus meinem Strohhalm. Es schmeckt fruchtig und süß nach Ananas, Kokos und einem Schuss Rum.

Er dreht sich zu mir. »Ja, in einer Praxis, die zum Areal gehört. An das Hotel grenzt noch eine Kureinrichtung. Ich bin also für diverse Gäste zuständig.«

»Und was genau machst du?«

»Ich bin Facharzt für Orthopädie und habe auch eine Zusatzweiterbildung im Bereich Sportmedizin. Hier kümmere ich mich in erster Linie um Luxationen, Bänderrisse und Sehnenrupturen.«

Autsch.

»Das ist echt beeindruckend«, staune ich und könnte mir selbst dafür in den Hintern treten, dass ich ihn so unterschätzt und abgestempelt habe.

Wir reden weiter und die Zeit schreitet fort. Ich blicke auf meine Uhr und schneide eine Grimasse.

»Was ist denn?«, will er wissen.

»Nichts, ich habe nur wieder die Abendgala gebucht.«

Er grinst mich an, steht auf und bietet mir seinen Arm an. »Das trifft sich gut, ich auch. Darf ich bitten?«

Lächelnd lasse ich meine Hand in seine Armbeuge gleiten und fühle mich wie eine Prinzessin aus Monaco oder so, als ich an seiner Seite den Saal für die Abendgala betrete.

Die Kronleuchter funkeln und strahlen über den fein gedeckten Tischen. Musik spielt, diesmal ist es ein Streichquartett, das sich gerade Vivaldi widmet, und wir nehmen uns einen Tisch zu zweit ein wenig abseits. Heinz und Margarete winken mir fröhlich zu und auch Eberhard, den ich kurz darauf entdecke, scheint sich zu freuen, uns Seite an Seite zu sehen.

Niklas und ich essen gemeinsam, plaudern und haben wirklich Spaß. Irgendwann kommt der Kellner und fragt, ob wir noch etwas zu trinken wünschen.

»Einen Wein?«, erkundigt sich Niklas bei mir.

Ich nicke. »Ja, gerne.«

Er bestellt uns zweimal Weißwein und greift unsere Unterhaltung wieder auf. »Nun, wo sind wir stehen geblieben? Ach ja, beim Sport und beim Leben auf Sylt. Ich habe dich gefragt, was du machst, wenn du hier nicht alles durcheinanderbringst.« Er schenkt mir ein verschmitztes Lächeln. »Hast du auch studiert?«

Ich schüttele den Kopf. »Nein, da muss ich dich enttäuschen. Ich habe eine Ausbildung zur Kauffrau für Bürokommunikation gemacht und bin Sekretärin bei Brenner Brandschutz in Nürnberg. Es ist eigentlich nichts Besonderes, nicht so wie bei dir, aber ich liebe meine Arbeit dennoch.«

Er betrachtet mich nachdenklich. »Weißt du was? Ich finde es toll an dir, dass du sagst, was du denkst, und dein Herz auf der Zunge trägst. Außerdem, was heißt: nicht wie bei mir? Das mit dem Halbgott neulich war ein Scherz. Wahrscheinlich steigt mir manchmal nur das Lob meiner Schwester zu sehr zu Kopf.«

Er findet mich toll? Der Rest seines Gesagten verblasst im Nebel. Ich meine, er ist Arzt. Wow. Und sexy. Doppelwow. Außerdem kann er jede haben.

Ich will mein Licht bestimmt nicht unter den Scheffel stellen und mir Minderwertigkeitskomplexe einreden. Ich meine, ich bin auch vorzeigbar, stehe mit beiden Beinen im Leben und manchmal sogar in Krabben, habe ein gewisses Maß an Humor und ein großes Herz. Aber irgendwie hatte ich bisher nie Glück mit Männern, nicht mal mit Idioten, und da scheint es mir doch einigermaßen außergewöhnlich, dass nun gerade er sich für mich interessieren soll.

»Dann hast du noch nicht genug?«, frage ich zaghaft.

Er lacht. »Von was?«

»Na, von mir und meinem Chaos! Ich bin tollpatschig, singe eher speziell als gut, erfinde Yoga-Übungen statt einfach zuzugeben, dass ich mich blamiere, manchmal bin ich das Echo im Fahrstuhl, ich trage Tonnen von Gepäck, weil ich viel zu viel will, und ein Einhorn!« Ich zucke mit den Schultern. »Gut, Shiny Fluffy Moon *ist* süß, aber ich? Ich bin eher der Sturm als die Ruhe, quasi der Unfall in der Dreißigerzone.«

Belustigt schüttelt er den Kopf. Dann greift er nach meiner Hand und drückt sie. »Nein, von dir kann ich nicht genug bekommen.«

Sprachlos starre ich ihn an und spüre, wie mir ganz warm im Bauch wird. Mein Herz schlägt Purzelbäume.

»Das hat echt noch niemand gesagt«, wispere ich.

Er lächelt erneut, dieses eine Lächeln, das ich so an ihm mag. Dieses Lächeln, das Schlösser in Wolken erschaffen kann.

»Nun«, raunt er. »Dann bin ich froh, dass ich der Erste bin, der dir das sagen kann.«

Es ist wie im Traum. Wie in einem wunderschönen Traum. Ich kann es gar nicht fassen, aber mit Niklas ist alles so einfach, irgendwie federleicht.

Auch in den nächsten Tagen treffen wir uns, wann immer es geht. Nachdem er meinen Fuß untersucht und für tauglich befunden hat, zeigt er mir, wie man surft. Na ja, oder was man so Surfen nennen will. Er kann es, ich nicht. Aber bei ihm habe ich das Gefühl, dass ich mich überhaupt nicht genieren muss.

Neulich hat er mir sogar ein Geschenk gemacht: ein paar von diesen Strandschuhen in Rot mit weißen Punkten. Es ist dieselbe Optik wie bei meiner Sonnenbrille. Selbst die Größe der Füßlinge stimmt und sie sind wirklich bequem.

Wir verbringen viel Zeit am Strand, hinterlassen unsere Schuhabdrücke im Sand und sammeln Muscheln. Wir lachen über die gleichen Witze, necken uns ab und an und naschen gemeinsam Trüffel. Jeden Tag teile ich meine schokoladigen Gute-Nacht-Grüße vom Hotel mit ihm, wenn wir uns am nächsten Tag sehen.

Niklas erklärt mir allerhand über die Insel, und ich fühle mich geborgen und gut aufgehoben bei ihm. Es scheint, als wäre da zum allerersten Mal kein Haken.

Als ich heute Morgen aufgewacht bin und gerade zum Frühstück gehen wollte, lag ein kleiner Brief vor meiner Tür. Aufgeregt habe ich ihn geöffnet und gesehen, dass es eine Nachricht von Niklas war:

Wie wäre es heute mit einem besonderen Ausflug? Du und ich um 14:00 Uhr?

Ich warte auf dich in der Lobby.

Die Zeilen hat er in einer klaren Handschrift verfasst. Aber in meinem Inneren wirbelt alles durcheinander. Die ganze Situation mit uns kommt mir so unwirklich vor. Einfach viel zu schön, um wahr zu sein. Kann es wirklich sein, dass er mich genauso mag, wie ich bin? Dass wir uns wirklich mögen?

Mein Herz klopft heftig, denn so ist es nie zuvor gewesen. Bisher hat es immer einen Haken gegeben. Irgendwo. Manchmal findet man ihn gleich und manche verstecken sich. Das bereitet mir Sorgen, dass sich der Haken noch irgendwo verstecken könnte, während ich bereits mein Herz öffne, denn ja, ich mag Niklas. Ich mag ihn wirklich sehr.

Meine Gedanken kreisen, während ich mich auf unser nächstes Rendezvous vorbereite. Ich schlüpfe in ein paar Shorts, weil ich nicht weiß, was er vorhat, und ziehe ein weißes Shirt an.

Vielleicht küsst er ganz schrecklich, grübele ich. Denn geküsst haben wir uns bisher nicht. Dabei kann ich es ehrlich gesagt kaum erwarten, seine Lippen zu schmecken. Es hat mehrere Momente gegeben, in denen ich dachte, dass es gleich passieren würde. Momente, die mein Herz zum Stolpern gebracht haben, aber irgendwie ist es dann doch nicht dazu gekommen. Worauf Niklas wohl wartet?

Als ich gute zwanzig Minuten vor zwei mit dem Aufzug in die Lobby fahre, weil ich es nicht erwarten kann, ihn zu sehen, bin ich vorfreudig gestimmt. Vielleicht ist es wirklich so, dass es keinen Haken gibt.

Dann öffnen sich die Lifttüren und ich sehe, dass er bereits da ist. Allerdings mit einer hübschen, braunhaarigen Frau, die er gerade auf die Wange küsst. Es ist zwar nur die Wange, aber er küsst sie.

Es fällt mir schwer, die Lobby zu betreten, doch ich atme tief durch und raffe mich dazu auf. Wer sie wohl sein mag? Eventuell ist er sich doch nicht so sicher mit mir, und möglicherweise ist das der Grund dafür, dass er mich bisher nicht geküsst hat.

Mann, sie ist wirklich hübsch. Wie in Trance bewege ich mich auf die beiden zu und lausche ihrem Gespräch.

»Zu schade, dass ich schon gehen muss. Ich werde dich vermissen«, sagt sie.

Er nimmt sie in den Arm und drückt sie liebevoll. »Ich dich genauso. Es ist immer schön, wenn wir zusammen sind, und das genieße ich sehr.«

Er fasst sie bei den Schultern und schaut sie an. Sein Blick liegt weich auf ihr. Alles ist so vertraut. Viel zu vertraut. Und mit einem Mal wird es mir schmerzlich bewusst. Ja, da ist er. Der Haken. Groß und dick und fett.

Nicht nur mich mag er so gerne. In seinem Herzen ist doch noch Platz für andere Frauen. Das Gefühl, dass mein erster Instinkt bei ihm richtig gewesen ist, macht mich ganz benommen. Oh, ich habe die Geschichte, in der er bloß der fürsorgliche Arzt von nebenan ist, nur allzu gerne glauben wollen. Denn er ist toll. Richtig toll. Ein athletischer Hüne, attraktiv und sogar clever, charmant, aufmerksam und humorvoll. Mit einem Lächeln, das direkt in mein Herz strahlt.

Aber wie heißt es so treffend? Hörst du Huftrappeln, denk an Pferde, nicht an Zebras. Und wenn einer wirkt, als wäre er zu gut, um wahr zu sein, tja ... C'est la vie.

Erst will ich mich umdrehen und gehen, aber meine Beine gehorchen mir nicht. Steif und starr bleibe ich stehen. Mein Herz ruft seinen Namen und ich schulde ihm einen Abschied.

Also atme ich tief durch, überquere den weißen Marmorboden der Lobby und nähere mich den beiden. Meine Knie zittern und mein Brustkorb bebt. Es ist, als würden lauter Schauer über meinen Körper rinnen, die sich heiß und kalt anfühlen.

»Weißt du, was noch viel schlimmer ist, als jemanden nicht wirklich zu mögen?«, frage ich Niklas unumwunden, noch bevor er mich bemerkt hat. Er dreht sich zu mir um und mein bitterer Blick trifft ihn. »Es ihm vorzuspielen.«

Ich merke, wie aufgeregt ich bin. Meine Stimme zittert und ich habe das Gefühl, keine Luft mehr zu kriegen. Er sieht mich an mit seinen schönen Augen und wirkt irgendwie ertappt, was mich nur bestätigt.

»Also ist es so gewesen? Hast du mir alles bloß vorgespielt?«

Die Vorstellung, dass die letzten Tage nur Lug und Trug gewesen sein könnten, macht mich traurig.

»Du bist ja doch eifersüchtig«, erkennt er und lächelt nun sogar, was dem Ganzen die Krone aufsetzt.

»Und wenn es so wäre?«, frage ich. »Ja, ich gebe es zu. Ich bin eifersüchtig, weil ich dich mag. Das Schlimme daran ist, dass ich dachte, es würde dir genauso gehen, aber ...«

Ich halte inne und benetze meine Lippen. Mit einem Mal fühle ich mich, als würde alle Luft aus mir entweichen. Als würde ich zusammenschrumpfen wie mein Einhorn nach dem Baden.

Niklas greift nach meinem Arm und zieht mich ein Stück zu sich heran.

»Lass mich«, sage ich mit belegter Stimme, doch er stellt sich direkt vor mich hin und streicht mir eine Strähne aus der Stirn.

»Shhh«, beruhigt er mich. »Alles ist gut. Natürlich mag ich dich auch. Wie könnte ich nicht?«

Unsicher suche ich seinen Blick. »Aber wieso sehe ich dich dann ständig mit anderen Frauen?«

Seine Augen lächeln mich an. Da ist so ein Funkeln, das in ihnen glitzert wie Sonnenstrahlen auf den Wellen des Ozeans.

»Ich weiß, das klingt jetzt abgedroschen«, sagt er schmunzelnd, »aber es ist nicht so, wie es aussieht.«

Ich rolle mit den Augen, bleibe aber stehen, weil ich ihm so gerne glauben will. Vielleicht bin ich die dümmste, vertrauensseligste Frau auf diesem Planeten, aber vielleicht, und das muss ich mir selbst eingestehen, bin ich auch einfach nur verliebt. Und ich glaube fest daran, dass Liebe kostbar ist. Dass sie nicht einfach so passiert. Dass es sich lohnt, für sie zu kämpfen, und erst recht zu hoffen.

»Wie dann?«, wispere ich.

»Ich möchte dir jemanden vorstellen«, sagt er und deutet auf die Brünette. »Das ist meine Schwester Liliana.«

Ich blinzele verdutzt und schüttele den Kopf, als könnte ich damit das Gefühl des Déjà-Vus vertreiben.

»Aber deine Schwester ist blond und heißt Emily.«

»Das ist die andere«, erklärt er, wobei seine Mundwinkel zucken.

»Wo kommen die alle her? Wie viele Schwestern hast du?«

Jetzt grinst er. »Sie kommen aus Tübingen und es sind zwei. Glaub mir, das reicht.«

»Hey!«, protestiert Liliana. Sie zwinkert mir zu. »Du kannst mich Lily nennen.«

»Und du bist wirklich seine Schwester? Das ist kein Scherz? Keine Masche? Auch nicht *Versteckte Kamera*?«

Dabei kann ich die Ähnlichkeit der beiden jetzt sogar erkennen.

Sie lacht glockenhell und schüttelt den Kopf. »Nein, und er mag dich wirklich. In den letzten Tagen hat er Emily und mir von nichts anderem vorgeschwärmt.«

Erstaunt wandert mein Blick zwischen ihnen hin und her, wobei sich mein Puls beschleunigt, aber diesmal positiv. »Ach so? Erzähl mir mehr.«

Ich sehe sie mir genauer an. Nicht nur die Augenpartie ist bezeichnend für die Geschwister. Mir fällt auch ihr leichter Sonnenbrand auf, und dann entsinne ich mich, dass er mir schon mal von ihr erzählt hat. Dass sie ebenfalls vergisst, sich richtig einzucremen, und sich, so wie ich, öfters verbrennt.

»Eigentlich wollte Lily gerade gehen«, erinnert er sie.

Seine Schwester zieht eine Schnute. »Plötzlich will er mich loswerden. Da will wohl jemand Zeit mit dir allein verbringen«, verrät sie mir. »Ich weiß sogar, dass er ganz viel Zeit mit dir verbringen will.«

»Tschüss, Lily«, sagt er lachend. »Lily quasselt sich gerne fest. Dann braucht sie einen Schubs.«

Seine Worte klingeln in meinem Kopf. Noch so ein Déjà-Vu.

»Wenn du mich schubst, musst du mich erst desluxizilieren, bevor du knutschen kannst«, scherzt sie.

Er rollt mit den Augen und sieht mich leidgeprüft, aber schmunzelnd an. »Zum Glück hat sie nicht versucht, Medizin zu studieren. Sie erfindet Therapien besser, als sie zu lernen.«

»Ich bin mir sicher, dass es Desluxizapizza gibt«, beharrt sie.

»Ja, ja, deine Pizza gibt's gewiss in Nizza«, stimmt er zu. »Gute Fahrt.« Er winkt, um den Abschied zu unterstreichen.

Es ist offensichtlich, dass er seine Schwester von Herzen liebt, aber trotzdem will er jetzt lieber nur bei mir sein. Oh mein Gott. Mein Herz schmilzt dahin.

Wie habe ich nur eine Sekunde lang glauben können, dass er mich bloß täuschen wollte?

Tja, vielleicht bist du davon ausgegangen, mischt sich meine innere Stimme ein, *weil du einen Haken finden wolltest. Weil alles zu gut gewesen ist.*

»Ja, vielleicht ist das so«, murmele ich und beide sehen mich fragend an.

Doch dann lächelt Niklas sanft und erklärt seiner Schwester: »Denk dir nichts dabei. Das macht sie manchmal.«

Ups, ich habe wohl schon wieder laut gedacht.

Lily nickt. »Ich weiß schon, warum Niklas dich mag. Na gut, dann werden Emily und ich mal abreisen. Ich wollte mich nur noch ein letztes Mal von meinem vielbeschäftigten Bruder verabschieden, während sie schon mal das Auto holt, und ihm danken.« Er nickt, als sie ihn ansieht. »Du bist der Einzige in der Familie, der mich versteht. Also dann, wir hören uns, ja?«

»Das tun wir«, bestätigt er.

Sie schaut zu mir. »Habt eine schöne Zeit. Ich würde mich wirklich freuen, wenn wir uns wiedersehen. Mein Bruder hat nur Gutes von dir erzählt, und er hat nicht oft Verabredungen. Also ist es ihm wirklich ernst.«

»Liliana!«, ermahnt er sie.

»Ist doch wahr, also bis bald.«

Sie eilt von dannen und es fühlt sich so an, als wären wir nun ganz allein. Mein Herz pocht aufgeregt. Er hat also beiden Schwestern von mir erzählt und trifft sich sonst nicht mit anderen?

»Das war ein bisschen peinlich«, sagt er.

»Gut, dass dir das auch mal passiert«, glucke ich als echte Spezialistin für Pleiten, Pech und Pannen. »Aber es war auch mal wieder bescheuert von mir.«

Er grinst. »Du meinst, weil du mir ständig unterstellst, andere Frauen zu treffen? Sogar meine Schwestern?«

Niklas legt seine Arme um mich und ich erwidere die Berührung. Wie von selbst schmiege ich mich an ihn und es fühlt sich so natürlich an, als müsste es immer so sein. Sein Mund wandert an mein Ohr, und ich spüre seinen Atem in meinem Haar. »Mir gefällt, dass du eifersüchtig bist.«

Ein Schmunzeln legt sich auf meine Lippen. Ich stelle mich auf die Zehenspitzen und bringe nun wiederum meinen Mund an sein Ohr. »Und mir gefällt, dass ich gar keinen Grund dazu habe.«

Er nickt und sieht mich an. »Ich schätze, nachdem wir nun unsere Namen kennen und sogar voneinander wissen, dass wir uns mögen, ist es unvermeidbar, dass wir heiraten, Kinder kriegen und dass jemand ein Märchen über uns schreibt.« Er stößt den Atem aus. »Puh, zum Glück ist jetzt alles klar und wir brauchen keine peinlichen Momente mehr.«

Er kann so ein Schatz sein.

»Ich habe dir wirklich nicht immer meine besten Seiten gezeigt«, glukse ich.

Er schaut mir tief in die Augen. »Das sehe ich anders. Ich mag dich ja gerade wegen all der Seiten, die du mir gezeigt hast. Mir gefällt dein wahres Ich. Und auch wenn das gerade mal wieder ein bisschen schräg gewesen ist, ich mag dich, Anni. Ganz unverstellt.«

Mein Herz flattert auf schillernden Flügelschwingen davon. Ich kann kaum glauben, was er empfindet. Er mag mich. Trotz allem. Nein, gerade deshalb. Das ist verrückt, aber wunderschön.

»Weißt du, ich habe viele Frauen in meinem Umfeld, die mir ständig nur ihre beste Seite präsentieren.« Er zögert, bevor er fortfährt. »Denn meine Familie ist sehr vermögend. Deswegen verstellen sie sich und tun so, als wäre ich der Größte. Sie sind künstlich und perfekt gestylt. Aber du bist natürlich und ungezwungen. Du bist, wie du bist, und versuchst nicht mal, mir zu gefallen. Du tust es einfach von ganz allein. Du sagst mir, wenn dir etwas nicht passt, und ehrlich: Das mag ich total an dir.«

Mein Herz trommelt wilder als jede Buschtrommel. Wie schafft er es nur, so viele liebe Dinge zu mir zu sagen? Er trifft damit genau in mein Herz.

Okay, ich verliebe mich gerade. Ganz eindeutig. Und ein bisschen beängstigend ist es auch. Aber ich lasse es zu. Ohnehin könnte ich inzwischen nicht mehr anders für ihn fühlen. Er hält mich wie ein sicherer Fels in der Brandung. Zur Not könnte er jede Welle reiten. Instinktiv weiß ich, dass er einfach so ist.

»Okay, wo gehen wir hin? Du wolltest mir doch was zeigen?«

Er stupst meine Nasenspitze an. »Etwa neugierig?«

»Ja, Herr Doktor.«

Das entlockt ihm ein Grinsen. Sein helles Haar glänzt in der Sonne. Die Strahlen dringen durch die Fenster im Eingangsbereich und tauchen alles in dieses freundliche Licht, das mich schon bei meiner Ankunft im Hotel verzaubert hat.

»Okay, ich diagnostiziere chronische Neugier im Endstadium und verschreibe dagegen eine kleine Unternehmung.«

Das Shirt, das er trägt, umspannt seine Muskeln. Er ist einfach ein Hingucker. Dazu hat er dieses weiche Lächeln, das mich mühelos betört.

»Was machen wir denn?«

»Oh, wir werden schwindelerregend hoch in die Lüfte steigen.«

Oh Gott, was hat er vor? Nicht auszudenken, wenn er so was geplant hat wie Drachenfliegen oder Bungeespringen oder diese eine Sportart, bei der man an einem Schirm hängend in die Luft gezogen wird.

Ich habe zwar keine Höhenangst, aber ich mag es nicht, wenn ich ohne Flugzeug fliegen soll. Was das angeht, bin ich eher langweilig veranlagt. Ich will nicht mit einem Fallschirm springen und auch nicht Wildwasser-Rafting machen. Für mich ist es schon Action, wenn ich eine Chipstüte aufreiße und alle Chips herausfallen.

»Um ehrlich zu sein …«

Er lacht, als er meinen zerknirschten Gesichtsausdruck sieht. »Das war nur ein Spaß, mach dir keine Sorgen. In Wahrheit habe ich mir etwas ganz anderes ausgedacht, das dir sicher gefällt.«

Puh, noch mal Glück gehabt.

»Und was machen wir?« Ernsthaft, ich sterbe vor Neugier.

»Wir machen einen Sand-Yoga-Workshop, gute Idee?«

Er will mich veralbern, ganz eindeutig, also knuffe ich ihn in die Seite.

»Jetzt sag schon!«, verlange ich und bewege mich bereits auf den Ausgang zu, doch er hält dagegen.

»Stopp! Andere Richtung.«

Verwundert blinzele ich durch die Lobby. Da geht es nur zu den Konferenzräumen, den Aufzügen, dem Frühstücksraum oder dem Fitnessstudio.

»Wir bleiben hier? Im Hotel?«, vergewissere ich mich.

»Vorerst schon. Wollen wir?«

Ich mag es, wenn er lächelt, und nicke.

Er zeigt zu den Fahrstühlen. »Wir müssen dort entlang.«

»Du bist gerne geheimnisvoll, oder?«

Er wackelt mit den Augenbrauen. »Unbedingt. Funktioniert es denn?«

Ich grinse ihn frech an. »Klar, das und der Umstand, dass deine Familie reich ist.« Wie beiläufig erkundige ich mich zum Spaß: »Wie reich eigentlich?«

Er gibt sich grüblerisch. »Sagen wir äußerst reich.«

Eigentlich wollte ich ihn nur necken, doch die Vorstellung ist verrückt. Ich meine, er ist sowieso schon der tollste Mann, den ich je getroffen habe –und zwar mit Abstand – und jetzt ist er auch noch so eine Art Millionär? Das kann echt nicht sein.

»Männer wie dich gibt's gar nicht«, murmele ich.

Er lacht und drückt meine Hand. »Fühlt sich das etwa nicht echt an?«

Sofort habe ich Schmetterlinge im Bauch, weil wir Händchen halten. »Doch, sehr sogar. Und trotzdem ist es irgendwie unglaublich.«

Er nickt. »So geht es mir auch, Anni. Lass uns einfach schauen, was draus wird.«

Meinen Namen aus seinem Mund zu hören, fühlt sich immer wieder besonders an. So, als wäre *ich* jemand Besonderes.

Wir steigen in den Aufzug und Niklas drückt auf die Taste für das Untergeschoss. Damit hätte ich nicht gerechnet. Was sich dort wohl befindet? Vielleicht die Garage. Könnte doch sein, dass er sein Auto hier geparkt hat und wir gleich in den Sonnenuntergang düsen. Wobei das um zwei Uhr am Nachmittag etwas verfrüht wäre.

»Noch ein kleines Ständchen, bevor wir aussteigen?«, neckt er mich. »Ich hätte auch nichts gegen ein Duett.«

Unsere Blicke begegnen sich im Spiegel. Er ist witzig, wirklich, und ich mag das. Dieses Pingpong zwischen uns.

Der Lift stoppt und wir steigen aus. Der Flur vor uns ist hell erleuchtet. Niklas führt mich durch die Gänge und wir landen in einem großen Raum, in dem reges Treiben herrscht. Geschirr scheppert und Töpfe werden gespült. Ganz eindeutig sind wir in der Hotelküche gelandet.

Niklas hebt grüßend die Hand. »Ich suche Hendrik. Ist er da?«

Eine Frau mit Haarnetz auf dem Kopf antwortet ihm: »Er ist schon drüben in der kleinen Küche und wartet auf euch.«

Wie es aussieht, hat sich Niklas etwas Spezielles einfallen lassen, und mir gefällt, dass er sich solche Mühe für mich gibt. Ich bin wirklich gespannt, was wir machen. Vielleicht die Küche leer futtern?

Er dreht sich zu mir und deutet durch den Raum.

»Da vorne geht's lang. Folgst du mir?«

Erneut reicht er mir seine Hand, und ich ergreife sie. Als wir uns berühren, funkt es sogar kurz, als wäre all das Knistern zwischen uns echter Strom.

Es geht nur wenige Schritte durch einen weiteren Flur, dann biegt Niklas ab und öffnet die Tür zu einem kleinen Raum, in dem es unverkennbar nach Schokolade duftet.

Ein langer Tisch, der als Arbeitsplatte dient, steht dort und davor ein Mann mit leichtem Bartschatten, einer Kochschürze um die Hüften und einer Haube auf dem Kopf.

»Herzliche willkommen in meiner kleinen Schokoladenfabrik«, begrüßt er uns fröhlich. »Ich bin Hendrik und Sie müssen Anni sein.«

Ich nicke. »Ja, hallo.«

»Niklas hat mir verraten, dass Sie gar nicht genug von Schokolade und gerade auch von unseren Trüffeln bekommen können. Also hat er mich gefragt, ob ich euch zeige, wie man sie herstellt. Beziehungsweise wollte er, dass wir alle zusammen ein paar Pralinen herstellen. Was sagen Sie? Haben Sie Lust?«

Ich juchze vergnügt. Was für eine schöne Idee!

Nicht nur ist Niklas niemand, der meckert, wenn ich zu viel nasche, nein, er bringt mich sogar in dieses Schokoladenparadies.

Strahlend schaue ich zu ihm. »Danke schön, wie lieb von dir. Ich kann wirklich nicht genug von Schokolade bekommen. Wie hast du das bloß arrangiert?«

Obwohl ich Niklas anspreche, ist es Hendrik, der für ihn antwortet.

»Oh, ich tue das gern für ihn. Der gute Doc hat mich neulich erst eingerenkt und mir damit viele Schmerzen erspart, da ist das doch das Mindeste.«

Er zwinkert freundlich. Dann deutet er auf zwei Schürzen, die schon bereitliegen, und auf ein paar hohe Gläser, die er nun auffüllt. »Also, dann wollen wir mal. Zuerst den Sekt und danach die Schürzen. Oder wie ihr möchtet«, fügt er an, als wir sie uns bereits umbinden.

Dann lassen wir die Gläser klirren und gönnen uns einen Schluck Sekt zum Auftakt. Sogleich breitet sich ein warmes Prickeln in meinem Bauch aus. Gemischt mit dem Duft der Schokolade und Niklas' Anwesenheit fühle ich mich rundherum glücklich und ein bisschen wie im Film *Chocolat*, auch wenn wir uns in keinem verschlafenen französischen Dorf befinden und diese Küche bei Weitem nicht so urig ist.

Hendrik zeigt uns, wie die Pralinen hergestellt werden. Er deutet auf die Schokoladen in Rohform, erzählt von den Kakaobohnen, die noch den echten puren Geschmack haben und Phenylethylamin enthalten, einen Stoff, der den Kreislauf in Gang bringt, glücklich macht und die Lust steigern soll.

Sofort spüre ich, wie mir die Hitze in die Wangen steigt und Niklas meinen Blick sucht.

»Außerdem regt Schokolade die Fantasie an«, erläutert Hendrik und reicht uns jeweils zwei Stückchen zum Probieren.

Als ich die dunkle Schokolade mit dem hohen Kakaoanteil in den Mund nehme und sie ganz zart auf meiner Zunge zergeht, seufze ich selig mit geschlossenen Augen.

»Eine Genießerin«, bemerkt Hendrik.

Als ich die Augen wieder öffne, sehe ich, wie er Niklas einen verschwörerischen Blick zuwirft. »Frauen, die genießen können, sind Gold wert.«

Er zwinkert, und meine Wangen glühen erneut.

»Ja, das sind sie«, sagt Niklas, während er mich betrachtet. Er sucht meinen Blick, und ich wünschte, ich könnte ihn genau jetzt einfach küssen. Ich wünschte zu wissen, wie gut er schmeckt.

»Nun, aber weiter. Jetzt machen wir uns an die Zubereitung.« Hendrik zeigt uns, welche Zutaten vermischt werden müssen. Er erzählt uns, dass der Sanddorn-Champagner für ihre Haustrüffel wichtig ist, genauso wie der Küstennebel und der Sternanislikör. Ebenso wie die Ganache – eine Creme aus Kuvertüre und Sahne. Die Kuvertüre machen wir aus gebrochener Schokolade. Dann kochen wir den Rahm auf, lösen die Stückchen darin auf und verrühren alles miteinander.

Schließlich wird gekostet, was mir als Naschkatze am besten gefällt. Ich seufze, weil es so lecker schmeckt, auch wenn ich aufpassen muss, mir nicht die Zunge zu verbrennen.

Die Mischung geben wir in einen Spritzbeutel und füllen damit die Pralinenkörper. Es macht Spaß, Seite an Seite mit Niklas zu arbeiten und diese kleinen, aber feinen Köstlichkeiten zu erschaffen. Dann verschließen wir unsere Kreationen, indem wir sie mit erhitzter Schokolade umhüllen.

»Schon ganz hübsch, oder?«, meint Hendrik zufrieden, und wir bewundern die vielen Pralinen vor uns. »Aber wir sind noch nicht fertig, denn jetzt kommt die Königsdisziplin.« Lächelnd deutet er auf ein Gitter und eine Zange. »Das ist ein Pralinengitter und hier haben wir eine Pralinenzange. Jetzt salben wir die Bällchen mal so richtig ein. Mit Trüffelcreme oder Kakaobutter – der Fantasie sind keine Grenzen gesetzt. Aber wir wollen die typischen stacheligen Trüffel erzeugen.«

Hendrik prüft noch einmal die Kuvertüre, bis er mit der Konsistenz zufrieden ist. Dann will er, dass wir es versuchen, und so benetzen wir die Pralinen erneut mit Schokolade. Nachdem wir sie eingetaucht haben, legen wir sie auf das Gitter, lassen den Überzug für eine knappe Minute anziehen und rollen dann alles über das Gitter, bis die klassische Igelform entsteht. Na ja, in der Theorie jedenfalls.

Ich spähe zu Niklas, der wesentlich mehr Geschick an den Tag legt als ich. Möglicherweise liegt es an seinen magischen Händen.

Als er lächelnd hinter mich tritt, um mir zu helfen, spüre ich einmal mehr dieses Kribbeln in meinem ganzen Körper, diese Hitze in meinem Bauch. In seiner Nähe geht es mir wirklich gut. Vielleicht, weil wir keine Spiele spielen und alles geklärt haben. Weil es so, wie es ist, echt ist. Und genau das hat mir wirklich gefehlt. Er füllt eine Leere, die schon viel zu lange da gewesen ist. Dabei kennt er die Macht, die er über mich hat, nicht einmal.

»Das war es schon«, sagt Hendrik, als die fertigen Kugeln vor uns abgekühlt sind. »Natürlich gibt es viele Möglichkeiten, die Kugeln zu rollen, aber ich dachte, ich zeige euch heute mal die Variante mit den fertigen Rohkörpern, was hoffentlich trotzdem Spaß gemacht hat« Er hebt den Finger, als müssten wir nun gut aufpassen. »Aber jetzt das Wichtigste.« Er lächelt und mir läuft das Wasser im Mund zusammen. »Das Genießen.«

Ich will mir schon einen Trüffel stibitzen, als ich Niklas sagen höre: »Das ist großartig, aber kannst du sie uns einpacken?«

»Was?«, stammele ich und will mir trotzdem einen nehmen.

Niklas fängt meine Finger ein und haucht mir einen Kuss darauf. »Gleich, nur ein bisschen Geduld noch.«

»Oh, Geduld, Geduld ...«, grübele ich. »Davon habe ich schon mal gehört, aber ich glaube, in Nürnberg haben wir sie großflächig abgeschafft.«

Er lacht, doch er bleibt eisern. Keine Trüffel für die arme Anni.

»Was soll das werden?«, wundere ich mich. »Gerade du als Orthopäde müsstest doch wissen, dass mein Magen knackt und desluxidizidingst, wenn ich nichts naschen darf.«

»Vertraust du mir?«, fragt er amüsiert, und ich versinke in seinen meerblauen Augen.

Ich nage an meiner Lippe, schenke ihm dann einen Augenaufschlag und nicke. Denn ja, das tue ich. Sogar deutlich mehr als meiner Mutter mit den Blumen. Wie es denen wohl geht? Mama ist so verdächtig still bei WhatsApp.

Das könnte mich kümmern, aber Niklas' Gegenwart vereinnahmt mich völlig.

14

»Warum konnten wir sie nicht gleich verputzen?«, frage ich, als wir vor dem Hotel stehen.

Niklas gibt sich geheimnisvoll. »Weil ich dir etwas viel Schöneres zeige, wo wir sie essen können, als eine Hotelküche.«

Oh, er macht mich neugierig. Ich frage mich, was er noch vorhat, weil diese Überraschung mit der privaten Trüffelherstellung bereits so gelungen war, dass es sich schwer übertreffen lässt.

Das denke ich zumindest, als ein Mann mit einer Fahrradkutsche angeradelt kommt.

Ich grinse. »Ist das etwa unsere Kutsche?«

Er nickt und betrachtet mich, als wollte er meine Reaktion einschätzen, während das Gefährt vor uns anhält. »Ja, allerdings ist es keine mit Pferden.«

»Das macht doch nichts«, sage ich gerührt, und Niklas lächelt zufrieden.

»Aber keine Sorge«, erklärt der Mann mit nordischem Dialekt. »Ich bin auch sehr gut im Strampeln.« Dabei klopft er stolz auf seinen Oberschenkel, als würden sich darin Muskeln wie Stahlseile befinden.

»Einsteigen!«, ruft er laut wie am Fischmarkt. »Nächster Halt ist geheim.«

Ich mag seinen Dialekt, der mich, ohne es böse zu meinen, an Hein Blöd von *Käpt'n Blaubär* erinnert.

»Nach dir«, sagt Niklas und reicht mir seine Hand, damit ich hineinklettern kann. Ich nehme auf der hinteren Sitzbank Platz und Niklas setzt sich direkt neben mich.

Der Fahrer dreht sich kurz zu uns herum und sucht Niklas' Blick.

»Sie wissen Bescheid«, sagt Niklas, und der Fahrer nickt und tippt sich an seine Mütze.

Dann fährt er an und tritt ganz schön flott in die Pedale. Es geht an der Promenadenstraße entlang, immer weiter, vorbei an Dünen und Gräsern, Ferienhäusern und langen Sandbänken. Es fühlt sich herrlich an, in der Fahrradkutsche zu sitzen. Der Wind weht uns durchs Haar und die Luft duftet so unverkennbar nach dem weiten Meer. Doch es ist nicht kalt, denn trotz der schnell ziehenden Wolken am Himmel ist es mild, und dort, wo sich die Sonne ihren Weg durch den Himmel bricht, hüllt sie die grauen Wolken in einen goldenen Schein.

Ich habe längst jedes Zeitgefühl verloren. Erst die Pralinen, dann die Fahrt. Es muss schon später Nachmittag sein, aber das Licht ist so unwirklich, eine Mischung aus Grau und Gold. Mir kommt es vor, als wären wir von allen irdischen Maßstäben losgelöst. Niklas und ich halten uns an den Händen und haben unsere Finger miteinander verwoben. Immer wieder werfen wir uns Blicke zu, die mein Herz in der Brust hämmern lassen. Und auch mein Magen hüpft und kribbelt nicht nur von der schaukelnden Kutschfahrt.

Ich bin fast scheu, als ich ihn betrachte. Oh Gott, er geht mir total unter die Haut. Wenn er lächelt und ich in seinen blauen Augen gefangen bin, halte ich mich noch mehr an seiner Hand fest, um nicht ganz taumelig zu sein.

»Anni«, flüstert er meinen Namen und lächelt.

»Niklas«, wispere ich zurück.

Dann wirft mich ein Stolperstein, über den das Kutschrad rumpelt, in seine Arme, und er zieht mich in die Wärme seiner Berührung.

»Hoppla!«, feixt unser Kutschfahrer, doch mir ist ganz warm ums Herz.

Könnte es wirklich sein, dass Niklas mein Niklas ist? Ach, in diesem Moment würde ich alles dafür geben.

Kurz darauf kommt die Kutsche zum Stehen. Ich brauche einen Augenblick, um zu realisieren, dass wir angehalten haben, und sehe mich um. Es scheint so, als wären wir irgendwo im Nirgendwo, mit nichts vor uns als den Strand. Doch dann gleitet mein Blick weiter und ich sehe auf zu einem Leuchtturm.

»Danke für die Fahrt«, sagt Niklas und bezahlt den Mann. »Stimmt so.«

Der Fahrer nimmt die Scheine wohlwollend entgegen. »Danke sehr. Einen schönen Abend wünsche ich noch.«

»Gleichfalls.«

Wir klettern aus dem Gefährt. Niklas geht voran und hilft mir dann heraus. Als wir festen Boden unter den Füßen haben, wirft der Mann einen Blick zum Himmel und radelt davon.

Ich spähe zum Leuchtturm, einem rot-weißen Gebilde, das über der hohen Düne aufragt und sich dem grau-goldenen Himmel entgegenreckt. Er ist wirklich hübsch anzuschauen, eingerahmt in das wogende Dünengras. Das Licht wirkt schwer und satt und hat die Farbe von Katzengold. Alles sieht aus wie gemalt. Der Anblick unterstreicht das surreale Gefühl in meinem Bauch nur noch.

»Sag nicht, dass wir da rauf dürfen!«, staune ich und merke, wie mein Herz flattert.

Wie wunderschön ist das denn? Ich habe schon immer mal auf einen Leuchtturm steigen wollen. Was muss das für eine endlose Weite dort oben sein? Als würde man fliegen wie ein Seevogel mit nur den Wellen unter dem Bauch.

»Ja, wir dürfen. Heute ist er am Abend geöffnet.« Niklas deutet auf die Schachtel, in der unsere Pralinen verstaut sind. »Und ich dachte mir, dass es dich nicht stören würde, wenn wir die Schokolade bei solch einer Aussicht genießen. Rundum das Meer ...«

»Das ist eine tolle Idee«, lobe ich ihn.

»Dann lass uns gehen.«

Hand in Hand schlendern wir in Richtung Turm und steigen die Düne hinauf zu einem Nebengebäude mit Laternendach, das sich unmittelbar beim Leuchtturm befindet. Es ist nicht viel los. Nur ein einsamer Mann sitzt hier unten im Haus. Er stellt sich als Leuchtturmführer Matti vor und kassiert einen winzigen Betrag ab, der, wie er uns erklärt, für die Instandhaltung genutzt wird.

Da im Inneren alles aus Holz ist und die Treppe nicht beschädigt werden soll, bekommen wir einen Schutzbezug für unsere Schuhe, den wir überziehen.

Matti erzählt uns, dass der Turm schon seit über einhundert Jahren im Betrieb ist und zusammen mit der Düne, auf der er steht, rund fünfzig Meter hoch über dem Meeresspiegel aufragt.

»Das Licht des Leuchtturms kann man bis zu neunzehn Seemeilen weit sehen, das sind über fünfunddreißig Kilometer«, erläutert er und reibt sich die Nase. »Sie können dort oben also weit gucken.«

Ich bin sehr gespannt, was uns bei der Führung erwartet, und spähe neugierig zur Treppe hoch.

»Dann kommt mal mit«, sagt er und wir steigen die Wendeltreppe nach oben. Dabei gehen wir an Bildern vorbei, die uns die frühere Umgebung zeigen. Ein Zimmer ist eingerichtet wie früher und soll den Gästen vergegenwärtigen, wie ein Turmwächter gelebt hat.

»Hier in der Mitte des Turms, wir sind jetzt etwa auf Höhe des weißen Rings, den man außen sehen kann, hat sich von 1914 bis 1933 die kleinste Schule Deutschlands befunden. Da waren so zwei bis fünf Schüler.« Er grunzt belustigt. »Das müssen echte Leuchten gewesen sein – so im Leuchtturm.«

Doch das Romantischste, was ich je gesehen habe, ist das Trauzimmer. Es befindet sich in der siebten Etage und Matti erklärt uns, dass man hier den Bund fürs Leben schließen kann.

»Hundertundeins Stufen ins Glück sage ich immer.« Er deutet auf die Treppe. »Ich habe sie gezählt.«

Der Raum ist klein und schnucklig. Man könnte ihn auch als eng beschreiben, doch ich finde es intim und ansprechend. Das weiße Holz, die zierliche Bank mit den rosa Bezügen, der winzige Tisch – als wäre man in eine Puppenstube gestolpert.

»Da können nur die Brautleute und ihre Trauzeugen sitzen«, erläutert Matti. »Falls noch mehr kommen, müssen sie stehen.« Er macht eine vage Handbewegung. »Aber ich würde nicht mehr als neun mitbringen. Wäre das nicht auch was für Sie beide?«, schlägt er vor. »Es haben sich schon über zweitausend Eheleute getraut.«

»Das ist auf jeden Fall was Außergewöhnliches«, bemerkt Niklas.

Der Gedanke, hier oben tatsächlich einmal vermählt zu werden, erscheint mir unvergleichlich schön. Es ist so romantisch und liebevoll gestaltet mit vielen hellen Blumen und Gestecken. Mir gefallen auch die Kompasse, die wohl für die richtige Richtung im Leben angebracht wurden.

Wir gehen weiter und Matti veranschaulicht uns anhand von Bildern, wie sich alles verändert hat. Dabei denke ich unweigerlich an die Veränderungen in meinem eigenen Leben und wie schön ich es gerade mit Niklas finde. Dennoch ist alles so offen und unklar, eingehüllt in diesen Urlaubskokon, der so wenig mit der echten Welt zu tun zu haben scheint. Und als wir auf die Plattform hinaustreten, fühlt es sich noch surrealer an, scheinbar schwebend über der Erde.

Hier oben ist es atemberaubend. Die Plattform läuft einmal rundherum und die Aussicht erstreckt sich zu allen Seiten. Es kommt mir so vor, als könnte ich über die gesamte Insel blicken, und das Meer dehnt sich bis zum Horizont aus.

»Dann lasse ich Sie mal das Panorama genießen, aber keine Dummheiten machen«, scherzt Matti und lässt Niklas und mich allein.

Niklas holt die Schachtel mit den Pralinen hervor und klappt den Deckel auf.

»Welche willst du?«, fragt er mich und hält sie mir hin.

Ich betrachte die leckeren Kugeln und lasse meinen Finger suchend darüber schweben. Schließlich verharre ich über einem Trüffel mit dunkler Schokolade.

»Warte«, sagt Niklas und nimmt ihn zwischen Daumen und Zeigefinger. Dann führt er ihn an meinen Mund. Wie von selbst öffnen sich meine Lippen und ich lasse mich von ihm füttern.

Die kräftige Schokolade schmeckt köstlich. Sie knackt zwischen meinen Zähnen und dann zerschmilzt die Füllung auf meiner Zunge.

»Oh mein Gott«, stöhne ich vielleicht ein wenig zu ekstatisch, denn Niklas grinst.

»Gut?«

»Mehr als das«, seufze ich. Denn deute ich auf die Pralinen. »Und welche willst du?«

Er zeigt auf eine hellere, und diesmal greife ich danach und schiebe ihm die kleine Kugel zwischen seine Lippen. Vielleicht ist es Zufall, doch der Blick aus seinen Augen lässt meinen Bauch wild kribbeln, als er nicht nur den Trüffel mit seinem Mund umschließt, sondern auch meine Fingerkuppen.

Seine Lippen sind so sexy und sinnlich. Ich kann gar nicht wegsehen und habe einen Kloß im Hals, als ich frage: »Und? Gut?«

Auch er seufzt und nickt. Dann haucht er mir einen Kuss auf die Fingerkuppen, die noch immer vor seinem Mund schweben.

»Mehr als das«, greift er meine vorherigen Worte auf.

Ich spüre ein unbändiges Flattern im Bauch, stark und heftig, als wir uns tief in die Augen sehen. Der Wind rüttelt an unseren Haaren und der Moment ist einfach magisch, so hoch oben fühlt es sich mit ihm geradezu himmlisch an.

»Es ist so schön hier«, flüstere ich mit belegter Stimme.

»Ja, das finde ich auch«, raunt er.

Unsere Blicke sind wie zwei Magnete. Ich kann nicht mehr fortsehen, nicht einmal auf die Pralinen.

»Oh Gott«, murmele ich.

»Anni«, sagt er meinen Namen. Seine Stimme ist tief und männlich.

Eine Gänsehaut legt sich über meine Arme. Ich atme die Luft ein. Er ist mir so nah, dass sich der Geruch des salzigen Meeres mit seinem Duft vermischt und mir die Sinne raubt. Ich will an ihm schnuppern, ihn küssen und kosten, über seine Haut lecken und mich vergessen.

In seinem Blick finde ich eine ganz ähnliche Glut, die mich förmlich versengt.

»Wenn du jetzt auch noch gut küssen kannst«, murmele ich, »kann ich für nichts mehr garantieren.«

Sein Blick wird dunkel verhangen, als würde er die Herausforderung annehmen. Er nickt.

»Auf deine Gefahr, Anni«, raunt er und zieht mich in seine Arme. Er ist so groß und stark, sein Körper so heiß und fest. »Wenn du gut küsst, kann ich auch für nichts mehr garantieren.«

Dann senkt er seinen Kopf zu mir herab. Ein Arm schlingt sich um meine Taille, der andere gleitet durch mein Haar und umfasst meinen Nacken.

Mein Herz bleibt stehen und ich halte den Atem an. Nur noch Millimeter. Nur noch der Bruchteil einer Sekunde. Und dann passiert es. Seine Lippen legen sich auf meine, und als sie sich berühren, ist es, als ob das Meer aufbraust und hunderte Wellen durch mich hindurch branden. Es ist aufreibend und magisch. Sanft und intensiv zugleich. Dieser Kuss schmeckt nach so viel mehr als Schokolade. Er trägt ein Versprechen von Sommer und Leichtigkeit, Leidenschaft und Glück in sich. Ich schmelze dahin in Niklas' Armen, sauge seinen Duft in meine Nase und atme seinen Atem ein.

Okay, er kann küssen. Sogar unfassbar toll küssen.

Also wo ist der Haken?

Kein Haken, flüstert meine innere Stimme.

Und die Erkenntnis lässt mich ganz taumelig werden. Zum ersten Mal seit Ewigkeiten stimmt einfach alles.

Ich kann gar nicht genug kriegen, sondern will immer mehr und mehr von ihm. Ja, ich kann für nichts mehr garantieren. So viel steht fest. Ich schmiege mich an Niklas und grabe meine Hände in den Stoff seines Hemdes. Der Wind frischt auf und meine Haare wogen um unsere Gesichter.

Plötzlich räuspert sich jemand hinter uns.

»Ich muss euch leider runterholen«, ruft Matti. »Es sieht nämlich stark nach Regen aus.«

Ich erinnere mich, wie der Radfahrer vorhin nach einem Blick in den Himmel getürmt ist, und tatsächlich haben sich die Wolken zu einer dunkelgrauen Decke zugezogen. Wir sind so vertieft gewesen in unseren Kuss, dass die Welt um uns herum hätte versinken können.

Zu schade, dass wir nun gehen müssen. Dieser Kuss hier oben ist einfach perfekt gewesen. Was für ein magischer erster Kuss!

Ich lächele Niklas an. »Danke, das war ein toller Tag.«

Er streicht mir eine Strähne aus dem Gesicht. Der Wind wird immer beharrlicher. »Nur ein toller Tag?«, neckt er mich. »Keine Sorge, wir sind noch nicht fertig.«

Seine Worte lösen einen vorfreudigen Tumult in meinem Inneren aus. Ich folge Matti den Turm hinab. Niklas ist dicht hinter mir und dabei so nah, dass ich immer wieder seinen Körper spüre. Selbst wenn ich ihn hinter mir nicht sehe, bleibt diese Nähe zwischen uns bestehen.

Als wir unten aus dem Turm treten, bedanken wir uns, und Matti wünscht uns viel Glück.

»Vielleicht sehen wir uns bei einer kleinen Trauung im Turm wieder«, scherzt er, und ich sehe zu Niklas, der mich angrinst.

»Wer weiß?«, ruft er nur heiter.

Dann fasst er nach meiner Hand und wir machen uns auf den Weg zurück. Wir sind noch nicht weit gekommen, als ein riesiger Regentropfen auf Niklas' Nase landet. Mit einem Mal öffnet der Himmel seine Schleusen, und es beginnt, heftig zu prasseln. Dicke Tropfen klatschen auf die Erde herab und durchnässen uns binnen kürzester Zeit. Es ist ein Regenguss, wie man ihn aus Geschichten kennt.

»Schnell, hier entlang!«, ruft Niklas und zieht mich auf eine Bushaltestelle zu.

Wir rennen die Straße hinunter, als ein Blitz den Himmel zerreißt und ein kräftiges Donnergrollen folgt. Schlagartig nimmt der Guss noch zu.

»Ah!«, quieke ich und blinzele das Wasser aus meinen Augen.

Als wir den Unterstand erreichen, sind wir längst klatschnass. Ich spüre die Nässe bis zu meiner Unterwäsche, direkt auf meiner Haut. Selbst meine Schuhsohlen schmatzen beim Auftreten. Völlig außer Atem wische ich meine durchnässten Haare über eine Schulter und wringe sie aus.

»Das gibt's nicht, wo kommt der Regen so schnell her?«, frage ich und schaue zu Niklas.

Schlagartig fällt mir auf, wie sexy er ist, so komplett durchnässt. Die Konturen seiner Muskeln schimmern durch den Stoff des Hemdes. Als er sich bewegt, treten seine Muskeln noch deutlicher hervor. Oh mein Gott, ich kann nicht wegsehen.

Doch dann wird mir bewusst, dass auch ich völlig durchnässt bin und dass mein Top, welches ja weiß ist, wahrscheinlich völlig durchsichtig ist. Langsam blicke ich an mir hinab und halte mir instinktiv die Hände vor die Brüste.

Ja, den Wet-T-Shirt-Contest würde ich definitiv gewinnen. Daran ändert auch die zarte weiße Spitze meines Büstenhalters nicht viel. Verdammt, warum trage ich keine gepolsterten Modelle?

»Mich stört es nicht«, sagt Niklas schelmisch und fährt sich durch sein klammes Haar. »Diese Aussicht ist auch sehr schön. Sogar noch viel besser als die vom Leuchtturm. Was die Leute immer gegen Regen haben?«

Ich knuffe ihn in die Seite, und er grinst. Als ich meine Hand zurücknehmen will, um erneut meine Brust zu bedecken, fängt er sie in der Luft ein und hält sie fest. Dann streicht er über meinen Arm zur anderen Hand und hält auch diese.

»Was machst du da?«

»Händchen halten«, antwortet er arglos. Dabei lässt er mich nicht aus den Augen. Ein Stöhnen dringt über seine Lippen. »Verdammt, Anni, du bist so schön.«

Ich schlucke und kriege weiche Knie. Um uns herum versinkt die Insel im Regen, doch hier, im Schutz der kleinen Bushaltestelle, gibt es nur uns zwei.

Verlegen nage ich an meiner Lippe, doch ich nutze die Gelegenheit, um auch ihn ausgiebig zu betrachten. Sein Anblick gefällt mir über alle Maßen. Und wenn ich die Macht besitze, dieses Prachtexemplar von einem Mann zu betören, soll es mir absolut recht sein.

Mit den Sekunden, die verrinnen, schwindet auch meine Scheu. Ja, ich will ihm gefallen, will sein Kopfkino entfachen, will ihn für mich. Nur für mich. Vielleicht für immer.

Aber ach, was denke ich da nur nach so wenigen Tagen? Und dennoch, kann es sein, dass wenn man den einen richtigen Mann trifft, dass man dann einfach weiß, dass es Schicksal ist?

Ich hoffe es mehr als der Horizont weit ist, mehr als der Regen Tropfen hat, mehr als der Strand Sand in sich birgt. Sylt ist immer ein Sehnsuchtsziel für mich gewesen. Was, wenn es mir bestimmt war, Niklas hier zu begegnen?

»Woran denkst du gerade?«, raunt er.

»Soll ich mutig sein und es dir sagen?«, wispere ich.

Er zieht mich in seine Arme und nickt. »Du glaubst nicht, was ich dafür geben würde, deine Gedanken lesen zu können.«

»Vielleicht lasse ich mich mit einem Trüffel bestechen.«

Er lächelt und nickt. Dann kramt er die Schachtel hervor und führt direkt eine dunkle Praline an meine Lippen. Inzwischen kennt er also sogar meine Vorlieben.

Ich lasse mir den Trüffel auf der Zunge zergehen, während er selbst einen nascht.

»Mmmh, von diesen Trüffeln kann ich nicht genug kriegen.«

Er lächelt. »Und ich kann von dir nicht genug bekommen.«

Seine Worte machen mir Mut. Ein Auto fährt vorbei und das Wasser spritzt fast bis zu unseren Füßen. Es hinterlässt Kreise auf den vollen Pfützen. Kreise, die sich ausbreiten, während sie von neuen Regentropfen bedeckt werden. Alles fließt ineinander und die Kreise schließen sich. So, wie manchmal alles zu einem bestimmten Moment zusammenläuft.

Niklas legt seinen Daumen unter mein Kinn, um es anzuheben. »Also?«

Wir schauen einander direkt in die Augen und mein Herz läuft über für ihn.

»Ich wollte mich hier nicht verlieben«, gestehe ich, und es entfaltet einen ganz eigenen Zauber, die Worte laut auszusprechen. »Ich wollte nur ich sein. Und weißt du was? Das war ich. Und jetzt bist du hier. Ich habe mich gefunden und ich habe gleichzeitig dich gefunden. Aber ...«

Sein Daumen reibt über meine Unterlippe, flüchtig und zart. »Aber?«

Ich sauge den Atem ein und seufze. »Die ganze Zeit über habe ich nach einem Haken gesucht. Weil es bisher immer einen gegeben hat. Mindestens einen. Also sag mir: Wo ist der Haken?«

Denn wenn es ihn doch geben sollte, würde es nur schwer zu ertragen sein.

Niklas sieht mich fragend an. »Ich weiß es nicht.«

»Gibt es nichts an mir, was dich stört? Ich weiß genau, dass ich meine chaotischen Seiten habe, und meistens fühle ich mich eher unzulänglich als außergewöhnlich. Also warum magst du mich?«

Er schaut mich ernst an. Sein Blick ist voller Gefühle. »Soll ich dir was sagen? Es lässt sich nicht immer alles erklären. Ich weiß nur, dass ich es tue. Ich habe längst nicht alle Antworten für dich, aber ich weiß, dass ich mehr von dir will. Dass ich dich in meiner Nähe haben will. Dass ich dich lustig und aufregend und faszinierend finde.«

Mein Herz flattert bei seinen Worten.

Er zuckt mit den Schultern und sieht mich entwaffnend an. »Ich mag dich nicht bloß wegen einer bestimmten Sache, Anni, sondern aus vielen Gründen. Mit dir kann ich lachen und staunen. Ich mag es, wie du singst, wenn du glaubst, dass niemand sonst da ist. Mag es, wie du lächelst, als ob die Sonne aufgeht. Mag es, wie du schimpfst, wenn ich dich necke. Wie du duftest, wie sich dein Haar anfühlt und wie deine Augen strahlen. Selbst wie du gehst und dich bewegst, wie du tanzt und lachst und lebst. Selbst wie du stolperst und schusselig bist. Auch mit Algen im Gesicht und Krabben am Zeh. Denn das bist alles du.«

Oh Gott, ich habe einen Knoten im Bauch. Es geht ihm wie mir. Das ist so unbeschreiblich, dass es mich umhaut.

»Es ist die Summe all dessen«, sagt er, und ich nicke.

»Okay, das reicht mir als Grund«, flüstere ich gerührt und räuspere mich. Es übertrifft sogar sämtliche Erwartungen. Dann deute ich auf einen kleinen Fleck an seinem Mund. »Du hast da Schokolade.«

»Wo?«, forscht er nach, und seine Augen funkeln herausfordernd.

»Da, Sekunde«, murmele ich. Dann stelle ich mich auf die Zehenspitzen und küsse die Stelle.

Niklas stöhnt wohlig. »Und heiß. Ich finde dich total heiß.«

Ich lächele an seinem Mund. »Das klingt sogar noch besser.«

Seine Hände umfassen meine Taille durch den nassen Stoff. Seine Berührung ist geradezu glühend und vertreibt jede Kälte. Er zieht mich noch enger an sich heran.

»Ist es Milchschokolade?«, will er wissen, und ich beiße mir auf die Unterlippe.

»Hm, gute Frage. Ich bin mir nicht ganz sicher. Das müsste ich noch mal kosten.«

»Dann solltest du das«, haucht er.

Ich lecke über seine Haut und den kleinen Fleck Schokolade. Seine Finger drücken sich fest in meinen Rücken. Keine Sekunde später legen sich seine Lippen auf meine und wir verschmelzen in unserem Kuss. Ich seufze, als ich seine Zunge spüre, die leicht über meine Unterlippe streicht. Bereitwillig öffne ich meinen Mund für ihn und wir kosten uns und die Süße der Schokolade. Ich schmecke Niklas und will mehr. Von ihm und allem hier. Ihn zu küssen, erfüllt mich mit einem berauschenden Glück, das ich nicht mehr hergeben will.

»Und noch immer gut?«, flüstert Niklas gegen meinen Mund, als wir kurz innehalten.

»Ehrlich gesagt, perfekt und ... mehr als das.«

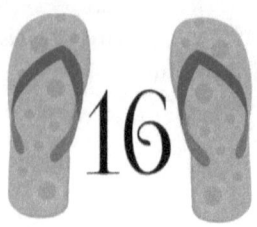

16

Viel später, als sich die Schauer gelegt haben und die Dunkelheit hereingebrochen ist, bummeln wir Hand in Hand am Strand entlang. Niklas hat mir eine neue Überraschung versprochen. Dieser Tag steckt voller Wunder. Doch die Neugier in mir siegt wie immer und ich horche ihn aus, was wir anstellen könnten.

»Gehen wir nachts ins Watt?«, rate ich drauf los.

Er schüttelt den Kopf. »Sicher nicht. Außerdem ist das Meer da, wie du siehst.«

Ach, da war ja was. Jule ist im Raten deutlich besser als ich. Aber das heißt nicht, dass ich aufgebe.

Nachdenklich tippe ich mir an die Unterlippe. »Hm, was könnte es sein?« Ich grinse und strahle ihn triumphierend an. »Ah, jetzt weiß ich es! Du willst mit mir nackt baden gehen. Das soll ja so befreiend sein.«

Niklas lacht los. »Also, eigentlich ist das eine gute Idee.« Er bleibt stehen, beugt sich vor und küsst mich auf die Stirn, als wäre ich sein Schatz. »Aber das war nicht der Plan. Komm, es sind nur noch ein paar Schritte.«

»Hm, na gut. Dann vielleicht Quallen sammeln? Muscheln haben wir ja schon so viele. Ich glaube, wenn ich noch mehr Muscheln mitnehme, verhaften die mich.« Unvermittelt bleibt er stehen, und ich schaue ihn verblüfft an. »Ernsthaft? Quallen bei einem Date? Oh, du bist so romantisch.«

Amüsiert schüttelt er den Kopf. »Nein, aber jetzt muss ich die ganze Zeit daran denken, wie es wäre, mit dir nackt ins Meer zu springen.«

Ich kann deutlich erkennen, wie seine Augen nicht nur belustigt, sondern auch lustvoll funkeln.

Die Vorstellung nimmt in meinem Kopf Gestalt an. Ja, ehrlich gesagt sehne ich mich nach den vielen heißen Küssen ebenfalls nach mehr mit ihm. Mmmh, mehr von Niklas ...

»Und jetzt?«

Wir verweben unsere Finger miteinander und er streichelt meine Wange.

»Nur noch ein paar Schritte.«

Wir gehen weiter, doch eine besondere Spannung liegt in der Luft. Sterne blitzen am Himmel, wo die Wolkendecke aufgerissen ist, und auch der Mond scheint herab und lässt die Wellen des Meeres silbrig und seidig wirken.

Schließlich deutet Niklas auf ein Haus in der Nähe, das, erhoben auf den Dünen, unmittelbar am Strand steht.

»Überraschung«, flüstert er.

Ich sehe ihn verblüfft an. »Du meinst, wir gehen in dieses Haus?«

Er nickt und wirkt mit einem Mal etwas nervös. »Ja, ich möchte es dir zeigen.«

Ich schlucke und folge ihm. Als wir kurz davor sind, zieht Niklas eine Fernbedienung aus der Hosentasche und drückt darauf. Mit einem leisen Brummen öffnet sich das Tor. Wir treten ein, und ich traue meinen Augen kaum. Ja, er hat angedeutet, dass seine Familie Geld hat, aber ein großes Strandhaus direkt am Meer, hier auf Sylt ... Das ist Wahnsinn.

Im Schein des Mondes und der kunstvollen Außenbeleuchtung erblicke ich eine riesige Terrasse mit einem darüber liegenden Balkon. Der Meerblick von dort muss traumhaft sein. Wir folgen dem Weg zum Haus, der sich zwischen Schlehen, duftendem Jasmin, Wildrosen und Sanddornbüschen durch die private Dünenlandschaft schlängelt.

»Das ist ja ein Traum!«, staune ich, als wir die Terrasse erreichen, und drehe mich einmal um die eigene Achse, um den Anblick rundherum in mich aufzunehmen. »Gehört das Haus wirklich dir?«

Er nickt. »Ja, meiner Familie. Es ist eines unserer Sommerhäuser, wobei es hier das ganze Jahr über schön ist.«

Ich schüttele nur den Kopf. Das ist selbst als alleiniger Wohnsitz unfassbar luxuriös.

Niklas gibt mir eine kleine Führung. »Es hat zwei Terrassen. Eine befindet sich auf der Rückseite und dort am Abend zu sitzen, ist echt schön. Oder zum Frühstück«, fügt er an und sieht mir dabei eindringlich in die Augen. Eine stille Frage schwingt in seinem Satz mit.

Ich brauche nicht lange, um mich zu entscheiden, und nicke. »Ja, ich würde sehr gerne hier frühstücken.«

Niklas lächelt und greift nach meiner Hand. »Das habe ich gehofft. Und man kann hier noch viel mehr machen.«

»Noch mehr?«

»Klar, komm mit. Du magst doch Wellness, oder?«

Mein Herz blüht bei dem magischen Wort Wellness auf.

»Du hast einen Pool?«, seufze ich hoffnungsvoll.

Er fährt sich durchs Haar, das längst wieder trocken, aber noch immer ein wenig verstrubbelt ist. »Ach so, ja, das auch. Aber das meinte ich nicht.«

Noch etwas anderes?

Ich weiß wirklich nicht, was ich sagen soll. Das ausgerechnet mir das passiert, all das hier, ist wie in einem Märchen. Oder einem wunderschönen, vollkommenen Traum, der von Zauberfeen geträumt wurde. Ich meine, vor gar nicht so langer Zeit habe ich diesem Möchtegern-Macho Enzo noch Hundeaugentropfen verabreicht und mir sein Gejammer in seiner traurigen Junggesellenbude angehört. Und nun bin ich dem perfekten Gegenteil begegnet. Niklas jammert nicht, er ist Arzt. Noch dazu ein echter Überflieger mit seinen magischen Händen. Er ist aufmerksam, humorvoll und geduldig. Bei ihm fühle ich mich geborgen und wunderschön. Das allein übersteigt schon meine kühnsten Hoffnungen. Aber dann entpuppt er sich auch noch als wahrer Märchenprinz mit Sylter Traumhaus.

»Zwick mich mal«, verlange ich.

Er grinst mich an. »Sag mir wo.«

Ich lächele ihn an und tippe auf meine Unterlippe.

Er lässt sich nicht lange bitten, beugt sich zu mir herunter und zwickt mich zärtlich mit seinen Zähnen, bevor er mir einen süßen Kuss aufhaucht.

»Besser?«, fragt er.

Ich schüttele den Kopf. »Ich weiß nicht, das ist immer noch so toll. Ich kann das alles nicht glauben. Wo ist die Krabbe, die mich zwickt?«

Niklas spielt mit einer Strähne meines Haars und blickt mir tief in die Augen. »Du brauchst keine Krabben mehr. Du hast ja mich.«

Genau das ist so unfassbar.

»Was, wenn ich aufwache und alles war nur ein Traum? Es ist viel zu schön, um wahr zu sein.«

Er schüttelt den Kopf. »Du wachst nicht auf, wir träumen denselben Traum. Aber wenn du willst, kehre ich meine schlechten Seiten heraus.«

Etwa so, wie ich das bei ihm probiert habe?

Er bringt mich zum Schmunzeln.

»Doch eigentlich wollte ich dir etwas noch Schöneres zeigen«, sagt er und wackelt mit den Augenbrauen. »Jetzt musst du dich entscheiden. Es liegt bei dir: schlechter oder schöner?«

Ich lache. »Oh Mann, du machst es einer Frau echt schwer. Na gut, ich will mal nicht so sein: schöner.«

Wir gehen auf die Haustür zu, Niklas öffnet sie und lässt mir den Vortritt. Als ich das Innere sehe, halte ich den Atem an. Nicht weil es so luxuriös ist, sondern weil es dabei so geschmackvoll und gemütlich ist. Denn es geht ja gar nicht darum, ob etwas wirklich aus Gold ist oder einfach nur hübsch aussieht. Mich interessiert nicht das Preisschild an den Dingen, sondern dass alles harmoniert und es das Herz anspricht. Dass ein Haus auch ein Zuhause ist. Dass man sich geborgen und wohlfühlt.

All das trifft auf dieses Haus zu. Es ist edel, aber doch vor allem heimelig. Niklas führt mich durch die

Zimmer und mein positiver Eindruck verstärkt sich, je mehr ich sehe.

»Das ist zauberhaft«, sage ich verzückt.

Er wirkt erleichtert, aber auch gedankenvoll. »Es ist schön hier, glaub mir, ich bin dankbar für mein Leben, doch es kann auch einsam sein. Bisher hatte ich niemanden, mit dem ich das Schöne teilen konnte.«

Diese Wärme in seinen Worten und auf seinem Gesicht trägt mich wie auf Wattewolken. Noch dazu weiß ich genau, was er meint, denn mir geht es ja selbst so, dass mir jemand fehlt, dem ich meine Gedanken anvertrauen und mit dem ich mein Glück, aber auch meine Sorgen teilen kann. Jemand, der mir Halt gibt.

Ich weiß, ich wollte es allein schaffen. Und wenn die Alternative wäre, stattdessen mit jemandem, der gar nicht wirklich zu mir passt, zusammen zu sein, wäre allein zu bleiben auch immer noch die bessere Wahl. Das glaube ich inzwischen wirklich. Denn man muss man selbst sein dürfen. Sich frei fühlen und atmen dürfen. Oder eben singen können, wenn das Leben einem Töne ins Herz zaubert.

Aber Niklas stellt alles auf den Kopf, denn bisher ist es mit ihm so, dass ich mich wohl und geschätzt fühle. Und die Anziehung? Oh ja, sie ist da. So stark, dass jede Faser meines Körpers in seiner Nähe kribbelt.

Wir landen im unteren Teil seines Hauses. Bei den meisten Gebäuden sieht es im Untergeschoss eher wie in einer Rumpelkammer aus. Ein kühler, dunkler Ort für Konservendosen und Waschmaschinen. Aber hier ist alles hell und freundlich. Sogar einladend.

»Du magst doch Wellness«, sagt Niklas mit einer Hand auf der Türklinke, wobei er sie noch nicht geöffnet hat. Ich frage mich, was hinter der hellen Holztür liegen mag. »Hier wären wir.«

Ich grinse ihn an. »Das ist ein Keller.«

»Es ist ein ganz besonderer Keller.«

Ich nicke zustimmend. »Das glaube ich allerdings auch. Als Kind hatte ich immer Angst vor Kellern, aber hier ist es nett.«

Das Wort wähle ich ganz bewusst, um ihn zu necken.

»Nett?«, horcht er auch sogleich nach.

»Das muss ein Folterkeller sein«, grübele ich weiter. »Weil du mich so auf die Folter spannst.«

»Ein netter Folterkeller?« Er grinst.

»Wenn du mir nicht endlich sagst, was hier ist, geht meine Fantasie noch mit mir durch.«

Er lächelt mich an. »Das gefällt mir. Ich würde mich freuen, wenn deine Fantasie hier mit dir durchgeht.«

Sein Blick ist so intensiv und vielversprechend, dass ich hibbelig ganz bin. Er haucht mir einen Kuss auf und zählt dann zwischen weiteren Küssen die Vorzüge seines speziellen Kellers auf.

»Es gibt einen Whirlpool«, sagt er und küsst mich zart auf die Lippen. »Eine Sauna.« Er knabbert an meiner Unterlippe. »Und über den Keller erreicht man den Pool im Gartenbereich. Ungefähr so.« Er leckt mit seiner Zungenspitze von meinem Kinn über meinen Hals abwärts und knabbert an meinem Nacken.

Sofort habe ich Gänsehaut. Sie reicht von meiner Kopfhaut bis zu den Zehenspitzen.

»Oh, das ist Folter«, hauche ich.

Niklas nimmt meine Hand, öffnet die Tür und führt mich hindurch. »Komm.«

Ich folge ihm, und tatsächlich stehen wir kurz darauf vor einem hell erleuchteten Pool. Das Wasser darin schimmert azurblau. Es ist so romantisch – die Sterne über uns, der Himmel dunkel von der Nacht, doch wir haben diese märchenhaft ausgeleuchtete Oase inmitten des Strandes.

»Was meinst du?«, raunt Niklas und knabbert an meinem Ohrläppchen. Ich lege meinen Kopf in den Nacken. Mmmh. »Hast du Lust, schwimmen zu gehen? Oder willst du lieber in die Sauna oder ganz was anderes? Wir können tun, was du willst.«

Sein Atem auf meiner Haut macht mich trunken vor Lust. Er ist so nah, sinnlich und stark. Sein betörender Duft schlägt mich ebenso in den Bann wie das Timbre seiner Stimme.

Ich tippe mit dem Finger auf seine Brust, male eine feine Linie mit meinem pflaumenblau lackierten Nagel und mustere seinen Körper. Der Pool plätschert sanft und auch das Rauschen des Meeres und des Windes in den Gräsern und Blättern ist zu hören. Sonst nichts. Hier sind nur wir. Zwei Gestrandete mit sehnsüchtigen Herzen.

Ich schaue zu ihm auf, ein Lächeln auf den Lippen.

»Ich glaube ja, du willst mich nur nackt sehen«, flüstere ich. »Und hast es gerade auf die charmante Art und Weise versucht.«

Er beugt sich zu mir herunter. Näher, ganz nah.

»Du wolltest doch nackt baden. Es war dein Vorschlag«, erinnert er mich.

Ich nicke, höre aber zu, was er weiter zu sagen hat.

»Soll ich ehrlich sein?«, raunt er und streicht mit seiner Hand über meine Wange. Die Berührung ist zart wie Schmetterlingsflügel.

»Ja, bitte, sei ehrlich«, antworte ich. »Und zwar immer.«

Er nickt zustimmend, und ein Versprechen liegt in seinem Ausdruck. »Du hast recht. Ich würde dich gern nackt sehen. Ich will nichts lieber als das.«

Mit einem Mal fühle ich mich mutig. Sein Blick ist so voller Verlangen, als würde er sich wirklich nach mir verzehren. Auf eine Art, die unter die Haut geht. Die Bedeutung hat. Die über mehr als reine Körperlichkeit hinausgeht. Er will mich.

Langsam trete ich zurück, ohne ihn dabei aus den Augen zu lassen, und schiebe mir erst den einen, dann den anderen Träger von meinen Schultern. Sein Blick ist verhangen. Lustvoll. Ich lasse mir Zeit, als ich das Shirt über meinen Körper streife. Dann öffne ich den Knopf meiner Shorts, lasse den Reißverschluss folgen. Das Geräusch, als die Metallzähne sich öffnen, dringt durch die geheimnisvolle Stille der Nacht und erzeugt ein beinahe körperliches Gefühl, als würden sich die Sinne überlagern. Klänge, Düfte, Gefühle. Die Härchen an meinem Körper richten sich auf, voller Erwartung auf die Berührungen, die folgen werden. Denn, oh ja, wir werden Sex haben. Das Wissen darum prickelt in jeder Zelle von mir. Ich streife die Shorts über meine nackten Beine herunter, bis sie sich um meine Füße bauschen, und steige heraus. Nun stehe ich nur noch in Unterwäsche vor Niklas.

»Was meinst du?«, will ich wissen. »Gut?«

Sein hungriger Blick wandert über meinen Körper, als würde er ihn bereits ertasten. Weich und voller Sehnsucht, was mich unheimlich erregt.

»Mehr als das«, flüstert er, und ich beiße mir auf die Lippe.

»Mehr?«

Er nickt, und ich schiebe mir die Träger meines BHs über die Schultern, drehe mich um, hake ihn auf und lasse ihn fallen.

Es erstaunt mich selbst, dass ich so mutig bin, aber mit Niklas fühle ich mich einfach wohl und sicher. Nach allem, was wir in den letzten Tagen erlebt haben, sowieso.

Aufreizend blicke ich über die Schulter zu ihm. »Gut?«

Er lacht und atmet tief durch. Ich sehe, wie sich seine Muskeln bewegen.

»Mehr als das.« Es ist wie ein Spiel zwischen uns.

Nun ziehe ich mir den Slip aus, langsam, quälend langsam, wobei ich mich herunterbeugen muss. Ich weiß, dass er meine Rückansicht genau in Augenschein nimmt. Weiß, wie sich ihm mein Po dabei entgegenreckt. Vielleicht blitzt dabei auch schon etwas mehr hervor.

Bei der Vorstellung läuft ein Schauer über meinen Rücken. Aber ich will, dass er mich sieht. Dass er sich nach mir verzehrt. Dass er kaum noch an sich halten kann. Ich will all das mit ihm anstellen können, ihn um den Verstand bringen.

Ich habe mich für ihn rasiert, jedes Haar meines Körpers, und mich mit einer seidigen Creme gepflegt. Ich wusste nicht, ob es passiert, aber ich habe es mir nachts, wenn ich allein im Hotel lag, herbeigesehnt. Seine Küsse, seine Berührungen, wie er sich anfühlen würde, wenn er in mir ist ...

Nun ist der Augenblick gekommen, als wäre Weihnachtsmorgen. Ich lege den Slip beiseite, richte mich auf und schüttele mein langes Haar über die nackte Haut meines Rückens. Die Spitzen kitzeln sinnlich.

»Anni«, stöhnt er. Ich kann hören, dass er sich nicht vom Fleck bewegt hat. Dass er mich mit sich spielen lässt.

Ich drehe mich um, völlig nackt und gönne ihm einen Blick auf meinen Körper – meine hellen Brüste, den gebräunten Bauch, die rosige Scham zwischen meinen Schenkeln.

Dann springe ich ins Wasser. Sofort umhüllt mich das kühle Nass und streicht über meine Haut. Es fühlt sich unglaublich sinnlich an, nackt zu baden und zu wissen, dass dieser Traum von einem Mann in meiner Nähe ist.

Als ich wieder auftauche, sieht Niklas mich voller Sehnsucht an. Er tritt er an den Beckenrand und zieht sich in einer fließenden Bewegung sein Shirt über den Kopf. Sogleich bewundere ich seine nackte Haut und die harten Muskeln.

»Das gefällt mir«, seufze ich.

Er lächelt. »Mehr?«

»Ja, viel mehr«, verlange ich.

Er fackelt nicht lange, sondern zieht sich auch die Hose aus. Nun steht er nur noch in Boxershorts vor mir, und was ich da sehe, gefällt mir über alle Maßen. Ohnehin gefällt er mir einfach immer, doch jetzt macht sein Anblick mich trunken vor Lust.

»Gut?«, will er wissen.

Gespielt unentschlossen sage ich: »Hm, das kann ich noch nicht beurteilen. Du hast so viel an.«

Er grinst, nimmt die Aufforderung an und streift sich die Shorts vom Körper. Der Anblick ist unglaublich und ich atme tief ein.

»Mehr als gut«, entfährt es mir.

Er nickt zufrieden, stößt sich ab und springt zu mir ins Wasser. Kurz darauf taucht er direkt vor mir auf. Wasserperlen benetzen seine Haut, tropfen von seinen Haaren und glänzen silbrig in seinen Wimpern. Sein meerblauer Blick haftet auf mir. Ich kann mich in seinen Augen spiegeln. Sie strahlen wie Saphire im Mondlicht. Rein und klar, untermalt von einem Glühen, das aus seinem Inneren dringt.

Niklas legt seine Hände um meine Taille, und dann küsst er mich ohne weitere Worte, voller Leidenschaft, innig und heiß, sodass mich selbst das Wasser um uns herum nicht mehr abkühlen kann.

Sein Kuss ist brennend, seine Zunge prickelnd und als er mich mit dem Rücken an den Rand des Pools drückt, keuche ich auf.

Ich küsse ihn genauso leidenschaftlich zurück und unsere Zungen verschmelzen, während sich seine Hüften voller Verlangen gegen mein Becken pressen. Bereitwillig öffne ich meine Schenkel für ihn, und er stellt sich dazwischen, ohne den Kuss zu unterbrechen. Im Gegenteil, er vertieft ihn sogar noch. Überdeutlich kann ich seine Erektion zwischen meinen Beinen spüren. Hart uns männlich. Mmmh, ein himmlisches Gefühl, das mich bis ins Bodenlose erregt.

Während wir uns küssen, fühle ich, wie seine Hand an meiner Taille hinunterwandert und immer tiefer streicht. Gekonnt gleitet er zwischen meine Beine, tastet sich sanft vor, genau zum richtigen Punkt und sieht mir tief in die Augen.

Als er dafür den Kuss unterbricht, sauge ich tief den Atem ein. Hier im Wasser fühle ich mich schwerelos, und gleichzeitig versinke ich in seinem Blick. Oh, wie er mich ansieht und beobachtet. Wie er mir Lust schenken will. Jede Faser meines Körpers sehnt sich nach Niklas. Es ist so unglaublich mit ihm.

Sachte massiert er mich, und ich ringe um Luft. Seine Berührungen fühlen sich sagenhaft sinnlich an. Er versteht es, mich zu verführen wie niemand zuvor. Der Mann mit den magischen Händen.

Wieder und wieder streichelt er über meine empfindliche Stelle und ich lege den Kopf in den Nacken. Über mir die Sterne und um uns herum schwappt das Wasser des Pools gegen unsere Körper.

Niklas beginnt, meinen dargebotenen Hals zu küssen. Es ist ein unbeschreibliches Gefühl, das die Berührung seiner geschickten Finger noch untermalt.

Ich will mehr, viel mehr. Doch Niklas stoppt.

»Es gibt noch einen Raum, den du nicht kennst«, raunt er. Sein Blick ist dunkel vor Lust und Verlangen.

»Und der wäre?«

»Soll ich ihn dir zeigen?«

»Ja,«, hauche ich. »Aber nur, wenn du mich nicht auf irgendwelche Pritschen schnallst, mir ein Hundehalsband anlegst, dir eine Ledermaske über den Kopf ziehst und mich mit einem Flogger bearbeiten willst.«

»Womit?«, staunt er.

»Ach, nichts.«

Dass er das nicht kennt, zeigt mir schon, dass er nicht mit Christian Grey aus *Shades of Grey* verwandt ist. Puh, zum Glück. Es wäre der denkbar schlechteste Zeitpunkt gewesen, um einen Haken bei ihm zu finden.

»Weißt du, genau das mag ich an dir«, murmelt er. »Du sagst immer solche Dinge, mit denen ich nicht rechne.«

Er umfasst meine Taille und hebt mich in einem Schwung aus dem Becken, als wöge ich nicht mehr als eine Feder. Nun sitze ich mit dem Hintern auf dem Beckenrand, und sein Gesicht, das gerade noch direkt vor meinem war, befindet sich plötzlich zwischen meinen Beinen.

»Aber bevor wir gehen ...« Er umfasst meinen Po, beugt sich tiefer zwischen meine Schenkel und lässt mich aufkeuchen, weil ich ganz unvermittelt seine Zunge spüre. Sanft leckt er über meine empfindsame Stelle, und ich glaube zu verbrennen, weil sein Mund mir so viel Lust schenkt.

Heiße Wellen wandern durch mich hindurch, er weiß genau, was er tut. Am liebsten wäre mir, wenn er niemals aufhören würde. Ich könnte für immer unter den Sternen liegen, nackt und genießerisch, während er mich verwöhnt.

Oh, was er da macht, ist geradezu göttlich. Vielleicht ist er ja doch ein Halbgott. Nicht in Weiß, sondern für Sinnesfreuden.

»O Gott«, stöhne ich, als seine Zunge über meine Perle gleitet. Ich will gerade meine Hände in seinen

Haaren vergraben und ihn näher an mich ziehen, als er seine Liebkosung unterbricht.

»Nein, nicht aufhören«, wimmere ich flehend. Nicht schon wieder. Nicht jetzt! Die Lust in mir ist unerträglich. Ich will mehr. So viel mehr.

Er stützt sich auf seine Hände und stemmt sich in einer fließenden Bewegung aus dem Pool.

»Keine Sorgen, das tue ich nicht«, raunt er.

Das Wasser perlt von seinem sexy Körper. Er wickelt mich in ein Handtuch und hebt mich hoch. Schon liege ich in seinen starken Armen. Niklas trägt mich ins Haus, die Treppen nach oben und durch eine große Holztür am Ende des Flurs, die er mit dem Ellenbogen aufdrückt.

Als wir eintreten, sehe ich, wo wir sind, auch wenn ich es insgeheim schon erahnt habe. Im Zimmer befindet sich als zentrales Element ein großes Bett, dessen gepolstertes Kopfteil bis hoch hinauf an die Wand ragt. Es ist über und über mit großen und kleinen Kissen dekoriert, die so einladend und watteweich aussehen, dass ich am liebsten mit dem Bauch voran hineinspringen würde.

»Ich dachte, dass du unbedingt auch noch mein Schlafzimmer sehen solltest«, haucht er und küsst mich. Er trägt mich zum Bett und legt mich behutsam mit dem Rücken auf der Matratze ab. Es ist so bequem, dass ich seufze.

»Wo sind wir stehen geblieben?«, raunt er und zwinkert mir zu. Schon kniet er zwischen meinen Beinen, um zu Ende zu bringen, was er im Pool begonnen hat.

Und ja, er bringt es zu Ende. Binnen Sekunden hat er die Lust in mir erneut entfacht. Niklas kümmert sich mit solcher Hingabe um mich, dass ich keuche und mich am Laken festkralle. Seine Zunge bewegt sich auf und ab, mal langsam, mal schneller. Als er mich leckt und an mir saugt, löst er die wildesten Gefühle in mir aus, bis ich zu zerspringen glaube.

Der Höhepunkt bricht über mich herein wie eine Urgewalt. Woge um Woge fegt durch mich hindurch, bis ich atemlos daliege.

Niklas küsst sich zu mir nach oben – von den Innenseiten meiner Oberschenkel über meinen Bauchnabel zu meinen Brüsten, an denen er zärtlich saugt. Ich keuche auf. Sofort ist die Lust wieder da und ich will mehr. Nach einer Weile küsst er sich weiter zu meinem Hals, bis er vor meinem Mund stoppt.

»Alles okay?«, fragt er zärtlich, und ich nicke.

»Mehr als das.«

Ein Lächeln umspielt seinen sinnlichen Mund, mit dem er mich unendlich verrückt machen kann. »Willst du mich?«

»Und wie ich dich will!«, seufze ich und umschlinge ihn mit meinen Armen. Ich ziehe ihn näher heran und küsse ihn leidenschaftlich. Am liebsten würde ich ihn nie mehr loslassen, doch er rückt etwas ab.

Seine Hand wandert zum Nachtkästchen, und ich beobachte, wie er ein Kondom herausnimmt. Mit dem Mund reißt er das kleine Folienpäckchen auf, nimmt das Gummi heraus und streift es sich über.

Der Anblick allein ist bereits extrem erregend. Ich liebe es, wie Niklas nackt aussieht, wie er die Brauen zusammenschiebt, wenn er sich konzentriert, wie seine Augen von einem klaren Meerblau zu einem verhangenen Indigo zu wechseln scheinen, wie seine Haut über den Muskeln glänzt, wie die Erregung zwischen seinen Beinen aufragt. Ich kann es kaum erwarten, ihn tief in mir zu spüren.

Niklas kommt zu mir, legt seinen Körper auf mich und drückt mich dabei in die Matratze. Heiß ist seine Haut, weich und hart. Ich schlinge meine Beine um seine Hüften, öffne mich für ihn. Unsere Blicke treffen sich und spiegeln so vieles wider, eine Mischung aus tiefen Emotionen gepaart mit Lust.

Dann spüre ich, wie er in mich gleitet. Tiefer, immer tiefer, und ich habe bisher nichts Besseres gefühlt. Ich habe schon früher mit Männern geschlafen, aber dies ist etwas völlig anderes. Eine neue Dimension, die ich kaum beschreiben kann. Mit Niklas ist es etwas Besonderes. Wie alles scheinbar passt, einfach so, ohne Mühe. Wie unsere Körper harmonieren, fast so, als wären sie schon immer füreinander geschaffen. Wie intensiv ich ihn fühle. Alles an ihm, seine Küsse, seine Zunge, er in mir. Es ist wie Hitze, Sommer, Schokolade, süß und salzig. Geben und nehmen.

Ich hebe das Becken, weil ich will, dass er weiß, dass er nicht vorsichtig sein muss. Und er versteht mich, ganz ohne Worte, und bewegt sich schneller, stößt tiefer. Mein Atem kommt stoßweise.

»Hör nicht auf! Ich will mehr«, keuche ich, und Niklas bewegt sich noch schneller, drängender. Seine Hüpfen prallen fordernd auf meine. Unser Stöhnen vermischt sich mit dem Geräusch unserer Körper. Die sinnlichste Melodie der Welt. Wir halten uns, verschmelzen, sind eins, und dann spüre ich nur noch, wie mich abermals eine heiße Welle der Lust erfasst und davonträgt. Mit ihm.

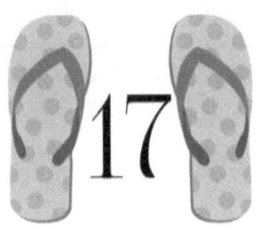

Die Nacht war unglaublich. Wir haben uns ein ums andere Mal geliebt, sind dazwischen in unseren Armen eingedöst, nur um dann erneut die Nähe des anderen zu suchen.

Als der Morgen hereinbricht, ist das Bett neben mir leer. Zerwühlte Laken und heruntergefallene Kissen prägen des Bild des Zimmers, als die Sonne ihre rotgoldenen Strahlen aussendet.

Kurz erschreckt mich das Gefühl der Einsamkeit, als wäre alles vorbei. Doch dann öffnet sich die Tür und Niklas trägt ein üppig beladenes Tablett herein.

»Du bringst mir Frühstück ans Bett?«, staune ich.

Das ist mir noch nie passiert. Eine weitere Premiere in meinem Leben wie so vieles, das mir hier bisher auf Sylt widerfahren ist.

Niklas hat nicht gegeizt, sondern von allem etwas zubereitet. Mein Magen knurrt auch prompt, und ich spüre, wie mir die Nacht in den Gliedern steckt. Eine Wildrosenblüte liegt mit auf dem Tablett. Ich weiß, dass er sie aus seinem Dünengarten hat, denn wir sind gestern an den Sträuchern vorbeigelaufen.

Ist es wirklich erst gestern gewesen?

Manchmal können Wochen, ja ganze Monate unbedeutend sein, und dann gibt es Zeiten, in denen schon kurze Momente alles verändern und viel, viel mehr Bedeutung haben.

Ich lade mir den Teller voll mit Eiern und Speck, beiße in ein warmes Brötchen und schneide es dann auf. Ich liebe es zuzusehen, wie die Butter darauf zerfließt. Gekrönt mit leckerer Sylter Marmelade, die mit Vanille und Limonenthymian verfeinert wurde, und natürlich stürze ich mich auf den goldenen Honig. Zusammen mit meinem dampfenden Kaffee fühle ich mich wie im Himmel.

Wir schlemmen gemeinsam und mir gefällt, wie Niklas am Morgen aussieht. Das Haar verstrubbelt, ein Kissenabdruck im Gesicht, aber vor allem mit diesem Strahlen in den Augen, das mir gilt.

»Ich fühle mich wie eine Prinzessin«, gestehe ich.

»Gut, dann hat es ja geklappt.« Schließlich blickt er auf die Uhr. »Wenn du willst, kannst du noch schlafen, aber ich muss gleich los zur Arbeit.«

Es ist erst halb acht, doch die Sommersonne bringt alles durcheinander. Trotz der kurzen Nacht, fühle ich mich hellwach und aufgekratzt.

»Der Gedanke, dass du arbeiten gehen könntest, ist mir gar nicht gekommen.«

Er lächelt und haucht mir einen Kuss auf, der dann doch länger und sinnlicher wird. »Es können ja nicht alle Urlaub haben.«

»Aber es könnte sich auch für dich nach einem schönen Tag anfühlen«, sage ich und entführe ihn unter die Dusche, wo wir uns erneut lieben.

Ich will nicht, dass er gehen muss, denn plötzlich ist das Gefühl des Verlusts überwältigend. Doch nicht nur er muss fort, auch mein eigenes Leben ruft schon viel zu bald wieder nach mir.

Natürlich sage ich ihm nichts von dem, was in mir vorgeht, denn ich weiß ja längst, dass man Männer durch nichts leichter vertreiben kann als durch Anhänglichkeit.

Als er gegangen ist, nutze ich die Zeit für einen Strandspaziergang. Schlafen könnte ich jetzt ohnehin nicht mehr. Irgendwann erreiche ich den Hotelbereich und lasse mich in einem Strandkorb nieder. Ich sitze am Meer und denke über so vieles nach. Die Nacht, die wir hatten, all das, was zwischen uns war, es ist so unglaublich. Noch immer bin ich ganz benommen davon.

Wir haben uns geliebt, immer wieder, und ich sage geliebt, weil es sich so angefühlt hat. Wirklich und ganz ehrlich. Doch jetzt ... Ich frage mich, wie das alles weitergehen soll.

Denn plötzlich ist er da, der große Haken, der doch eigentlich so offensichtlich war. Wir wohnen an völlig unterschiedlichen Orten, weit voneinander entfernt.

Wir mögen uns, sogar mehr als das, ja, wir sind verliebt. Aber – der Haken! – wie soll es weitergehen? Kann es das überhaupt oder hatte unsere Begegnung von Anfang an ein Ablaufdatum?

Von meinem Platz aus kann ich sogar Niklas' Haus sehen. Ich habe es ihm bisher nur nie zugeordnet. Es ist so malerisch, doch von hier, aus der Ferne betrachtet, wirkt es wie ein verwunschenes Paradies, das unerreichbar scheint. Ich schlucke hart und eine Träne rollt mir über das Gesicht. Es tut weh, das Herz zu verlieren und nicht zu wissen, ob es dabei gebrochen wird.

Wie lange ich schon dasitze, weiß ich nicht. Ich lehne mich im Strandkorb zurück, sehe zum weiten, blauen Himmel und denke an Niklas, als plötzlich Eberhard neben mir auftaucht.

»Moin!«, grüßt er mich, und ich zucke zusammen.

»Haben Sie mich erschreckt!« Ich halte mir die Hand aufs Herz.

Er grinst. »Tut mir leid. Das lag nicht in meiner Absicht. Ich wollte nur mal rüberkommen.«

»Oh«, hauche ich, noch immer ganz in Gedanken.

»Warum so traurig?«, will er wissen.

Ich schüttele den Kopf. »Wieso glauben Sie, dass ich traurig bin.«

Er schnaubt. »Ich bin alt, aber nicht blind. Mir entgeht nichts. Schon vergessen?«

»Eigentlich ist alles gut«, antworte ich. »Niklas und ich ...«

»Habe ich es doch gewusst!«, freut er sich.

Ich lächele. »Ja, Sie sind so weise.«

Er nickt zustimmend. »Also, Sie und der nette Arzt. Wunderbar! Wo ist dann das Problem?«

»Vielleicht habe ich alles gefunden, was ich mir immer erträumt habe. Aber trotzdem ist es kompliziert.«

Eberhard setzt sich zu mir. »Das ist meistens ein Wort für selbst gemachte Probleme.«

Ich schüttele den Kopf. »Nein, nichts Selbstgemachtes. Er und ich, wir wohnen zu weit entfernt.«

Eberhard blinzelt mich fragend an. »Und?«

Ich hole tief Luft. »Wie soll das gehen? Das ist keine gute Voraussetzung, um zusammen zu sein.«

In meinem Kopf ziehen dunkle Wolken auf, als ich mir ausmale, wie wir an einer Fernbeziehung zerbrechen. Himmel, er ist Arzt. Da hat er doch ständig zu tun.

»Leben Sie auf dem Mond?«, fragt Eberhard.

Hä?

Ich schüttele den Kopf. »Nein, natürlich nicht.«

»Haben Sie kein Auto oder gibt es keine Züge mehr? Müssten Sie mit einer Kutsche reisen?«

Ich bin irritiert, aber verneine.

»Na, wo ist dann das Problem?« Er schafft es tatsächlich, dass ich schmunzeln muss.

»Ich meine früher, als die Leute noch in zerlumpten Schuhen zu Fuß oder mit einem Ochsenkarren reisen mussten, da hätte ich es ja verstanden. Ohne Internet, Telefon oder wie heißt dieser neumodische Kram?«

Er sucht nach Worten.

»WhatsApp? Skype? Facetime?«, rate ich, was er meinen könnte.

Eberhard grinst nur schelmisch. »Kindchen, Ihnen fällt ja viel mehr ein als mir. Was ist das für Kram?«

Wir müssen beide lachen.

Er klopft sich auf das Bein und sieht mich ernst an.

»Wissen Sie nicht mehr, was ich Ihnen bei unserem Tanz gesagt habe?«, will er jetzt wissen, fährt aber fort, ohne auf meine Antwort zu warten. »Die Liebe muss nicht perfekt sein. Sie ist es nämlich einfach. Von ganz allein. Also, keine Sorge. Das wird schon. Und jetzt muss ich einen guten Abgang hinlegen.«

Er steht auf und ich lächele. »Danke, Meister Yoda.«

Er grinst und ahmt Yodas Art zu sprechen nach: »Eine Freude es mir war.«

Als ich ihm nachsehe, denke ich an Margarete und Heinz, und ich verstehe, was er meint. Wenn man zusammengehört, dann schafft man es auch. Dann spielen die Hürden im Leben keine Rolle. Also, vielleicht muss ich einfach alles entspannter sehen und die Haken hinter mir lassen.

Ich fühle mich richtig befreit, als ich aufstehe und in meine Suite zurückgehe. Plötzlich übermannt mich die Müdigkeit und Niklas arbeitet sowieso noch den ganzen Tag. Also ziehe ich die Gardinen zu, schlüpfe in meinen knappen Häschenpyjama und gönne mir den Luxus, mich auf mein Bett fallen zu lassen. Es ist noch ordentlich, weil ich in der Nacht nicht darin geschlafen habe, doch ich robbe unter die Decke und zerwühle es dabei.

Ich habe meine Augen kaum geschlossen, bin gerade kurz eingedöst, als es an der Tür klopft. Mist, ich habe kein Schild hingehängt, dass ich nicht gestört werden will. Dabei brauche ich doch auch gar keinen Zimmerservice.

Es klopft erneut.

»Neiiiin!«, rufe ich und ziehe mir die Decke über den Kopf.

Wieder klopft es. Was ist das für penetrantes Personal?

Klopf, klopf.

»Menno, ja!«, rufe ich genervt, strampele die Decke von mir und schlurfe zur Tür.

Als ich sie öffne, steht Niklas mit einem Strauß Blumen davor, und schlagartig bin ich hellwach. Er schaut mich belustigt an.

»Guten Nachmittag, Wusel.«

»Nachmittag? Wusel?«, stammele ich.

Vielsagend schaut er auf die elegante Herrenuhr an seinem Handgelenk. »Ja, es ist sechzehn Uhr. Angeblich hat das Ding eine hohe Ganggenauigkeit, aber vielleicht läufst du mit deinem heißen Inneren ja exakter als jede Atomuhr.«

»Oh«,staune ich.

Wann ist denn bitte Nachmittag geworden?

Verdattert streiche ich durch meine Haare und merke, dass ich einen totalen Wuschelkopf habe. Das meinte er wohl mit Wusel.

»Ich schwöre es, ich habe mich nur ganz kurz hingelegt. Wahrscheinlich habe ich nicht mal geschlafen.«

Er streckt mir den Strauß entgegen.

»Sind die für mich?«, hauche ich gerührt.

»Nur für dich«, stimmt er zu.

Ich lasse ihn ein und nehme die Blumen in Empfang. Es ist ein bunter Sommerstrauß, der auch rote Rosen enthält – rote, rosa und weiße. Dazu Pfingstrosen, Flammenblumen und Levkojen. Es ist ein Traum in rosigen Farbtönen, die ich über alles liebe.

»Die sind wunderschön. Vielen Dank! Ich suche schnell nach einem passenden Gefäß.«

Für einen kleinen Moment bin ich versucht, den Wasserkocher zu missbrauchen, doch Niklas hat an alles gedacht und reicht mir eine Vase, die er mitgebracht, aber noch hinter seinem Rücken versteckt hatte.

»Das ist viel besser als der Wasserkocher«, freue ich mich.

Er grinst nur. »Nächstens sollte ich dir bei deinen raffinierten Plänen zuschauen.«

Ich gebe ihm einen Kuss, schnappe mir die Vase und versorge die Blumen. »Eigentlich müsste man die frisch anschneiden.«

Kaum habe ich es gesagt, zückt er ein Schweizer Taschenmesser. »Wie wäre das?«

Ich staune nur, wie gut er gerüstet ist. »Wer bist du? MacGyver? Neulich die Pumpe, jetzt das Messer, nicht zu vergessen die Blumen.«

»Ich bin ein Mann für alle Lebenslagen. Und? Kann ich mit dieser Kompetenz bei dir punkten?« Er zwinkert mir zu, und ich nicke.

»Oh ja. Hilfst du mir?«

»Klar ...« Er stockt verwundert, als ich mir mit der Hand an die Stirn klatsche. »Was?«

»Mist, ich habe die Bienennährgewächse vergessen. Meine Mutter bringt mich um?«

»Die was?«

»Warte, ich zeige es dir. Schnippel einfach die Enden schräg an. So.« Ich zeige es ihm, dann flitze ich zu meinem Schrank und wühle in meinem Gepäck nach den Blumensamentütchen.

»Sind das drei Koffer?«, staunt Niklas, der mir neugierig gefolgt ist.

Ups.

»Du solltest doch die Stängel bearbeiten.«

Alibihalber hält er eine einsame Flammenblume hoch. Der Rest des Straußes liegt noch im Wohnzimmer.

»Na ja, ich wusste ja nicht, wie das Wetter werden würde und was ich dann anziehen könnte und überhaupt«, erkläre ich.

»Du bist süß«, sagt er nur, und mein Herz geht auf.

Er scheint das wirklich so zu meinen.

Endlich entdecke ich die drei Tütchen mit den Wildblumensamen und halte sie triumphierend hoch.

»Tada! Die sollte ich auf Sylt ausstreuen.«

Er runzelt die Stirn, wirkt aber amüsiert. »Wozu?«

»Willst du die kurze oder die lange Version?«

»Fangen wir mal mit der kurzen an.«

Ich nicke. »Meine Mutter will die Welt in ein Wunderland für Bienen verwandeln, damit ich weiter Honigbrot essen kann.«

Er lacht frei heraus. »Oh Gott, seid ihr alle so goldig in deiner Verwandtschaft?«

Ich schlendere auf ihn zu, stecke mir die Blumentütchen in den Ausschnitt meines Häschenpyjamas und strahle ihn an. »Das ist süß, dass du das süß findest. Die meisten halten uns für ein bisschen bekloppt.«

»Sind das Hasen?«, erkundigt er sich und deutet auf meine knappe Bekleidung. Der Sommerpyjama besteht nur aus einem Top und Shorts. Direkt über den Brüsten sind zwei grinsende Hasengesichter aufgedruckt.

Ich nicke.

»Kennst du die Witze mit: Hattu Möhren?«, neckt er mich, wobei seine Stimme etwas heiser klingt, als er meinen Ausschnitt betrachtet.

»Denk an die Blumen«, erinnere ich ihn an den Strauß.

»Mach ich doch, mach ich doch«, behauptet er, und mit etwas gutem Willen könnte man es ihm so auslegen, dass er auf die Blumensamentütchen starrt.

»Dir fällt nicht zufällig ein, wo ich die noch hinstreuen kann, bevor ich abreisen muss?«

Er schluckt. »Doch, natürlich. Bei mir.«

Ich lächele ihn an. »Wirklich? Dann hast du etwas, das dich an mich erinnert. Die blühen in zwei Monaten auf oder so.«

Niklas fasst nach meiner Hand. »Brauche ich denn etwas, das mich an dich erinnert?«

Ich schüttele den Kopf und umarme ihn. Dabei schmiege ich mich ganz nah an ihn.

»Ich habe mir Gedanken gemacht, wie das mit uns weitergehen könnte«, gestehe ich.

»Das habe ich auch«, sagt er mit belegter Stimme. »Den ganzen Tag lang, auch als ich Patienten hatte. Ich konnte mich kaum konzentrieren.«

»Die Entfernung wird sicher schwierig«, räume ich ein. »Aber wir können es schaffen, wenn wir wollen. Und ich will. Sehr sogar.«

Niklas legt seine Hand an meine Wange. »Ja, wir kriegen das hin.«

Hoffnungsvoll sehe ich zu ihm auf. »Du willst es also wirklich versuchen? Trotz meiner Macken? Ich bin nicht perfekt.«

Nicht so wie er für mich.

Er nickt. »Ja denn ohne dich ist alles nichts. Der ganze Luxus taugt nicht, wenn das Herz etwas vermisst. Und ich habe dich vermisst. Diese Dinge, etwas mit jemanden zu teilen, den man liebt. Dieses Unperfekte, was alles erst perfekt macht.«

Ich schwebe auf Wolke sieben, weil wir dasselbe fühlen. Ich weiß, wir kennen uns noch nicht lange, aber irgendwie habe ich das Gefühl, dass Zeit bei uns gar keine Rolle spielt.

»Und was die Macken angeht«, fährt er fort, »die habe ich auch. Schon vergessen? Ich lache wie Alf.«

Erleichtert kuschele ich mich an ihn. Es fühlt sich an, als hätte ich nach Hause gefunden, selbst hier in der Fremde. Weil Niklas da ist.

»Ja, das tust du«, stimme ich zu.

»Aber genau das ist gut so. Unsere Eigenheiten machen uns erst aus. Es sind gar keine Fehler. Es sind liebenswerte Teile unserer selbst. Wie wenn du im Fahrstuhl singst. Denn genau das will ich. Einen echten Menschen. Ich bin so oft von Blendern umgeben gewesen, aber mit dir ist alles echt.«

»Mit dir auch«, seufze ich, und er zieht mich zu einem Kuss zu sich heran. Dabei wird die Flammenblume etwas in Mitleidenschaft gezogen, doch es könnte mich nicht weniger kümmern.

Ich weiß nicht, warum das Schicksal gerade mir diesen tollen Mann geschenkt hat, aber falls es eine Chance gibt, dass wir für immer zusammengehören, würde ich ihn mit einem Vorschlaghammer verteidigen. Auf jeden Fall will ich mein Glück mit ihm versuchen. Denn Glück und Liebe sind der Herzen Nahrung. Das einzig Wichtige im Leben.

Mit Niklas habe ich meinen Schatz gefunden. Wenn man spürt, dass jemand der Richtige ist, dann ist es einfach so. Dann gibt es kein Wenn und Aber.

»Das mit uns hat keinen Haken, Anni«, schwört er und sieht mich feierlich an. »Denn die richtigen Menschen haben keinen Haken. Sie sind perfekt füreinander. Mit Fehlern oder ohne. Beim richtigen Menschen ist alles egal. Dann liebt man sich, einfach so.« Er stupst meine Nasenspitze an. »Zudem ist es liebenswert, Fehler zu machen. Und ich finde dich noch toller, weil du nicht singst wie Celine Dion.«

Ich spüre diese Wärme in meiner Brust, dieses Flattern in meinem Bauch und küsse ihn dafür.

»Das ist Magie, oder?«

Er nickt.

»Magische Hände hast du ja schon mal – und noch was anderes ist bei dir magisch.«

Er zwinkert spitzbübisch. »Was denn noch? Meine Augen? Meine Küsse? Mein Surftalent?«

»Ja, allerdings, du hast ein wirklich großes, großes Surftalent ...«

Er lacht. »Na, dann sind das doch die besten Voraussetzungen, dass wir nicht nur den Sommer bestehen, sondern vielleicht auch ein ganzes Leben.«

Oh ja, ich will. Ich will Niklas so sehr.

»Können wir nachher zum Strand?«, bitte ich ihn.

»Wir können überall hin. Willst du was Bestimmtes?«

Ich nicke angetan und denke an meine Fantasie, die ich neulich von ihm im Strandkorb hatte. Ich will herausfinden, wie es ist, wenn wir uns dort stundenlang küssen.

»Ich will dich küssen, bis meine Lippen taub sind«, flüstere ich. »Unten am Strand. In einem von diesen rot-weißen Strandkörben.«

Er knabbert an meinem Hals. »Kann sein, dass wir damit Aufsehen erregen.«

Doch das lässt mich nur schmunzeln. »Bereit, wenn du es bist.«

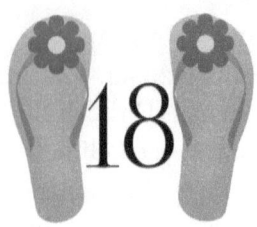

»Oh Gott, Mama, was hast du gemacht?«

Sprachlos starre ich auf meine Wohnung. Alles sieht komplett anders aus. Die Anordnung der Möbel, die Blumen, die Vorhänge, einfach alles.

»Ach, Spätzelchen, da bist du ja schon wieder. Na, ist das nicht hübsch?«

Sekundenlang lasse ich die Veränderungen auf mich wirken, ohne sie tatsächlich begreifen zu können.

»Ähm ...«

Meine Mutter kratzt sich verlegen am Hinterkopf. »Ich weiß auch nicht, wie das passiert ist. Irgendwie hat es sich verselbständigt. Aber ich kann gar nichts dafür. Schuld war ja nur diese Dingsdabumsdablume. Du weißt schon.«

Ich schüttele den Kopf. Nein, ich weiß gar nichts.

»Na, diese empfindliche Pflanze«, sagt sie ungeduldig und wedelt mit der Hand.

»Die Zimmercalla?«, rate ich.

Mama schnippt zufrieden. »Genau! So hat sie wohl geheißen.«

Mir schwant Böses, denn ich kann sie nirgends entdecken.

»Hat geheißen?«, hinterfrage ich ihre Formulierung.

»Ja, äh.« Mama zupft sich verlegen am Ohrläppchen. »Sie ist ein bisschen tot.«

»Wie ist man denn ein bisschen tot?«

Sie nickt und gibt sich geschlagen. »Das Ding ist mausetot.«

Oh je.

»Lass mich raten: Sie war selbst schuld?«

Meine Mutter nickt angetan, weil ich endlich so gut verstehe, was sie meint.

»Richtig! Sie kann überhaupt nicht mit Feng Shui. Mir ist das ganz suspekt. Aber deine Couch stand immer im Weg, wenn ich die Blumen düngen und besprühen wollte, und der Energiefluss hier drin war total schlecht. Die Couch musste auf den Platz von der empfindlichen Blume – die hat sich aber auch zimperlich angestellt. Und dann musste ich alles umräumen, um es ihr recht zu machen, und dem Feng Shui natürlich. Und äh, ich wusste gar nicht, dass Blumen sich so schwierig verhalten. Aber ich schätze, das ist wie mit Tieren im Zoo.«

Eigentlich sollte ich es lassen zu fragen. Ich bin bei ihr groß geworden und weiß schon jetzt, dass ich die Frage bereuen werde, aber ich schaffe es auch nicht, ihren Satz im Raum stehen zu lassen. Wahrscheinlich hat das auch etwas mit Feng Shui zu tun. Das blockiert sonst meinen Kopf. Also hake ich nach, wie sie es ohnehin erwartet. Es ist ein ewiges Muster.

»Wie die Tiere im Zoo?«

Sie nickt. »Genau! Die gedeihen draußen im Freien super, aber kaum sperrt man sie ein, machen sie blubb.«

»Ich glaube, das mit dem Blubb war Spinat.« Jedenfalls erinnere ich mich an eine entsprechende Werbung.

»Vielleicht brauchen Blumen Freiheit«, wagt meine Mutter eine mutige Überlegung und redet sich in Fahrt. »Die wilde Natur, die unbändige Freiheit, die Unbegrenztheit des Kosmos. Deshalb habe ich dir auch gar nicht erst was Neues angeschafft. Ich glaube, es bringt nichts, die Pflanzen zu ersetzen. Sonst hätte ich das natürlich schon ...«

Eigentlich schade, dass Niklas das nicht sieht. Ich frage mich, ob er es immer noch goldig finden würde. Ja, bestimmt. Er ist ein Schatz. Oh Gott, ich liebe ihn so sehr.

»Was ist denn mit dir, Schnurzelchen?«, fragt Mama. »Du strahlst so! Gefällt es dir?« Sie macht eine wischende Bewegung durch die Luft und atmet tief durch. »Da fließt plötzlich alles so harmonisch, oder?«

Ich nicke und schmunzele. »Ja, endlich stimmt wirklich alles.«

Und dann drücke ich sie glücklich. Ich könnte die ganze Welt aus den Angeln heben. Ich blicke mich in der Wohnung um und inspiziere das neue Design. Gut, im Dunkeln werde ich sicher noch gegen das eine oder andere Möbelstück laufen, weil ich es woanders vermute, aber nach ein paar blauen Flecken wird sich das schon legen.

»Dann lassen wir es so?«, fragt meine Mutter hoffnungsvoll.

Ich nicke. »Ja, ich finde, es ist Zeit für eine Veränderung.«

Mama guckt alarmiert. »Aber mach bloß nichts mit deinen Haaren, ja? Frauen, die sich verändern, machen immer etwas mit ihren Haaren. Denk dran, wie lang und golden sie sind. Das kriegst du nicht wieder so hin, wenn du sie jetzt verunstaltest.«

»Keine Sorge«, beruhige ich sie. »Niklas gefallen meine Haare so, wie sie sind.«

Ich gefalle ihm so, wie ich bin.

»Wer ist Niklas?«, juchzt Mama und zieht mich zum Sofa, damit wir es uns dort für eine lange, sehr, sehr ausführliche Unterhaltung gemütlich machen.

Ich strahle sie an wie die Sommersonne. »Er ist die Liebe meines Lebens.«

Die Sorte Mann, mit der man durchbrennt, weil er tanzen kann.

Die Sorte Mann, die man nie mehr loslässt, selbst wenn der stürmischste Sturm aufzieht.

Die Sorte Mann, die man gern schallend zum Lachen bringt, weil es dann klingt wie in einer Fernsehserie mit einem Außerirdischen.

Die Sorte Mann, die einem die Sterne vom Himmel holt, während man sich liebt.

Die Sorte Mann, die einen trägt, wenn man lädierte Füße hat.

Die Sorte Mann, von der man immer mehr will.

Mehr als nur das.

»Wann lerne ich ihn kennen? Wie sieht er aus? Wo kommt er her? Ich will alles wissen.« Mama ist total aus dem Häuschen.

Ich beantworte ihre Fragen der Reihe nach. »Bald. Perfekt. Von Sylt.«

Aber das Beste ist: Sein Arbeitsvertrag läuft in zwei Monaten aus und er hat ihn bisher nicht verlängert. Ich bin also gerade rechtzeitig in sein Leben getreten, und wenn alles toll zwischen uns bleibt, werden wir nicht lange eine Fernbeziehung führen müssen.

Epilog

Manchmal glaubt man, dass Worte nur so dahingesagt sind. Aber bei Niklas ist das anders. Seine Worte versprechen genau das, was er sagt. Wie etwa, dass er nicht genug von mir bekommen kann. Und so haben wir Nägel mit Köpfen gemacht.

»Das ist die letzte Kiste«, verkündet er und sieht mich erledigt, aber fröhlich an. Eine vorwitzige Strähne hängt ihm in die Stirn und er schwitzt, was absolut sexy aussieht.

Endlich ist alles von ihm in meiner Zweieinhalb-Zimmer-Feng-Shui-Wohnung angekommen, die angesichts der Kartons nicht mehr ganz so unblockiert wirkt, aber das stört mich nicht die Bohne. Alles, was mich interessiert und glücklich macht, ist der Umstand, dass wir heute zusammengezogen sind. Von nun an und für hoffentlich alle Zeit sind wir auch räumlich verbunden.

Ja, das ging schnell. Wir sind erst ein paar Monate zusammen. Aber wie sagt man doch? Wenn es passt, dann passt es. Überhaupt war die Sehnsucht einfach zu groß, und nachdem Niklas arbeitstechnisch flexibel ist, hat er beschlossen, seine Stelle auf Sylt nicht mehr zu verlängern und sich stattdessen eine Arbeit in Nürnberg gesucht. Als wäre es ein Wink des Schicksals, ist in einem großen Rehazentrum in der Nähe eine Stelle frei geworden, und Niklas wurde mit Kusshand genommen.

Kann man überlaufen vor Glück? Ihn jetzt hier zu sehen und zu wissen, dass noch unser ganzes Leben vor uns liegt – gemeinsam –, ist unheimlich schön.

Ich hüpfe ihm in die Arme, kaum dass er den Karton abgestellt hat, und er wirbelt mich im Kreis herum. Dann setzt er mich sanft ab und ich streichele über seinen kräftigen Bizeps. Die Muskeln sind aufgepumpt vom Kistentragen.

»Also meinetwegen kannst du noch ein paar Boxen schleppen«, scherze ich, und er lacht.

»Ach ja, gefällt dir wohl, was du siehst?«

»Mehr als das«, antworte ich und er zwickt mich in die Seite, als wäre er eine freche Krabbe, ehe er mir einen zarten Kuss aufhaucht.

»Deine Nachbarin ist etwas seltsam. Kann das sein?«, will er wissen.

»Oh ja, das kann nicht nur sein, es ist so.«

»Sie hat mich vorhin gefragt, ob es ab jetzt sehr laut im Haus wird.«

Ich glucke und verdrehe die Augen. »Sie ist verrückt und neugieriger als jeder Spionagedienst. Gewöhne dich lieber dran. Was hast du geantwortet?«

Er grinst mich an. »Dass sie sich lieber Ohrenstöpsel besorgen soll.«

»Oh mein Gott!« Ich lache. Alles mit Niklas ist so lustig, wir haben Spaß und sind verrückt nacheinander, sogar noch mehr als zu Beginn, und – wir lieben uns. Ganz einfach so.

»Herr Doktor, ich habe Schnappatmung!«, japse ich.

Niklas tastet mir sofort die Brust ab oder besser gesagt meine Brüste, was mich erneut lachen lässt.

»Ich glaube nicht, dass man das so macht«, glucke ich.

Er sieht mich gespielt tadelnd an. »Wer ist hier der Arzt?«

»Das frage ich mich auch manchmal.«

Er neckt meine Brustspitze zwischen Daumen und Zeigefinger und ich stöhne auf.

»Jedenfalls hast du absolut magische Hände, Mister Magic«, raune ich.

Als ich ihm verraten habe, wie meine Spitznamen für ihn lauteten, bevor ich wusste, wie er heißt, hat ihm das sehr gefallen. Über Casanova amüsiert er sich immer noch. Er, der Frauenheld, obwohl er absolut nicht so veranlagt ist. Wie sehr man sich doch manchmal täuschen kann, aber ich habe mich nie lieber geirrt.

»Übrigens habe ich eine kleine Überraschung«, sagt er. »Ich würde mit meiner Prinzessin in zwei Wochen gerne wegfahren.«

Meine Neugier ist sofort geweckt. »Und wohin?«

Er stupst meine Nase mit seiner an. »Ich will dir mein Elternhaus zeigen, das Weingut meiner Familie. Sie würden sich freuen, dich zu sehen. Auch meine Schwestern. Was meinst du? Vielleicht kannst du dir ja ein paar Tage frei nehmen?«

Ich bin sofort Feuer und Flamme für die Idee, denn es bedeutet schon was, wenn man sich gegenseitig zu seiner Familie mitnimmt.

Also nicke ich angetan. »Das klingt nach einer tollen Idee, Putzi.«

Ich ziehe ihn absichtlich mit dem Spitznamen seiner Schwester für ihn auf.

Doch er schüttelt den Kopf. »Für dich bin ich immer noch Funky Rainbow Lemonade. Deswegen habe ich mir auch etwas für unsere Umzugsparty einfallen lassen.«

Es ist keine richtige Einweihungsparty, weil ich ja schon länger hier wohne, doch Niklas ist trotzdem neu hier, und das ist mehr als würdig, gefeiert zu werden. Er soll sich willkommen fühlen.

»Komm mal mit.« Er führt mich zu einer Getränkekisten und holt lauter bunte Flaschen heraus, die er auf meinem Küchentresen nebeneinander aufstellt. Sie sind rot, orange, gelb, grün, hellblau, dunkelblau und violett.

Als sie alle aufgereiht sind, erkenne ich, dass es aussieht wie die Farben eines Regenbogens.

»Sind das alles Limonaden?«

Er nickt und zeigt von sich zu den Flaschen. »Funky Rainbow Lemonade.«

»Du bist verrückt«, staune ich und küsse ihn auf den Hals. »Aber du bist *mein* Verrückter.«

Und das ist perfekt.

Ich freue mich riesig darauf, mit ihm zusammen wegzufahren. Diesmal brauche ich nicht mal jemanden für meine Blumen, weil die letzten unter Mamas Pflege kläglich eingegangen sind, und ich habe mir erst mal keine neuen angeschafft, weil ich so viel nach Sylt gependelt bin oder wir uns irgendwo auf halber Strecke getroffen haben.

Nur der Efeu auf meinem Balkon hat gerade so überlebt, aber ich werde ihn künftig mit einer Tropfvorrichtung wässern. Denn meine Mutter und Jule kommen für einen Pflanzendienst wahrlich nicht infrage. Erst recht nicht meine Nachbarin! Mama nennt sie immer Frau Schussweg, weil sie findet, dass sie einen Schuss weg hat.

Aber jetzt, da Niklas bei mir wohnt, kann ich mir auch wieder Blumen zulegen. Wir müssen nicht mehr pendeln, sondern können uns täglich sehen, und ich mag es, Pflanzen zu haben. Sie machen alles so viel schöner und lebendiger. Ein Stück Natur mitten in der Stadt.

Wir bereiten alles für unsere kleine Feier vor. Jule und Lucian werden nachher kommen. Dann sind wir hier zwei glücklich verliebte Paare. Wer hätte das vor einem Jahr gedacht, als Jule und ich noch ohne unsere Traummänner auskommen mussten?

Und jetzt träumen wir beide insgeheim von einer Doppelhochzeit. Irgendwann könnte das Schicksal es einfädeln. Ich habe ein gutes Gefühl dabei.

»Sollen wir später einen Spieleabend machen?«, erkundige ich mich bei Niklas, der gerade einen gelben Sack vor meine Tür stellt, den er nachher mit weiterem Verpackungsmüll herunterbringen will.

Meine Wohnung ist zu klein zum Tanzen, mit den Kisten sowieso. Aber wir wollen auf dem Balkon grillen, dazu Punsch trinken und offensichtlich auch ganz viel bunte Limonade. Ein neues Highlight ist ein rotweiß gestreifter Strandkorb auf meinem Balkon, der uns an unsere Zeit auf Sylt erinnert, ebenso wie einige unserer gesammelten Muscheln, die wir als Dekoration im Badezimmer verwendet haben.

Und nach dem Grillen, später am Abend, wären ein paar Spiele nett. Lucian ist sehr gut in *Trivial Pursuit*, Jule mag *Activity*, ich normalerweise *Tabu*, aber inzwischen mag ich auch Niklas' Lieblingsspiel sehr gerne: *Nobody is perfect*.

Und es stimmt ja auch, niemand ist perfekt. Aber manchmal, wenn man ganz viel Glück hat, ist man es eben doch füreinander.

Im Leben gibt es oft Menschen, die versuchen, einen klein zu machen. Die nicht sehen oder sehen wollen, wer man wirklich ist. Und dann gibt es solche – und die muss man festhalten –, die einen unterstützen, über sich selbst hinauszuwachsen, die an einen glauben und einen träumen lassen. Weil alles möglich ist. Niklas ist dieser Mensch für mich.

Vor ihm hatte ich nur Fehlgriffe, Männer, die mir nicht guttaten und mir auch nicht guttun wollten, die es nicht ernst mit mir meinten. Deshalb ist es mir anfangs auch so schwergefallen zu glauben, dass er wirklich, ganz in echt, so unfassbar nett ist.

Zum Glück hat er sich nicht von mir vertreiben lassen. Wenn ich bedenke, was alles hätte schief gehen können, nur weil ich schlechte Erfahrungen gesammelt habe und deshalb unbegründet misstrauisch gewesen bin. Aber er ist hier. Bei mir. Für immer.

»Klar, gerne. Apropos Spiele«, sagt er. »Morgen muss ich einen verletzten Fußballspieler wieder fit machen. Laut Befunden scheint er eigentlich gar nichts zu haben. Aber er schwört, dass da was sei. Na, ich lasse mich mal überraschen. Er hat einen ganz komischen Namen. Enzo irgendwas.«

»Oh, Enzo irgendwas, wirklich ein seltsamer Name.«

Verwundert zieht er eine Augenbraue hoch.

Ich winke nur ab. »Ach, ich habe ihn mal getroffen, aber das ist eine andere Geschichte. Eigentlich eine lustige. Frag ihn doch mal, wie es seinem Auge geht.«

Niklas lässt von dem gelben Sack ab, kommt zu mir und umschlingt meine Taille. Mit einem sexy Ruck zieht er mich an sich und küsst mich innig.

»Ding, dong!«, tönt es von der offenen Tür, und ich erkenne die Stimme meiner Mutter sofort. »Juhu, ihr zwei Hübschen. Ich habe euch etwas zum Einzug mitgebracht. Dinkel-Ingwer-Plätzchen. Gut, die sind von Birte, nicht von mir. Aber wir hatten neulich so viele übrig.«

»Ja, komisch. Wie konnte davon nur so viel übrig bleiben?«

Sie sind doch bestimmt mega lecker. Nicht.

Mama nickt angetan. »Da habe ich gleich gesagt, die Kinder werden sich darüber freuen. Alles schön vegan.«

Niklas grinst nur. Es gibt ja durchaus leckere vegane Speisen. Sogar sehr leckere. Aber von manchen Produkten lässt man doch lieber die Finger, und Birtes Rezeptvielfalt gehört dazu. Na, vielleicht kann ich sie als Körnernahrung für die Vögelchen rauslegen.

Mama kommt herein, stellt die krossen Kekse ab und schnappt sich Niklas, um ihn fest zu drücken. »Willkommen, lieber Junge!«

Er lässt es belustigt über sich ergehen, tätschelt sogar zurück. »Hallo, Frau Nagler.«

»Ach, warum so förmlich, mein lieber Niklas Lichtenbach?«, trällert sie. »Ich bin die Ursel. Aber Uschi geht auch. Könntest du wohl noch meinen schweren Beutel holen? Er liegt unten in meinem Fahrradkörbchen. Den habe ich ganz vergessen, aber er ist auch ultraschwer. Ich habe mein Rad gleich vor der Tür abgestellt.«

Zufällig hat sie etwas Schweres vergessen. Ja, so ist meine Mama. Sie wirft einen neugierigen Blick auf die Kartons, als Niklas heruntergeht.

»Schön, schön. Endlich hast du einen eigenen Mann. Und was für einen! Da kommen die Enkelchen ja von ganz allein.« Sie blinzelt mich vielsagend an.

»Oh, bitte, das kannst du nicht ernst meinen.«

»Na, nicht gleich!«, beruhigt sie mich. »Nächstes Jahr reicht auch.«

Bloß nicht zu schnell, nein.

»Hast du eigentlich gewusst, wie unfassbar reich seine Familie ist?«, flötet sie.

»Er hat es angedeutet.«

»Ja, aber er zieht zu dir in diese kleine Wohnung.«

Ich schmunzele, weil mich das überhaupt nicht stört. »Dann muss es wohl Liebe sein.«

Sie guckt nur komisch, als wäre sie mit ihm in etwas Größeres gezogen. »Na ja, vielleicht zieht ihr ja um, wenn sich der erste Nachwuchs einstellt. Eure Beziehung steht bestimmt unter einem fruchtbaren Stern. Er wirkt so potent.«

»Mama!«

Sie tippt sich ans Näschen. »Und manchmal hilft einem der Kosmos oder ein Talisman.«

»Wenn mal irgendwann, mit Betonung auf irgendwann, der Zeitpunkt kommt, wirst du es auf jeden Fall erfahren.«

Mama schmunzelt nur, als würde sie etwas aushecken.

Niklas kehrt zurück und schleppt einen vom Inhalt eigenartig verformten Beutel an.

»Das ist mein Geschenk für euch«, verkündet Mama freudig. »Das habe ich mal vor dreißig Jahren in einem Urlaub in Südostasien gekauft. Es stammt von einem sehr glücklichen Naturvolk.«

Oh nein.

Ich ahne, was es ist, bevor sie es hervorzaubert wie ein weißes Kaninchen aus einem Zylinder. Mama holt eine scheußliche Tonfigur heraus, die eine Frau mit drei dicken Bäuchen zeigt, die sich unter zwei sehr voluminösen Brüsten wölben. Ich persönlich halte es ja für einen schrägen Scherzartikel, um Touristen das Geld aus der Tasche zu leiern. So oder so ist die Fruchtbarkeitssymbolik unverkennbar.

»Das ist für euch. Es hat mir früher Glück gebracht und mir meine Anni geschenkt, und jetzt, da ich keine Verwendung mehr dafür habe, wäre es doch schade, wenn es bei mir einstaubt.«

Darf ich mich bitte erschießen?

Niklas nimmt die potthässliche Tonfigur amüsiert entgegen. »Oh, Frau Nagler, das wäre doch nicht nötig gewesen.«

Mama, die den Wink nicht versteht, lächelt nur geschmeichelt. »Das habe ich doch gerne gemacht.«

Das glaube ich ihr aufs Wort.

Als sie gegangen ist, schaue ich das unförmige Ding kopfschüttelnd an. »Wo sollen wir das unterbringen? Eigentlich muss man es in einem Schrank verstecken, weil es so hässlich ist, aber da gehört unsere Kleidung rein.«

Da ich für Niklas Platz schaffen und meine Sachen zusammenrücken musste, damit er eigene Fächer und Kleiderbügel hat, kommt es nicht infrage, dass diese werdende Drillingsmama unseren Stauraum blockiert.

Das macht meine Mutter bestimmt, um uns doch in eine größere Wohnung zu zwingen und nebenbei Enkel in die Welt zu setzen.

Niklas betrachtet das Geschenk grinsend. »Meinst du, sie will uns damit irgendwas sagen?«

»Neiiiiiin!«, bestreite ich gedehnt. »Na, findest du uns immer noch goldig?«

Er nickt. »Sogar sehr. Wir benutzen es einfach als Buchstütze für meine Fachbücher.«

»Kennst du keine Kollegen, die Frauenärzte sind und sich über thematisch passende Buchstützen freuen würden?«

Er grinst. »Keine Chance. Aber lieber so, als wenn sie mich vergraulen wollte.«

»Oh, das will sie bestimmt nicht. Sie hat mindestens so lange auf dich gewartet wie ich.«

Er zieht mich in seine Arme und küsst mich innig. Bei Dornröschen hat der Märchenprinz seine Aurora wach geküsst, aber ein bisschen ist es hier auch so. Seit Niklas mich geküsst hat, ist der schönste Teil meines Lebens erst zum Leben erwacht.

Ich versinke in seinen meerblauen Augen und will mich für alle Zeit darin verlieren.

»Ich liebe dich«, raunt er. Diese Worte werden mir immer die Sonne ins Herz zaubern.

»Ich liebe dich auch, und ich kann es kaum erwarten, mit dir zusammenzuwohnen.«

Der Haken, den ich immer gesucht habe – es gibt ihn nicht. Juhu! Aber sollen sich doch künftig lieber die Angler mit Haken beschäftigen.

Niklas entführt mich auf den Balkon in unseren rotweiß gestreiften Strandkorb und küsst mich. Mmmh, seine Lippen schmecken sinnlich süß. Besser als jede Schokolade. Und in unserem Strandkorb küsst sichs einfach am besten. Fast ist es, als wären wir noch am Meer. All die schönen Dinge haben wir in unseren Herzen mitgenommen. Und Sylt oder Nürnberg, das ist völlig egal, solange wir nur zusammen sind.

Als wir in unserem Kuss innehalten, lächelt er. Immer lächelt er, und das ist wunderbar. »Gut?«

Ich nicke und schmiege mich an ihn. »Ja, mehr als das.«

Es ist perfekt.

Ende – und doch erst der Anfang.

Wenn euch dieses Buch gefallen hat, dann lasst es uns doch bitte wissen. Schreibt uns gerne eine Rezension bei Amazon, denn das ist ganz wichtig für uns Autoren. Besucht uns auf Facebook, folgt uns auf Amazon oder klickt auf unsere Websites und registriert euch für unsere Newsletter. Hinterlasst ein Däumchen oder einen Kommentar, wie und wo auch immer. Wir freuen uns über jede Rückmeldung von euch. Dafür schon an dieser Stelle ein ganz großes Dankeschön.

Eure Michelle & Anna

P.S.: Wollt ihr mehr von unseren Büchern entdecken? Dann stöbert einfach durch die nächsten Seiten.

Du kriegst nicht genug von Anni und Jule?
Dann lies auch Jules Geschichte.

Stell dir vor, du wettest gegen Weihnachten ...

Erfrischend lustig und voller Winterzauber. Wer sich nach diesem Buch nicht mit Lametta behängt, dem ist auch nicht mehr zu helfen.

Auf Jule Engel liegt ein Weihnachtsfluch. Davon ist sie jedenfalls überzeugt. Seit einem Vorfall in der Vergangenheit geht in ihrem Leben nämlich in der vermeintlich schönsten Zeit des Jahres immer alles schief.
   Doch wie es das Schicksal will, trifft Jule ausgerechnet auf einer Weihnachtsfeier den smarten Lucian, der, als Weihnachtsmann verkleidet, genau all das verkörpert, was sie nicht ausstehen kann.
   Er wettet mit Jule, sie davon überzeugen zu können, dass Weihnachten die beste Zeit des Jahres sei.
   Jule ist siegessicher, denn gegen einen Fluch wie ihren ist selbst ein kostümierter Weihnachtmann machtlos. Aber da hat sie ihre Rechnung ohne die Liebe gemacht ...

Anna Winter & Michelle Schrenk
Unterm Weihnachtsbaum küsst sichs besser
ISBN 978-3942790376

Was, wenn der Mann, den du nie vergessen konntest, der Stripper auf deinem Junggesellinnenabschied ist?

Ein weiterer gemeinsamer Roman der beiden Autorinnen

Lucy ist Mitte zwanzig, lebensfroh und romantisch veranlagt. Wie gut, dass sie nach einer gescheiterten Beziehung nun mit dem gefühlvollen Paul zusammen ist. In wenigen Wochen sollen sogar die Hochzeitsglocken läuten.

Doch dann begegnet sie ausgerechnet bei ihrem Junggesellinnenabschied ihrer großen Liebe Jonas wieder. Ein Blick auf ihn, und die ganze Welt steht Kopf. Gefühle, die sie längst verloren geglaubt hat, dringen zurück an die Oberfläche.

Und ganz unvermittelt muss Lucy sich fragen, ob es noch eine zweite Chance für sie und Jonas gibt oder ob Paul inzwischen der Mann ihres Herzens ist.

Anna Winter & Michelle Schrenk
Mondscheinküsse schmecken besser
ISBN 978-3942790390

Nicht alles, was eine harte Schale hat, ist immer gleich ein Hummer

Für Evie ist die Welt ganz einfach: Sie studiert Meeresbiologie in Kalifornien, will später mal die Meere retten, wenn schon nicht die ganze Welt, und liebt alles, was mit Fischen, Robben und Seesternen zu tun hat.

Allerdings muss sie feststellen, dass sie auch auf ihren neuen Nachbarn steht, einen verboten attraktiven Kerl mit Spitznamen Devil, der besonders nackt toll aussieht und reihenweise Frauen abschleppt.

Keines seiner zahlreichen Tattoos hat etwas mit Ozeanen zu tun und ganz sicher wird er ihr nicht helfen, Flyer von WWF oder Greenpeace zu verteilen. Am liebsten würde sie ihn sich aus dem Kopf schlagen, doch das geht gar nicht so leicht, wenn das Kopfteil seines Bettes regelmäßig gegen Evies Wand donnert. Und eigentlich wäre ein kleines Abenteuer mit einem männlichen Vorzeigeexemplar der Landspezies Mensch auch mal ganz schön. Aber muss es gleich so ein Bad Boy sein?

Anna Winter
Hungry Heart – A Bad Boy Romance
ISBN 978-1521865378

**Ein Roman voller Hoffnung – so wie das Licht
hinter den Wolken.**

Die Liebe ist wie ein Licht hinter den Wolken. Man kann sie
nicht immer sehen, doch sie ist stets da. Und sie ist das
Wundervollste, das wir haben.

Sophie will endlich die Dunkelheit verlassen, die sie seit
Jahren gefangen hält. Sie ist sich sicher, dass ihr zerbroche-
nes Herz nie wieder heilen kann, dennoch sehnt sie sich
nach einem Neuanfang und einem Leben ohne Angst. Ein
Versprechen und eine Postkarte tragen eines Tages ent-
scheidend dazu bei, dass Sophie den Mut fasst, nur mit einer Reisetasche bepackt ins Ungewisse zu fliehen.

Dann trifft sie auf Erik. Auch er hat einen schlimmen Ver-
lust erfahren und glaubt fest daran, dass nichts den
Schmerz in ihm jemals wieder lindern wird.

Doch was beide nicht wissen: Es ist kein Zufall, sondern
Schicksal, dass sie sich begegnet sind. Denn sie verbindet
die Hoffnung, dass irgendwo hinter den Wolken das Glück
auf sie wartet.

Michelle Schrenk
Irgendwo hinter den Wolken
ISBN 978-1099307669

Ein humorvoller Liebesroman

Manchmal wartet das Glück an unerwarteten Orten

Rose hat eine schreckliche Hochzeit hinter sich, denn die Rolle der Braut war schon mit ihrer Schwester besetzt. Als sie beladen mit alten Gefühlen vom Londoner Flughafen nach Hause kommt, will sie bloß noch ihre Ruhe haben. Doch als sie ihren Reisekoffer öffnet, findet sie statt Büstenhalter und Abendkleidern nur Boxershorts und Männerhemden vor. Außerdem fällt ihr eine exklusive VIP-Eintrittskarte zur Eröffnung des neuen Klubs *Dark Purple* in die Hände. Statt sich um den Umtausch des Gepäcks zu kümmern, geht sie kurzerhand zur Party.

Was als Zerstreuung für ihr Gefühlschaos geplant war, zieht bald noch mehr Turbulenzen nach sich, denn Neal Burton, der smarte Klubbesitzer mit den ozeanblauen Augen, will nicht nur seinen Koffer zurückhaben ...

Nummer 1 Amazon-Bestseller

Anna Winter
Dark Purple – The kiss of Rose
ISBN 978-1508523468

Ein Hoffnungsschimmer in der Dunkelheit

Spüre die Wärme der Sonnenstrahlen im Herbst

Wann immer du die Sonne siehst, bin ich bei dir. Achte auf die Zeichen, dann findest du selbst in der tiefsten Schwärze der Nacht eine helle Sonne.

Mia ist sauer auf das Leben, schließlich hat es ihr Kai genommen, ihre große Liebe. Überhaupt glaubt sie weder an Zeichen noch daran, dass die Sonnenkette, die Kai ihr hinterlassen hat, in der dunklen Zeit für sie leuchten kann. In dem Glauben, alles im Leben verloren zu haben, vergräbt sie sich in ihrer Trauer.

Doch dann erhält sie einen Brief mit einer Aufgabe, die nicht nur Hannes mit seinen warmen braunen Augen in ihr Leben bringt, sondern alles von Grund auf verändert. Auf der Suche nach der Sonne geschehen einige Wunder. Doch ist Mia wirklich bereit, ihr Herz dafür zu öffnen? Und gibt es im Leben eine zweite Chance auf Glück?

Michelle Schrenk
Wann immer ich die Sonne sehe
ISBN 978-3942790307

Ein wunderschön zärtlicher Liebesroman

Über verlorenes Glück und die Sehnsucht nach Liebe

Für die junge Ainsley steht fest, dass sie ihre Heimat auf den Orkneyinseln im einsamen Norden Schottlands verlassen will, sobald sich der richtige Zeitpunkt ergibt, denn das Leben dort kommt ihr viel zu perspektivlos vor.

Doch als der reiche Witwer Blaine Morgan in das große Herrenhaus auf dem Hügel des Städtchens Stromness zieht, bringt er ihre viel zu übersichtliche Welt gehörig durcheinander. Aber was Ainsley nicht weiß, ist: Auch sie wirbelt alles in ihm auf, denn sie sieht aus wie seine tote Frau.

Während Blaine mit ihr die Erinnerungen an seine Frau wiederaufleben lassen will, weil er über deren Tod nicht hinwegkommt, entwickelt Ainsley echte Zuneigung zu ihm. Doch wie sollen diese Gefühlswirrungen überhaupt eine Zukunft haben? Tatsächlich scheint alles aus dem Ruder zu laufen.

Anna Winter
Tage des Regenbogens – Colours of Hearts
ISBN 978-1521525012

Lichter, die uns nach Hause führen

Ein Roman, so herzerwärmend wie Kerzen in der Dunkelheit

Emma Morgen würde lieber zum Zahnarzt gehen als zurück an den Ort, dem sie einst den Rücken gekehrt hat. Aber ein Todesfall zwingt sie dazu, sich und ihr schlechtes Gewissen in den Zug gen Heimat zu setzen.

Und so steht sie bald vor dem Mann, den sie vor langer Zeit aus ihrem Leben radiert hat und der ihr Herz auch heute noch schneller klopfen lässt.

Jannik ist Single, noch genauso charmant und humorvoll wie früher – und zu allem Überfluss bewohnt er das Haus, das sie beide sich früher immer in ihren Träumen gewünscht hatten.

Aber gibt es im Leben eine zweite Chance?

Und ist Emma bereit, den Preis dafür zu zahlen?

BILD-Bestseller im Bereich Belletristik
Nummer 1 Amazon-Bestseller

Michelle Schrenk
Kein Himmel ohne Sterne
ISBN 978-1520830025

Eine Vollmondlektüre über einen Werwolf in der Badewanne

Als Emily Kincade von der Arbeit nach Hause kommt, möchte sie eigentlich nur ein heißes Bad nehmen. Doch dann muss sie feststellen, dass die Wanne bereits belegt ist und niemand Geringerer als ein Werwolf darin liegt. Es ist der Beginn einer Begegnung mit der Welt der Magie. Eine Begegnung, die jener Werwolf sie vergessen lässt. Wären da nur nicht all die Unstimmigkeiten in ihrem Alltag, Krumen von Gedanken, die ihren Weg zurück in ihr Bewusstsein suchen. Und als es passiert, gibt es keinen Weg zurück. Emily ist klar, dass sie den Wolf finden muss …

Anna Winter
Der Werwolf in der Badewanne – Mondzauber 1
ISBN 978-1500174095

Eine humorvolle und bewegende Geschichte über die Vielfalt des Lebens und die schönste Farbmischung, die alles zusammenhält: die Liebe.

Lina Seidel liebt das Leben und verfolgt mit viel Fleiß und Hingabe ihren Traum vom eigenen Modeladen. Freude macht ihr auch die Arbeit in einer Stadtmission, wo sie mit den unterschiedlichsten Menschen zusammentrifft.

Als eines Tages Jakob Wolf unter Linas Aufsicht Sozialstunden ableisten muss, ist ihr seine arrogante, herablassende Art sofort ein Dorn im Auge. Er scheint sich für nichts zu interessieren – außer für sich selbst.

Doch eines Abends kommen sie sich unerwartet näher. Obwohl Lina sich zunächst gegen ihre Gefühle für Jakob wehrt, spürt sie, dass hinter seiner grauen Fassade mehr steckt, als sie vermutet hat.

Was hat sich das Schicksal dabei gedacht, das Leben der beiden zu vermischen? Was ist das dunkle Geheimnis, das Jakob verbirgt, und hat ihre Liebe genug Kraft, sich dieser Herausforderung zu stellen?

Michelle Schrenk
Wir und all die Farben
ISBN 978--3942790406

Der Auftakt einer sinnlich düsteren Vampirreihe
Tauche ein in die Fesseln der Dunkelheit.

Elise ist eine junge Frau, die als Kind ihre Eltern verloren hat und sich nach Liebe und der Geborgenheit einer Familie sehnt. Stattdessen wächst sie unter bedrückenden Verhältnissen bei ihrer kaltherzigen Vampirtante Tylandora auf, die über Elises Makel, nur als Mensch geboren worden zu sein, nicht hinwegsehen kann. Kaum dass Elise volljährig ist, will Tylandora sie an einen reichen Geschäftsmann verkaufen. Allerdings zeigt noch ein anderer Vampir Interesse an der hübschen Frau – und Konstantin Rouillard hat eigene Pläne. Er schätzt besonders ihre Menschlichkeit.

In einer von Vampiren beherrschten Welt muss Elise ihren Weg finden. Aus ihrer Verzweiflung keimt die Hoffnung auf eine bessere Existenz, in der eigene Wünsche sich erfüllen könnten. Wird Konstantin es schaffen, ihr die Welt zu Füßen zu legen? Und wird Elise es schaffen, ihr Herz für einen Vampir zu öffnen? Nicht jeder steht ihrem Schicksal wohlwollend gegenüber ...

Anna Winter
Schattenherz – Fesseln der Dunkelheit 1
ISBN 978-1492764571

Der Weg zwischen den Sternen

Eine Road Novel voller Gefühl

Es waren einmal ein Mädchen und ein Junge, die sich versprachen, für immer zusammenzubleiben. Doch alles kam ganz anders ...

Zehn Jahre sind vergangen, als Josy und Tim sich zufällig wiedertreffen. Josy ist inzwischen Angestellte in einer Werbeagentur, obwohl sie immer Fotografin werden wollte. Tim hingegen hat seinen Traum wahr gemacht, reist durch die Welt, schreibt darüber Berichte und betreibt erfolgreich sein eigenes Blog. Das unverhoffte Wiedersehen bringt Josys Gefühlswelt gehörig durcheinander, denn sie ist nicht mehr dieselbe wie einst mit siebzehn. Zusammen begeben sich die beiden auf eine Reise, die sie damals nicht beenden konnten ...

Ein Buch über die große Liebe, über Träume und den Weg zwischen den Sternen, der alles miteinander verbindet und uns zeigt, dass die schönsten Märchen das Leben selbst schreibt.

Michelle Schrenk
Der Weg zwischen den Sternen
ISBN 978-3942790-23-9

Kann die Zeit alle Wunden heilen? Und wie oft gibt es die große Liebe?

Band 1 der A-Place-to-Remember-Reihe

Die sechsundzwanzigjährige Allison Mayfair startet frisch in London durch. Mit eigener Wohnung und einem Job in der Tasche sind die Weichen auf Zukunft gestellt. Außerdem verliebt sie sich Hals über Kopf in den attraktiven Nathan Ward. Doch genau hier endet ihre Glückssträhne, denn er ist kein Mann, dessen Herz sie leicht erobern könnte.

Nathan ist nicht nur ihr neuer Chef und Inhaber des renommierten Antiquitätengeschäfts »A Place to Remember«, sondern hat auch noch einen kleinen Sohn und eine bildhübsche Frau an seiner Seite. Für die Schmetterlinge in ihrem Bauch scheint es keine Hoffnung zu geben, bis Allison einen Fehler begeht, der sie zur Wahrheit führt ...

Die Liebesgeschichte von Allison und Nathan ist in sich abgeschlossen, bildet aber gleichzeitig den Auftakt der »A Place to Remember«-Reihe

Anna Winter
A Place to Remember – Ally & Nate
ISBN 978-3839125700

Eine zauberhafte Liebesgeschichte voller Magie

Der Nachfolgeband zu *Der Zauber des ersten Schnees*
und Band 5 der A-Place-to-Remember-Reihe

Emily Glow hat die Nase voll. Seit Jahren hofft sie darauf,
dass der Zauber der Liebe endlich auch zu ihr findet. Doch
als ein vermeintlicher Traumprinz erneut ihre Gefühlswelt
in Scherben legt, beschließt sie, dem Zauber ein für alle Mal
abzuschwören. Zu dumm, dass sie gerade jetzt einen Zei-
tungsartikel zu diesem Thema verfassen muss und bereits
mitten in der Recherche steckt.
Was verbirgt die kleine Schneekugel, die Emily zusammen
mit einem Brief in dem hübschen Antiquitätengeschäft »A
Place to Remember« in London entdeckt? Und ist es wirklich nur Zufall, dass dort Noah arbeitet, der sie mit seinen
grünen Pfefferminzaugen völlig aus dem Konzept bringt?
Gemeinsam machen sich Emily und Noah auf die Suche
nach dem Geheimnis der Kugel. Sie ahnen jedoch nicht,
dass deren Geschichte auch ihr Leben verzaubern wird.
Eine romantische Geschichte von der Liebe, ihrer Magie
und der Hoffnung auf den ewigen Zauber, der uns alle um-
gibt.

Michelle Schrenk
A Place to Remember – Emily & Noah
ISBN 978-3741275258

IMPRESSUM

Anna Winter
Mühlestückweg 7
79539 Lörrach

E-Mail: write@annawinter.de

www.ingramcontent.com/pod-product-compliance
Lightning Source LLC
Chambersburg PA
CBHW031303170626
46807CB00001B/290